BLOODY BLACK PEARL

LAURENCE CHEVALLIER

Le Code français de la propriété intellectuelle interdit les copies ou reproductions destinées à une utilisation collective. Toute représentation ou reproduction intégrale ou partielle faite par quelque procédé que ce soit, sans le consentement de l'auteur ou de ses ayants droit ou ayants cause, est illicite (alinéa 1er de l'article L. 122-4) et constitue une contrefaçon sanctionnée par les articles L. 425 et suivants du Code pénal.

Copyright © 2021 Laurence Chevallier
Couverture © Samantha Sos
Crédit photos quatrième de couverture
© Artem Furman. © paul_craft.
Adobe Stock. Libre de droits.
Illustration contenu : Canva
Illustration © Nicolas Jamonneau

Impression : Libri Plureos GmbH, Friedensallee 273, 22763 Hamburg (Allemagne)

Relecture finale : Émilie Chevallier Moreux

ISBN : 9782493374448
Black Queen Éditions

Première Édition
Dépôt légal : Avril 2025

AVANT-PROPOS :

Bloody Black Pearl est une comédie romantique comprenant de nombreuses scènes érotiques et un langage très… fleuri.
Cette lecture est destinée à un public averti.

À présent que vous êtes au fait de ces informations,

WELCOME TO THE BBP, BABY !

* * *

PLAYLIST BLOODY BLACK PEARL

Banquet – Block Party
Fear Of The Dark – Iron Maiden
Crazy Train – Ozzy Osbourne
Smell Like Teen Spirit – Nirvana
Mr Brighside – The Killers
Sunday Bloody Sunday – U2
Killing In The Name – Rage Against The Machine
The Kid's Aren't Alright – Off Spring
Knockin' On Heaven's Door - Gun's N Roses
Wind of Change – Scorpions
Can't Stop – Red Hot Chilly Peper
All Long The Watchtower – Jimi Hendrix
Bullet With Butterfly Wings - The Smashing Pumpkins
The End – The Doors
Smooth Criminal – Alien Ant Farm
Smell Like Teen Spirit – Shaka Ponk
The Bulletproff – Godsmack
Hysteria – Muse
Summertime – Janis Joplin
Still Loving You – Scorpions
Before I Forget – Slipknot
Don't Cry – Gun's N Roses
(Don't Fear) The Reaper – Blue Öyster Cult
Another Brick In The Wall – Pink Floyd
Unchain Utopia – Epica

Here To Stay – Korn
If The Kids Are United – Sham 69
Nothing Else Matter – Metallica

Pour accéder à cette playlist sur **Spotify** :

Ouvrir l'application.
Cliquer sur « Recherche » (en bas de l'écran), puis sur l'appareil photo (en haut à droite).
Scanne le code barre Spotify ci-dessous.

Tu as désormais accès à la playlist !

À Ana et Doudou,
Mes BFF,
Dans mon cœur vivent nos rires.

PROLOGUE

Des amitiés se nouent et se dénouent au Bloody Black Pearl.
Des rencontres se font dans l'intimité des box ou s'exposent sur la piste de danse.

Pas de jugements.
Tout le monde s'en fout.
Les cocktails coulent à flots.
Des bouteilles se vident.
La musique résonne au sous-sol.
Les cigarettes sont fumées dans le patio.

Les baisers sont échangés dans la pénombre.
Les caresses se font à l'abri des regards.

Parfois, ça dérape. Personne ne sait vraiment pourquoi.
Des bagarres.
Des insultes.
Des emportements…
Et, un soir, deux destins se rencontrent.
Ils n'avaient pourtant rien en commun.

On peut mettre ça sur le dos de l'alcool.

Ou peut-être du rock.

En vérité, cette histoire n'aurait jamais vu le jour sans l'alcool et le rock.

En vérité, cette histoire n'aurait jamais vu le jour ailleurs qu'au *Bloody Black Pearl*.

CHAPITRE 1
BDSM : PAS MA TASSE DE THÉ (SAUF AVEC HENRY CAVILL)
ANTONIA ALIAS TONY

rey est sexy ! s'exclame Cally.
Je corrige :
— C'est un pervers.
— Je le trouve charmant, commente Norah.
— Il est barré, lance Milo en sifflant son verre d'un geste nonchalant.

Nous débattons de notre lecture de la semaine.

Tous les débuts de mois, chacun de nous note le titre d'un bouquin sur un bout de papier, puis on les tire au sort au Bloody Black Pearl. Cally a remporté la première semaine.

— J'aime pas trop l'idée de la soumission ! lâché-je à Cally qui me fusille du regard.

Ne pas tomber sous le charme de Christian Grey, le vicieux beau gosse du roman *Cinquante nuances de Grey*[1] s'avère visiblement un crime impardonnable.

---

[1]. *Cinquante nuances de Grey* de E.L. James est le premier tome d'une trilogie qui a démocratisé la romance érotique en 2012. Christian Grey, le personnage masculin, aime bien claquer le cul de sa meuf avec des accessoires en tout genre. Ouais, dit comme ça, c'est chelou…

— Ce n'est pas de la soumission ! s'insurge Cally. C'est de la confiance.

Milo, le seul mec de la bande, éclate d'un rire caustique. Norah se pince les lèvres. Je hausse les épaules. Cally est décidément chelou. C'est ma meilleure amie, elle est tordue, mais je l'aime. Je me couperais en deux pour cette nana, mais quand même, merde, se faire fouetter !

— Je vous sers quoi, la bande de nazes ?

C'est Rim-K et sa grosse voix, ses gros biceps, son grand sourire et son débardeur noir moulant à l'effigie du Bloody Black Pearl. Norah est à un cheveu de sortir sa langue pour lui lécher le bras.

— Une bouteille de téquila ! beugle Cally.

Rim-K a tendance à être dur de la feuille. Travailler dans un pub rock cinq jours par semaine n'épargne pas les tympans.

— Un *Bloody Black Pearl* pour moi, chéri.

Il m'envoie un clin d'œil. Je lui adresse un baiser de loin. C'est mon pote, mon collègue aussi. Je taffe trois jours par semaine au bar, et Rim-K est le mec avec qui je préfère bosser. Il n'est pas chiant. Pas très bavard non plus. Je l'adore.

— OK, je vous ramène ça.

Cally se retourne vers nous et affiche une moue dégoûtée. Teddy le DJ vient d'envoyer un vieux tube de Kiss. Elle déteste Kiss.

— Alors, voilà mon analyse, dit Cally, qui en revenait à nos moutons fouetteurs de fesses, je sais que vous allez la trouver étonnante…

— Sans déc', commenté-je.

— … la confiance que les adeptes du BDSM ont en leurs partenaires me paraît saine et impressionnante. Je trouve ça captivant que l'on arrive à surpasser la douleur, la transcender et planer parce que l'on accepte de se livrer totalement à une personne.

— C'est pas faux, commente Milo. C'est vrai, quoi ! Imagine

le mec, il t'attache au plafond, mais il n'a pas bien fait les nœuds. Résultat : tu te pètes la gueule sur une hauteur de deux mètres. Elle a raison, Cally, faut avoir vachement confiance !

Il se marre comme un con.

— Moi, ce n'est pas le bondage qui me dérange le plus, annonce Norah. En sévices physiques, ce sont plutôt les coups de martinet ou les pinces à téton.

— Je suis certaine que ça ne doit pas faire si mal que ça, les pinces à téton, rétorque Cally.

— Ça me file des frissons, tes pinces à téton, bordel !

Elle me regarde, outrée. *Elle est sérieuse ?*

— Tu ne comprends rien au respect et à l'abnégation qui lient le dominant au soumis.

— Ils sont barges, si tu veux mon avis !

— Ah, ouais ? s'étonne Cally. Et si c'était Henry Cavill, le dominant ?

Je réfléchis activement. Elle marque un point.

— OK, si c'est Henry Cavill, on en reparle.

— Ah, tu vois !

— Je vais même aller plus loin, Cally, renchéris-je. Si c'est Henry Cavill, je suis prête à mettre des poids de douze kilos au bout des chaînes de mes pinces à téton.

Milo éclate de rire.

— J'aime pas bien la fossette d'Henry Cavill, affirme Norah.

Cally et moi lui adressons un visage choqué.

— Je la lui lèche, sa putain de fossette, affirmé-je.

Milo va se pisser dessus tellement il se marre.

— T'auras du mal, clouée au sol avec tes douze kilos de pince à téton, me vanne Cally.

— Je préférerais Thor, personnellement, réfléchit tout haut Norah.

— Tu mettrais combien de kilos sur tes pinces à téton pour Thor, Norah ? demande Milo.

Elle regarde Milo, une main posée sur le menton.

— Cinq.

Je me bidonne.

— Donc on est d'accord, résume Cally, avec Henry Cavill, vous acceptez d'être soumis.

Milo, Norah et moi en convenons avec des hochements de tête.

— Ouais, je confirme. Avec Henry Cavill, on est d'accord pour se faire attacher au plafond. Mais Norah prend Chris Hemsworth.

— Donc, le vote est lancé. Milo, Grey arrive à quelle place ?

Milo consulte son portable. On a tous donné une note sur dix au héros du livre qui aime fouetter les fesses de sa meuf.

— Juste derrière monsieur Darcy !

— C'est un scandale, dis-je. Darcy devrait être à des kilomètres au-dessus de Grey !

— Darcy roule à peine une pelle à Elizabeth dans *Orgueil et Préjugés*, s'insurge Cally.

— Bah, au moins il ne lui fouette pas le cul !

— Non, mais Teddy, il fout quoi, putain !

Teddy a balancé un autre morceau de Kiss. C'est vrai que ça fait beaucoup.

Tous les quatre nichés dans un box en demi-cercle, on se fend la poire en parlant de Teddy et de ses goûts douteux. Le DJ bosse ici depuis le siècle dernier. Le Bloody Black Pearl est un des monuments des pubs du XVIIe arrondissement de Paris. Du moins, il l'était dans les années 90. Désormais, cette boîte est considérée comme vintage, avec une musique vintage, des danseurs vintages, une déco vintage. Bref, le mot « vintage » est en vogue. Et Teddy, malgré sa fâcheuse tendance à balancer de la musique de merde, sait quand même toujours affoler les foules. En particulier vers une heure du mat' quand tout le monde est bourré. Je regarde ma montre. Il n'est que vingt-trois heures. On n'en est pas là.

— Au fait, on le rencontre quand, ton nouveau mec, Cally ? demande Milo.

— Ce soir, bébé.

Son sourire dévoile ses dents. Elle va nous présenter son dernier *crush*. L'avant-dernier date d'il y a un mois à peine.

— C'est quoi, son nom ? s'enquiert Norah, tout excitée à l'idée de faire la rencontre du nouveau mec du tableau de chasse de Cally.

— Je l'appelle *Pacha*.

Je lève les yeux au ciel. Milo se marre. Norah élargit des yeux ronds.

— Pourquoi *Pacha* ?

Ma question est pertinente. On vient juste de sortir d'une discussion scabreuse sur le thème du BDSM, et j'aime pas bien l'idée qu'un mec fouette les fesses de ma copine.

— C'est son surnom sur Tinder.

Tinder, le lieu de rencontre virtuel de Cally. Depuis six mois, elle ne voit plus que par lui. Selon elle, les mecs du Bloody Black Pearl sont des loosers, et les potables ont déjà été écumés. Mon regard parcourt alors la piste de danse. Sur le mur s'étend l'emblème des Rollings Stones, une énorme bouche qui déroule sa langue en format géant. Les corps se déchaînent sur la piste. Moyenne d'âge : quarante ans. Y a quelques types sexy. Des dégarnis aussi. Des punks. Des rastas. Des petits. Des grands. Des hétéros. Des gays. La gent féminine est tout aussi diversifiée.

C'est ce que j'aime au Bloody Black Pearl. Pas de différences. On est tous sur un même pied d'égalité. Je ne manquerais notre soirée du samedi soir pour rien au monde. C'est ma bouffée d'air frais dans un espace confiné. C'est mon échappatoire pour accepter ma vie de merde. C'est mon rendez-vous avec mes meilleurs amis. *Putain, je me sens bien, ici. C'est mon fief !*

— Et voilà pour les habitués !

Rim-K dépose une bouteille de téquila, des verres à shot, et un plateau contenant une fiole de sel et des quartiers de citron. Puis il me tend mon cocktail, avec un clin d'œil à mon intention. C'est le troisième de la soirée. J'suis soft ce soir. Après la murge que j'ai prise le week-end dernier, je me suis fait la promesse de rester sobre. Ou presque.

— Donc, son surnom, c'est Pacha sur Tinder ? je reprends.

— Pacha92. Mais tout le monde l'appelle Pacha dans la vraie vie, répond Cally en alignant trois verres devant elle.

— Ouais, mais c'est quoi son *vrai* nom ? demande très justement Norah.

— Luc.

— Luc ? relève Milo. Ça fait CUL à l'envers. Il est fait pour toi !

— J't'emmerde.

Milo éclate d'un rire indolent et tend la bouteille à Cally qui se marre aussi.

— Il fait quoi dans la vie ?

— Il est steward dans une grande compagnie aérienne. Il vient d'être promu chef de cabine.

Elle glousse.

— Sexy ! s'amuse Milo.

Milo est gay. Enfin, pas vraiment. Il aime parfois les femmes aussi. Quand on lui pose la question, il ne sait pas trop quoi répondre. C'est jamais du sérieux.

— Il arrive à quelle heure ?

— Il ne devrait pas tarder. Il vient avec un ami.

— Homosexuel ? veut se faire préciser Milo.

— Je ne crois pas.

Milo semble déçu, mais il le cache derrière ses lunettes à monture noire très tendance. Il ne nous a jamais présenté personne. On l'a déjà vu flirter et même rouler des patins au Bloody Black Pearl, mais quand l'aube se lève, Milo redevient le célibataire endurci que je connais depuis cinq ans. Lui et moi, on se ressemble.

Teddy balance *Banquet* de Block Party. Nos têtes se mettent en mouvement naturellement. Cally verse enfin la téquila dans les verres. J'avale une lampée de mon cocktail en observant la piste. Mes amis s'enfilent des shots. Tout le monde ondule, se déchaîne, sautille et s'amuse. C'est une bonne soirée.

Soudain, ma vue est bouchée par deux paires de jambes gainées de denim. Mon regard se lève. Cally se jette dans les bras d'un mec plutôt beau gosse. J'en conclus qu'il s'agit de *Pacha* – ou *Cul*. Je ne sais pas encore comment je vais l'appeler. Il lui sourit, visiblement heureux de la revoir. Mon cœur se gonfle pour ma copine. Elle a mérité ce sourire. Cally en a tellement chié dans sa vie qu'elle mérite des putains de milliers de sourires. Pacha l'embrasse à pleine bouche. Cally enroule ses bras autour de ses épaules. Quand elle daigne retirer sa langue de l'intérieur de la mâchoire de son nouveau petit ami, elle se tourne vers nous et nous présente.

— Ça, c'est Norah, Milo et Tony.

Il hoche la tête et retrousse ses lèvres.

— J'ai beaucoup entendu parler de vous.

Beaucoup ? Ce mec est avec Cally depuis une semaine ! Mais finalement, ça ne m'étonne pas tant que ça. Avec elle, tout passe en vitesse accélérée.

Pacha se décale un peu et nous dévoile son pote qui se tient derrière lui. Il est grand, rasé de près, il a des cheveux bruns légèrement bouclés et des yeux clairs. Je n'en distingue pas la couleur, car il fait trop sombre, mais je n'ai par contre aucune difficulté à deviner un torse musclé sous sa chemise blanche impeccable, ouverte au col ; les manches épousent ses biceps ni trop volumineux ni trop frêles. Ce mec est bien foutu.

— Voici Max.

Le type hoche la tête. Le coin de sa lèvre se courbe. Puis il parcourt le pub des yeux. Son air dubitatif me fait comprendre qu'il se demande ce qu'il fout là. Son air hautain, quand il s'installe entre Milo et Norah, ne m'inspire pas la sympathie. Il n'a aucune envie d'être ici.

— Rim-K ! braille Cally au barman qui passe devant notre box. Deux autres shots, s'il te plaît mon chou.

— Bien sûr, ma douce.

Un moment de flottement s'abat sur notre tablée. Le mec prénommé Max pousse un soupir. Pacha pose sa main sur la cuisse de Cally qui glousse.

— Alors, tu es steward ? demande Milo, qui n'a pas l'intention de s'emmerder ce soir.

— Oui.

— Et du coup, tu es là entre deux escales ?

— C'est un peu ça. Avant-hier, nous étions à Tahiti.

Il nous jette ça à la gueule comme si c'était normal. Tellement cliché ! Milo retient un rire. Norah est captivée. Je m'enfile une nouvelle lampée de mon cocktail *Bloody Black Pearl*.

— Ah, c'est sans doute pour ça, le teint bronzé, commente Milo qui s'amuse comme un fou.

Cally le fusille du regard. Le ton de Milo n'est pas innocent. Autour de cette table, nous sommes les seules à suffisamment le connaître pour nous douter que, derrière ses remarques mielleuses, se cachent une once d'ironie méprisante. Je pince les lèvres et m'aperçois que je me trompe. Max a visiblement relevé le sarcasme et fronce les sourcils. Je trouve que ça lui va bien, à ce con. Ouais, parce que je décide que c'est un con. Personne n'a le droit de juger Milo en dehors de mes copines et moi. *Putain, c'est vrai qu'il est bronzé !*

Teddy envoie *Fear of the Dark* d'Iron Maiden. La foule est en délire. On est obligés de pousser la voix. J'ai envie de fumer une clope. Je me lève et me dirige vers les escaliers. Le patio est à l'étage.

Je fume en silence. J'épie les conversations des clients et retiens des sourires. Certains ont déjà un coup dans le nez. Un mec passe la petite porte ouverte par le gardien du parking privé et manque de se casser la gueule. Le parking se trouve juste derrière le pub, réservé aux VIP et aux membres du personnel. J'ai la veine d'y garer ma voiture en tant qu'employée à mi-temps. Je salue le gardien et écrase ma cigarette, avant de redescendre au sous-sol. Pacha et Cally sont sur la piste et dansent l'un contre l'autre. Je perçois les éclats de rire de ma copine. Ça fait du bien de la voir comme ça. Ravie, je me dirige vers notre box et m'installe face à Norah, Milo et le fameux type hautain que nous a ramené le nouveau petit ami de Cally.

— Elle est directrice financière dans une boîte de publicité, gueule Norah, pour se faire entendre.

Elle avale un shot, après avoir dévoilé la profession de Cally. Milo l'imite. La condescendance incarnée ne boit rien.

— Moi, je suis ingénieur informatique, lance Milo alors qu'Ozzy Osbourne beugle *Crazy Train* dans les enceintes du pub.

Max hoche la tête, comme s'il en avait quelque chose à foutre. Je lève mon cocktail et le porte à mes lèvres.

— Et toi ? me demande-t-il.

Je manque de cracher ma lampée sur la table. C'est la première fois que j'entends sa voix et malgré la musique forte, je la trouve grave et sexy. *Merde.*

— Moi, quoi ?

— Tu fais quoi dans la vie ?

Je plisse un peu les yeux. On va se marrer.

— J'suis hôtesse de caisse !

Son regard s'illumine. *Hein ?*

— Ah, tu es de la partie, alors ?

Il se fout de ma gueule ? Quelle partie ? Puis, je comprends qu'il n'a pas compris. J'ai parlé trop bas et cet abruti a entendu « hôtesse de l'air ».

— Je. Suis. Caissière !

Et c'est là, comme à chaque fois, que je vois ce que provoque la révélation d'une activité professionnelle de prolétaire. Ce qu'elle déclenche chez les connards et les connasses qui arpentent ce bas monde. Ces yeux qui ne mentent pas. Ce regard embarrassé auquel j'ai envie de crier *« Je t'emmerde ! »*. Mais à force, cela m'amuse. Je refoule un éclat de rire tant ce type est prévisible.

Ouais, mec. J'ai vingt-huit ans et je suis caissière dans une grande surface. Je joins les deux bouts avec quelques soirées à bosser dans un pub « vintage » et je suis à deux doigts de brandir mon majeur pour te signifier gentiment d'aller te faire enculer.

Un silence pesant suit cet échange. Norah décide d'emmener Milo sur la piste, alors qu'il vient d'ingurgiter un nouveau shot. Ce dernier finit de mordre dans son quartier de citron et attrape la main de Norah. Ces enfoirés me laissent avec le connard. J'hésite à les suivre, mais je n'en ai pas envie. J'ai beau faire comme si ça ne m'atteignait pas, révéler à quel point ma vie est merdique me fiche toujours un coup. Pas besoin des regards gênés pour comprendre que je suis une looseuse. Ça fait longtemps que j'en ai conscience.

Mon verre est presque vide. Merde. J'en ai besoin d'un autre d'urgence. Le mec ne m'adresse pas la parole. Ça me va bien. Puis Norah se repointe et se verse un autre verre. Elle l'avale cul sec.

— Hé hé ! lâche-t-elle. Tu ne danses pas, Pilote ?

Le type secoue la tête avec un sourire. Elle retourne sur la piste en haussant les épaules, puis s'esclaffe quand elle voit Milo se déchaîner comme un dingue. Elle se poste face à lui et danse aussi mal. Ils me font marrer.

— T'es pilote ?

Je demande ça sans savoir pourquoi, puisque je n'en ai rien à cirer. Le mec se rapproche pour éviter d'avoir à brailler.

— Pilote de ligne, oui.

— T'as quel âge ?

— Trente-deux ans, pourquoi ?

Il mate la piste. On ne se regarde pas. On fait la conversation juste pour ne pas s'emmerder. Il en a conscience et moi aussi. Je ne réponds même pas.

— Ils sont souvent comme ça, tes copains ?

— Comme quoi ?

Il ne répond pas non plus.

Connard.

Mes yeux se baissent et je vois sa main posée sur son genou. Il porte une montre hors de prix. Je pouffe.

— Quoi ? dit-il en se tournant vers moi.

Mon regard se relève et se plonge dans le sien. Je crispe les lèvres pour ne pas sourire.

— T'es un cliché ambulant.

Je lâche ça comme ça. Il penche la tête et le coin de sa lèvre se lève. Je suis un peu étonnée par cet air d'autodérision sur son visage. J'aime bien.

— Parce que je porte une belle montre, que je suis vêtu d'une chemise Armani et que je prends soin de moi ?

— Comme si j'savais que c'est du Armani, ta chemise ! Elle pourrait être de la marque Kiabi que je n'y verrais que du feu.

Ses yeux s'écarquillent de stupeur.

— OK, donc quoi ? Tu vas jouer à la prolo de service pour m'emmerder toute la soirée ?

Touché ! Il se rebelle. Je me marre.

— La prolo t'emmerde profond, connard coincé.

— Oh, chérie, je suis tout sauf coincé, crois-moi.

Je m'esclaffe devant son regard qui se veut séduisant, comme si cette expression suffisait à me renvoyer dans mes vingt-deux. Il marque la surprise face à mon insensibilité et soupire. Rim-K s'amène devant le box et demande à mon voisin :

— Vous voulez boire quoi ?

— Rien, merci.

— Et toi, ma belle ?

— Un autre *Bloody Black Pearl*, mon chou.

Rim-K m'adresse un nouveau clin d'œil et part chercher ma commande. Soudain, je pense que ma note au bar est aussi longue que mon bras. Gilou, le patron, va m'assassiner...

— Et c'est toi qui me parles de cliché ? me lance le pilote.

— Quoi ?

— Tu bois un *Bloody Black Pearl* au Bloody Black Pearl, tu trouves ça original ?

— Si j'avais voulu faire original, j'aurais demandé un coca.

— Oh, alors tu es une alcoolique notoire ?

— Qu'est-ce que ça peut te foutre ?

— Et sinon, à part exprimer des mots d'une vulgarité crasse, ta bouche sait faire autre chose ?

Je tourne vivement la tête vers lui et pique un fard.

— C'est mignon, dit-il. Facile à déstabiliser, en réalité.

Re-Connard !

— Écoute, le coincé de service...

— Je te l'ai dit, c'est pas mon genre.

— La ferme, Air Flight !

— C'est ça, ta répartie ?

Ouais, c'est pathétique, il n'a pas tort. J'ai soif, tout à coup. *Mais qu'est-ce que fou Rim-K ? Il est parti le chercher aux Antilles, le Curaçao ?* Mes yeux se jettent sur les verres de shot. J'en attrape deux.

— Si tu n'es pas coincé, Pilote, tu vas le prouver en buvant quelques shots avec moi ?

— Je ne bois que rarement, affirme-t-il d'une voix grave.

— *Rarement*, c'est pas *jamais*, pas vrai ?

Il ne dit rien et me laisse verser la téquila dans les deux verres. J'attrape la fiole de sel et lui attrape la main. Il m'observe tandis que je verse le condiment sur sa peau, entre le pouce et l'index.

— J'avais dix-neuf ans la dernière fois que j'ai fait un truc pareil.

— Bah, tu devais être vachement plus fun y a quarante ans ! J'approche le plateau avec les quartiers de citron et rive mes yeux sur Air Flight.

— Prêt, Pilote ?

Il semble réfléchir un instant, puis hoche la tête, résolu. Je lui tire la langue avec un sourire. Nous posons notre paume sur le shot, empoignons le verre, buvons, après l'avoir fait claquer sur la table. Puis nous aspirons le sel et mordons dans la chair du citron à pleines dents. Ça pique. L'alcool me brûle la gorge et sinue lentement dans ma poitrine. Je souffle. Rim-K amène mon cocktail. Je me rince le gosier avec une lampée de *Bloody Black Pearl*. Les enceintes crachent *Smell like teen spirit* de Nirvana.

— Entendu et réentendu, râle le pilote au sujet de la musique.

— Encore un shot.

— Non, merci.

— Si, si, j'insiste. T'es trop chiant.

Il se marre et cette fois, c'est un rire sincère. Je lève les yeux au ciel, verse la téquila dans deux shots, et c'est reparti !

— Max, c'est le diminutif de Maxime ? je demande. C'est quoi, ton vrai nom ?

— Maxence Delaunay.

— Ça fait bourge.

— Je t'emmerde.

Je ris.

— Et toi ?

— Moi, c'est Tony.

Je verse deux autres shots. Un sourire étire mes lèvres. L'alcool commence à me monter à la tête. Trop cool. On se les enfile en moins de deux. Je me sens plus à l'aise. Lui aussi.

— Et Tony, c'est le diminutif de quoi ? Tonnerre ?

— Ah, ah. Très drôle, Air Flight, dis-je, avec un regard blasé. C'est Antonia.

— Antonia ?

— Ouais. Antonia.

— Antonia, comment ?
— Qu'est-ce que ça peut te foutre ? T'as eu mon CV, tout à l'heure. Tu ne veux pas mon numéro de sécu, aussi ?!
Il soupire.
— Sers-moi un autre verre, Antonia.
Je déglutis. Ça me fait bizarre qu'il m'appelle comme ça. Seul mon père m'appelle comme ça. Je m'exécute.
— Tony, ça ira, déclaré-je.
Ses lèvres s'incurvent. Mes yeux se fixent sur elles. *Merde.* J'ai du mal à soutenir son regard sous les effets de la téquila. Je bois une nouvelle lampée de cocktail. Il nous ressert deux shots.
On ne peut plus l'arrêter, monsieur *Je-ne-bois-que-rarement* !

CHAPITRE 2
CAPTIVÉ PAR UNE PUTAIN DE LIBELLULE...

MAX

Ses yeux commencent à devenir vitreux. Elle mate ma bouche. Ça me fait sourire. Elle ne tient pas l'alcool et n'hésite pas à me lancer un défi qu'elle est sûre de perdre en me proposant ces shots. Je décide d'arrêter la téquila. Elle va s'écrouler sur la table, si on continue. Mon regard quitte ses iris noirs et parcourt la salle des yeux.

Je ne suis jamais venu ici. J'ai plutôt l'habitude des lieux branchés. Le Bloody Black Pearl n'en fait indubitablement pas partie. Mais j'aime bien l'ambiance qui se dégage de cet endroit. Les danseurs n'en ont clairement rien à foutre du jugement des non habitués tel que moi. En arrivant, j'ai été rebuté par la déco datée et la musique surannée. Après quelques shots, cela ne m'est plus aussi intolérable. Je me vautre presque sur la banquette. Puis la fille se lève. *Tony.* Je détaille son corps des yeux. Elle est plutôt fluette avec sa jupe en jean qui lui arrive à mi-cuisse, un T-shirt noir à l'effigie des Gun's and Roses, et ses Doc Martens rouges aux pieds. Sa chevelure est aussi sombre que ses yeux. Je distingue un tatouage derrière son avant-bras. C'est une libellule.

— Tu vas où ?

Elle baisse son regard vers moi et m'observe, comme si je faisais intrusion dans son territoire.

— C'est pas que je m'emmerde avec toi, Air Flight, dit-elle avec un sourire narquois, enfin… si, en fait.

La garce.

Je passe ma langue sur mes lèvres et retiens un rire. Cette nana parle plus mal qu'un chauffeur poids lourd. Je la regarde se diriger vers la piste. Elle rejoint son ami Milo et sa copine Norah, tandis que Pacha visite la bouche de sa nouvelle chérie. Je soupire et avale un nouveau shot de téquila. La musique résonne fort sous mon crâne. Mon regard vrille vers le bar. Les clients s'agglutinent et interpellent les barmans en agitant les bras. Des couples se roulent des pelles dans chaque recoin. Des mecs sortent des toilettes en s'essuyant le nez. Je jette de nouveau les yeux sur la piste. Ma tête me tourne un peu. J'ai trop bu. Je défais un nouveau bouton de mon col de chemise. Il fait chaud. J'observe Tony qui se déchaîne sur la piste. Elle saute partout en chantant les paroles de *Mr Brighside*. Pas la peine d'être Einstein pour deviner qu'elle ne connaît pas un mot d'anglais. Sa bouche est en décalage permanent avec le refrain beuglé par The Killers. Ça me fait rire. Je la regarde encore. Elle qui, y a pas cinq minutes, m'a paru si renfrognée s'éclate comme une petite folle. Puis la musique change de rythme. Le DJ balance *Sunday Bloody Sunday* de U2. *Sérieusement ?*

Je pousse un soupir, me verse un autre verre, puis dissèque les mouvements de la fameuse et tempétueuse Antonia. Je ne sais pas pourquoi je la mate comme ça. Je ne suis pas du genre à tomber sous le charme d'une prolo au langage tout droit sorti d'un film de Tarentino. Mais je la regarde. Je n'arrive plus à m'en empêcher. Ses bras se lèvent, ondulent autour d'elle. Je suis captivé par sa lenteur. Sa tête bouge au rythme de ses hanches. Elle plane. Norah et Milo viennent s'asseoir dans le box. Ils éclatent de rire et s'enfilent des shots. Ils ne m'adressent pas la parole. J'ai tout le loisir d'examiner la danse sensuelle d'Antonia.

Je me reprends. *Qu'est-ce que je fous ?*
Je me racle un peu la gorge et décide de vraiment arrêter de boire. Mes yeux se relèvent sur elle. Je contemple ses mouvements. C'est plus fort que moi. Ses cheveux longs cascadent sur ses épaules et dans son dos. Elle tourne sur elle-même. Je l'imagine nue. Mon pantalon me serre. Je me sers un autre verre et le bois. Puis je me lève. Je ne sais pas ce que je fous, mais je sais déjà que je vais le regretter. Je ne me rassois pas.

J'approche de la piste. Elle ne me voit pas et s'enfonce dans la foule en dansant. Je la suis et me faufile. Elle s'est arrêtée en plein milieu de la piste. Son corps est comme habité. Je m'avance. Je ne suis qu'à quelques centimètres d'elle. Elle ne se retourne pas. Je ne suis même pas certain qu'elle sache que c'est moi. Ses bras se lèvent. Mes mains se posent sur eux et les remontent lentement. Mes doigts s'enchevêtrent autour des siens. Ses bras se portent sous sa poitrine, en emportant les miens. Je la serre contre moi et sens le parfum de ses cheveux. Ils dégagent une odeur de vanille. Elle ondule contre moi, se balance. C'est un moment inexplicable qui me donne le sentiment de flotter. Je baisse ma tête et fourre mon visage dans sa nuque. Puis, soudain, elle se détache de moi et imite un solo de guitare déchaîné. *Qu'est-ce qu'elle fout ?* J'éclate de rire. Puis mon rire se dissipe. Je la regarde. La regarde vraiment. Elle le remarque et se fige, m'observant, ahurie. *Vient-elle de réaliser qu'elle vient de se frotter à moi ?* Il semblerait. Elle penche la tête. Ses sourcils se froncent. Je lui souris. Elle a clairement un coup dans le nez, et moi aussi. Enfin, elle s'approche. Je baisse la tête, portant mon visage à sa hauteur. On n'échange pas un mot. Elle plisse les yeux, analyse la situation. On est cernés par la foule. Son corps se rapproche encore du mien. Je respire un peu plus vite. On se dévisage. Ça dure longtemps. Elle se mordille la lèvre inférieure. Ce geste est comme un signal à mes yeux ; je pose mes mains sur ses joues en feu et l'embrasse à pleine bouche. Elle entrouvre la sienne, j'y glisse ma langue. Ses lèvres sont chaudes, son haleine a un goût de sel, de sucre et d'un léger soupçon de tabac. J'approfondis le baiser. J'enfouis mes doigts dans ses cheveux et la serre contre moi. Ses formes épousent les miennes. Cela dure, et dure encore. Je bande comme un Turc et dois me refréner pour ne pas la toucher devant tout le monde. Je suis submergé par la fièvre de ce baiser. Puis la musique s'arrête. Rage Against A Machine gueule *Killing In The Name* dans les enceintes et sonne le glas de cette étreinte langoureuse. Tony se détache de ma bouche. Ses yeux s'arrondissent comme si elle venait de réaliser ce qui vient de se passer. Elle détale la seconde d'après, et je reste comme un con, seul sur la piste.

Les esprits s'échauffent. C'est la cohue. Je peux replacer ma queue dans mon pantalon sans que personne s'en aperçoive. *Putain...* Je respire un coup et vais rejoindre le box où tout le monde est assis. La bouteille de téquila a pris une claque.

— T'as dansé ?! me lance Pacha, mort de rire.

— Ouais...

Je m'assois et évite le regard de la fille à qui je roulais un patin d'adolescent y a pas une minute. *Qu'est-ce qui m'a pris, bordel ?*

Les éclats de rire fusent. Les discussions s'enchaînent. Visiblement, aucun des amis de Tony ne nous a surpris. Mes yeux s'aventurent dans sa direction. Elle détourne aussitôt les siens. Elle est gênée, je le sens. Soudain, elle se lève et quitte la table. Je la suis des yeux jusqu'à ce qu'elle disparaisse dans les escaliers.

CHAPITRE 3
J'AI VRAIMENT GALOCHÉ UN MEC SUR U2 ?
TONY

J'ai encore le goût de ses lèvres sur les miennes. Ce baiser endiablé m'a laissée sur le carreau. Je respire à peine et la tête me tourne. Merde, j'ai vraiment trop bu.

Bravo, Tony, t'es une championne. Rouler une pelle à un connard fini sur U2 ! T'es sérieuse ?

Je monte les marches et me rends aux vestiaires. Ils sont déserts. Paulux a les coudes sur le comptoir et hoche la tête sur le rythme tranchant de *Killing In The Name*.

Paulux, alias Paul, est le meilleur ami de Gilou, le patron du Bloody Black Pearl. Ils ont dans la soixantaine tous les deux, et donnent toujours l'impression d'avoir fait le Vietnam ensemble.

— Tony ! s'exclame-t-il. Ça va, ma puce ?

— J'suis torchée.

— Encore ?

Il se marre. Gilou se ramène et me claque une fesse.

— Ça va être retenu sur ton salaire ! beugle-t-il.

Je me tourne lentement vers lui, inspire profondément et hausse le menton, tâchant de rester digne.

— C'est normal, Gilou.

Il soupire et se passe la main dans sa chevelure poivre et sel.

Gilou a les cheveux longs et les yeux d'un vert si hypnotisant qu'ils lui donnent toujours l'air d'être dans la lune. Paulux dit que c'est à cause des LSD qu'il s'est enfilés à la fin des années 70.

— Y a du monde ce soir, lui lance ce dernier.
— Bof, grogne Gilou.
— Les placards sont pleins, y a du monde, j'te dis.
— Humpff.

Gilou râle tout le temps. Sa méchante humeur est mignonne quand on le connaît bien. Et je le connais bien.

— J'ai besoin de Paulux, Tony, tu peux te charger du vestiaire une heure ?
— Gilou, j'suis bourrée.
— Comme tous les samedis, chérie.
— Je t'emmerde.
— À cette heure-là, y a personne qui se pointe aux vestiaires de toute façon, assure Paulux.

Je consulte ma montre. Mes yeux distinguent vaguement minuit trente. Je hausse les épaules. Paulux passe par-dessus le comptoir d'un geste souple. Malgré son âge, c'est une force de la nature. Il se marre en tapant sur l'épaule de Gilou qui lève les yeux au ciel.

Alors que je suis seule face aux vestiaires, mes pensées me ramènent à la piste de danse, où je viens de lécher les lèvres d'un pilote de ligne qui a tout l'air d'être un sombre connard. Je me demande ce qu'il m'a pris, mais je ne peux refouler l'envie de recommencer. Je sens encore la chaleur de son corps contre le mien, sa bouche me dévorant, ses bras caressant lentement les miens. Je déglutis en fermant les yeux. Je soupire en me remémorant cette étreinte et son effet sur moi. Le feu court dans mes veines. Le rythme sensuel de la musique m'invite à onduler. Je me mords les lèvres et éclate de rire comme une idiote. La tête me tourne. Soudain, je sens une main se poser sur mon avant-bras posé sur le comptoir. Mon cerveau embrumé reconnaît aussitôt cette montre luxueuse. Je manque une respiration. Les doigts de Max sinuent lentement vers les miens. Ils s'enroulent, moites et électrisants. J'observe ses gestes et colle mon dos contre lui. Son autre main se plante sur mon épaule. Je suffoque. Mes yeux se révulsent. J'ai envie de lui. *Merde…*

On me dit souvent que je ne réfléchis pas assez avant de commettre un acte que je vais regretter. J'en ai parfaitement conscience quand je lui attrape la main, soulève la trappe du comptoir et le tire jusqu'au placard du vestiaire. On n'a qu'une vie !

CHAPITRE 4
SI J'AVAIS SU CE QUE PROMETTAIT CETTE NUIT-LÀ...

MAX

Elle me tire le bras jusqu'à une sorte de placard où se trouve une penderie qui dégueule de blousons, et une console qui supporte une quantité énorme de sacs à main. Elle ferme la porte derrière elle. Je lui attrape le visage en coupe, mes lèvres fondent sur les siennes. Car c'est ce que ces traîtresses veulent. Je retrouve la bouche de cette nana, qui m'apparaît soudain si sexy que mon cœur pulse dans mon pantalon trop étroit. Ses bras se lovent autour de mon buste, puis elle me saute dessus. Ses jambes s'enroulent autour de ma taille. *Putain…*

Ses doigts caressent les lignes de mon dos, sinuent sur mes épaules et descendent jusqu'au col ouvert de ma chemise. Sa bouche se décolle de la mienne. Sa langue me lèche le cou tandis qu'elle défait les boutons de ma chemise. J'attrape les pans de son T-shirt et le passe au-dessus de sa tête. Elle porte un soutien-gorge couleur corail, qui contraste singulièrement avec sa peau d'une blancheur laiteuse. Je remarque à quel point la mienne est hâlée, alors que je lui malaxe un sein sans aucune retenue. J'en libère un qui émerge au-dessus du balconnet. Elle repose les pieds au sol. Ma bouche file directe sur son mamelon. Je l'avale, le mordille, le lèche. Elle gémit en passant ses mains dans mes cheveux. Je vais exploser.

— J'ai pas de capote, dis-je, alors que je suis prêt à me filer des claques pour cet oubli.

Mais comment aurais-je pu prévoir une nuit pareille ? Pacha m'a dit « *On va dans un pub rock à l'ancienne. Je te présenterai ma nouvelle petite amie* ». Rien n'invitait à la débauche, dans ses paroles. Je les ai même accueillies avec un soupir ! *Bordel...*

Tony se tourne et attrape un des sacs. À la façon dont elle le manie, je devine que c'est le sien. Elle brandit le petit sachet avec un adorable sourire en coin, puis me le tend avant de faire voltiger les besaces de la console. Elle s'assoit dessus, m'attrape par le col de ma chemise entrouverte, puis pose ses doigts sur mes pecs en collant sa bouche à la mienne. Je suis en feu quand sa main se charge de déboucler ma ceinture. J'avale littéralement sa bouche, puis m'agenouille. Mes doigts attrapent sa petite culotte en dentelle que je fais glisser sur ses jambes, avant de plonger mon visage entre ses cuisses. Elle pousse un cri tandis que ma langue visite sa chair. Elle a un goût de pêche et d'épices. Je suis comme un dingue. La tête me tourne. Je crois ne jamais m'être autant activé avec ma bouche contre le sexe d'une nana. J'aspire son clitoris et lui arrache un nouveau gémissement. Je me relève et déboutonne mon jean. Ma queue se dresse, aussi dure qu'une matraque. Elle n'y jette même pas un coup d'œil et se sert de ses mollets pour me coller à elle. J'ai à peine le temps d'enfiler la capote.

Puis je la pénètre et c'est l'extase. La version longue de *Killing In The Name* résonne dans le placard. Je rue entre ses jambes. M'essouffle. Je suis à deux doigts de perdre pied. Elle hurle. Me mord l'épaule. Me serre contre elle. Me sourit. Puis elle me repousse sèchement. J'arrondis des yeux ahuris tandis que je bascule en arrière, trébuche et m'étale sur le sol. Elle se jette sur moi et s'empale d'un coup. Je grogne et lui attrape les bras. Elle se met en mouvement sur le rythme de la musique, chante et éclate de rire.

Fuck you, I won't do what you tell me[1]
Fuck you, I won't do what you tell me
Fuck you, I won't do what you tell me
Fuck you, I won't do what you tell me
Fuck you, I won't do what you tell me
Fuck you, I won't do what you tell me
Fuck you, I won't do what you tell me
Fuck you, I won't do what you tell me
Fuck you, I won't do what you tell me
Fuck you, I won't do what you tell me
Fuck you, I won't do what you tell me
Fuck you, I won't do what you tell me
Fuck you, I won't do what you tell me
Fuck you, I won't do what you tell me
Fuck you, I won't do what you tell me
Fuck you, I won't do what you tell me
Motherfucker !

Elle me chevauche à en perdre haleine. Je suis un putain d'étalon ! Je me redresse. L'embrasse. Me colle à cette furie, puis la retourne et me plaque contre son corps. Je ne peux plus me retenir. *Bordel... mais c'est quoi cette putain de nuit ?*

---

1. Traduction : « *Fuck you, I won't do what you tell me* » : Allez vous faire foutre, je ne ferai pas ce que vous me dîtes de faire

CHAPITRE 5
RÉVEIL ÉPINEUX, PUTAIN...
TONY

Mes paupières lourdes trouvent la force de se lever. *Putain… mon crâne ! Aïe ! Ouille ! Aïeeeee ! J'ai la bouche pâteuse.* Un vieux relent me remonte l'œsophage. Je distingue vaguement un vaisselier, ou est-ce un meuble télé ?

— Cally ! Callyyyyyyyy !

Personne ne répond. Je ferme encore les yeux. J'ai trop mal à la tête. Je vais vomir.

— Callyyyyyy !

Je répète encore plusieurs fois son nom sans succès. *Merde… on ne peut vraiment pas compter sur elle.*

Je suis obligée d'affûter ma vue et constate que je ne suis pas chez Cally. Je reconnais ce buffet, ce chandelier à sept branches, cette reproduction des montres de Dali sur le mur. On est chez Norah.

— Norah ! Noraaaaaaah !

— Mais quoi, bordel ?! crie-t-elle en investissant la pièce.

— Doliprane, réussis-je à dire de ma voix trop rauque.

— Tu fais chier, Tony.

J'ai envie de lui demander de baisser d'un ton pour préserver ma migraine, mais je me retiens. Je doute que cela soit bien accueilli. Mes lendemains de cuite l'exaspèrent. Ce n'est pas comme si je ne connaissais pas parfaitement ce canapé sur lequel j'ai bavé toute la nuit. Je trouve la force de m'asseoir et réalise que je porte un de ses pyjamas Disney. Dumbo me fait de l'œil depuis mes cuisses.

— Norah… Il faut sérieusement qu'on reparle de tes tenues de nuit, Chouchou.

— T'avises même pas de me juger !

Elle est furax.

— Qu'est-ce qu'il y a ?

— Qu'est-ce qu'il y a ? répète-t-elle. J'ai dû te traîner dans les escaliers, putain !

— Oh.

Je crispe les lèvres, puis lui adresse un regard de Chat Potté. Elle m'observe, outrée, puis se radoucit. Comme d'hab.

— Tu ne te souviens de rien, c'est ça ?

Je ferme les yeux, me tiens la tête avec les mains et rassemble mes pensées sérieusement embrumées.

— On a bu un verre avec le nouveau petit ami de Cally et son connard de pote, puis…

Je lève les yeux et secoue la tête. Elle se tape la paume contre le front. Je sais que j'afflige Norah. On se connaît depuis la maternelle et je n'en suis pas à mon coup d'essai.

— J'en étais sûre. Pas la téquila, Tony. Combien de fois faut-il te dire : reste au *Bloody Black Pearl* ! Champagne, à la limite.

— Pardon.

Je lui souris. Elle rigole et vient m'enlacer. J'ai mal au crâne et mon corps est étrangement engourdi, mais je la laisse faire.

— Tu pues, lâche-t-elle.

— Je sais.

— T'as vomi dès qu'on est rentrées.

— C'est la raison pour laquelle je préfère mes trous noirs de beuverie.

— Le problème, c'est que moi, je me souviens de tout !

— Bon alors, à part tituber dans tes escaliers et avoir besoin de ma BFF[1] pour me tenir les cheveux, j'ai fait quoi ?

Elle se redresse sur le canapé et hausse les épaules.

— Je ne sais pas.

— Comment ça, tu ne sais pas ? C'est toi qui me fais toujours des rapports scrupuleux sur mes soûleries !

— Ouais, mais t'as disparu, cette fois.

— Hein ?

— Je ne t'ai pas vue pendant une heure. Puis t'es revenue. Alors, on est parties chercher l'ami de Pacha au bar et on s'est tirées. J'ai appelé un Uber et tu connais la suite. Un cauchemar nommé Tony.

Je me passe la main dans les cheveux. Je n'aime pas quand je ne me souviens de rien, mais je recherche souvent cet état, paradoxalement. Pendant ce laps de temps, ma vie merdique ne me saute pas à la figure. Je suis libre.

— Pacha a appelé.

— Qui ?

Ça me revient, le nouveau petit ami de Cally. *Cul.*

— Il voulait quoi ?

— Savoir comment tu allais.

— Qu'est-ce que ça peut lui foutre ?

— Tony, c'est sympa de sa part.

— Je ne le connais pas.

— Il s'est inquiété quand il nous a vues partir. Le pilote a voulu nous raccompagner, mais t'as refusé tout net. On voit que c'est pas toi qui accumules les factures d'Uber.

Je me penche sur Norah et l'embrasse sur la joue.

— T'es la meilleure BFF du monde.

— Connasse.

— Moi, aussi je t'aime.

---

1. BFF : Best Friend Forever

— Bah, si tu m'aimes, va te doucher. Ta brosse à dents est dans le tiroir sous le lavabo.
— Merci, Chouchou.

Je me lève et file direct sous la douche. L'eau se déverse sur moi. Je reprends mes esprits et goûte ce pur moment de délectation. Puis je me dis qu'il faut que je récupère ma voiture au Bloody Black Pearl et que je rentre chez moi. *Dans ma putain de vie.*

Je sors de la salle de bain, une serviette propre enroulée autour de la poitrine. Norah se tient juste derrière la porte et me tend des habits à elle. Je les attrape et lui adresse un baiser de loin. Je rentre à nouveau dans la salle de bain. Mes vêtements de la veille jonchent le sol. Je plisse les yeux et m'interroge : *elle est où ma culotte, bordel ?!*

CHAPITRE 6
PILOTER AVEC UN SOURIRE NIAIS PLAQUÉ SUR LA TRONCHE...

MAX

J'enclenche le pilote automatique et me vautre sur mon siège. Cela fait deux jours que j'ai décuvé, mais j'ai encore du mal à m'en remettre. J'ai plus vingt ans, c'est une certitude. Mes yeux se perdent dans le ciel. J'aime la sensation de voler. J'aime être aux commandes de mon avion. Cette passion que mon père voyait comme une passade d'adolescent est devenue mon métier. Un métier que j'aime. La vibration du décollage, la tension dans mes épaules lors de l'atterrissage et le sentiment d'être Dieu à bord de son engin de soixante-dix tonnes se sont mués en une sorte de drogue. Il faut avoir des nerfs d'acier pour commander un avion et supporter la pression. Je suis reconnu pour ça. Mon connard de copilote m'appelle même *Iceman*.

Déjà petit, je quémandais des stages de voltige. J'ai fait mes classes dans l'armée de l'air, avant de m'orienter dans le civil. Depuis quatre ans, je navigue à bord d'A380 et parcours la planète. Mon seul problème, c'est mon putain de partenaire qui est justement en train de se foutre de ma gueule.

— C'est quoi, ce sourire sur ta tronche ? T'as déjeuné de la bonne humeur ?

— Ta gueule, Maverick[1].

En réalité, il s'appelle Victor. Un gros beauf de vingt-neuf ans, fan de *Top Gun* et le pire salaud de la planète. Sa femme a des cornes aussi longues que ses avant-bras. Il rêve d'être commandant de bord et me seconde depuis six interminables mois. Encore six, et il ira se faire foutre ailleurs. Vivement la fin de cette pénitence !

— Oh, oh ! Je touche la corde sensible de l'homme de glace, intéressant.

— Qu'est-ce que t'as pas compris dans « Ta gueule ! » ?

— Il y a forcément deux raisons à ce sourire, poursuit-il. Soit tu as gagné au loto – mais comme c'est pas ton genre, les jeux de hasard, ça ne peut pas être ça –, soit t'as baisé.

Un tic sur mon visage a dû me trahir, puisqu'il s'esclaffe comme un demeuré.

— Putain, Iceman a baisé ! Oh bah, merde alors !

— Je baise souvent, figure-toi.

Qu'est-ce qui me prend de dire ça ? Pourquoi je me justifie ?

— Ouais, je sais, Poncho, comment Victor, mais je n'ai jamais vu un de tes plans cul réussir à plaquer un sourire sur ta face de gros con.

— T'en sais que dalle.

— Ça fait six mois qu'on vole ensemble, Max. Je sais. Crois-moi.

Je me tais, voulant au plus vite changer de sujet. C'est sans compter sur Pacha qui fait aujourd'hui ses premiers pas en tant que chef de cabine. Je jette un œil sur le moniteur vidéo qui se déclenche, quand un membre du personnel navigant tape le code confidentiel d'accès au cockpit. Victor appuie sur le bouton qui déverrouille la porte.

---

1. *Maverick* (Tom Cruise) et *Iceman* (Val Kilmer) sont les personnages principaux du film *Top Gun* sorti en 1986. Ils sont carrément sexy, mais se détestent cordialement. La base, quoi.

— Les trois cent cinquante passagers dorment comme des bébés, lance Pacha en s'asseyant sur le strapontin derrière Victor.
— Ils en ont de la chance ! grogné-je.
— C'est dommage, Pacha, t'as loupé son sourire de baise !
— Son quoi ?
— Ta gueule, Victor !
— Il a baisé ce week-end ? balance ce dernier en brandissant son majeur.
— Mais non, j'étais avec lui tout le week-end et…

Merde… Je vais tuer Maverick !

— T'as baisé la copine de Cally ?! braille Pacha, avec des yeux de merlan frit.

Je redirige mon regard sur le ciel et je soupire. Puis je fixe ma montre. Encore quatre heures de vol.

— Bien sûr que non, dis-je.

Un silence s'abat sur le cockpit jusqu'à ce que Victor éclate de rire. Mon père m'a dit un jour que je ne sais pas mentir, que mon visage est un livre ouvert. *Ça craint…*

— Putain… lâche Pacha. C'est pour ça que tu m'as demandé d'appeler Norah pour savoir si elle et Tony étaient bien rentrées.
— Norah ? Ou Tony ? soulève Victor. T'as baisé un mec ?
— Ta gueule !
— Milo n'aurait pas dit non, se moque Pacha.
— De quoi tu parles ?
— Le pote à Cally bavait sur toi.
— N'importe quoi.
— Bien sûr que si. J'ai même cru que tu t'étais éclipsé pour éviter de… Ah, mais en fait, tu couchais avec Tony pendant qu'on s'enfilait des téquilas !

Il est lent…

— Les mecs, la prochaine fois, vous m'emmenez en soirée ! lance Maverick.
— Même pas en rêve, connard !

Il se marre. Je serre les poings sur le manche alors que le pilote automatique fait le job. *Pathétique…*

— Tu la revois quand ?

Je détourne les yeux et contrôle les commandes. Ça dure quelques minutes. Puis Victor s'esclaffe comme un abruti et Pacha l'imite.

— Vous faites chier.

— Allez, dis-moi, mec !

— Je n'ai pas son numéro.

Ma remarque est accueillie par des gloussements. Je viens de confirmer qu'ils ont raison et que je suis un sale con qui a baisé une fille sans même lui demander son numéro de téléphone. Tout de suite, je m'en veux. Pas de l'avoir avoué à mes collègues. Non. Ça, je m'en fous. Je m'en veux de ne pas avoir pris le numéro de Tony. Punaise, je revois encore ses petits seins dressés. Je ressens encore son goût sur ma langue, la caresse de ses lèvres et j'entends encore ses gémissements. Ces images ne quittent plus mon esprit depuis que je me suis levé dimanche, avec une trique aussi solide qu'une batte de base-ball. Puis je me souviens d'elle. OK, son corps est excitant. OK, c'est probablement la meilleure baise que j'ai jamais vécue, mais merde, cette nana parle comme une poissonnière, est caissière de supermarché et s'habille chez Kiabi !

Non, je ne suis pas près de l'appeler, bordel !

CHAPITRE 7
C'EST QUI CE MEC CHELOU ?
TONY

Il est dix-sept heures quinze et je ferme la caisse numéro 12. Ces putains de clients ne savent pas lire la pancarte « *fermée* » bien en évidence au-dessus du tapis. J'ai dû gueuler comme un putois pour leur faire comprendre que j'avais terminé ma putain de journée.

— Salut Suzanne. Le bonjour à Georges.
— Salut Tony. Tu bosses demain ?
— Ouais.

Je lance un clin d'œil à ma collègue avant d'emporter la caisse noire où est stockée la thune récoltée dans la journée. Je croise la cheffe de caisse, Nadine Chaplin, qui me scrute d'un air suspicieux. *Connasse… Comme si j'allais voler dans la caisse après huit ans de bons et loyaux services !*

J'ai déjà vu des caissières emmenées par les flics devant les clients. Cette salope de Chaplin ne fait pas dans la dentelle quand il s'agit de vol. Pas plus tard que la semaine dernière, l'une de mes collègues sans le sou a piqué dix balles pour s'acheter à bouffer. Depuis qu'elle a été virée, je fais la gueule à Momo, le chef du pointeau sécurité qui l'a dénoncée. Quand je le croise dans le couloir, il m'envoie un sourire que j'accueille avec mon majeur. En silence. Propre.

J'ai dix minutes devant moi pour ranger la caisse au coffre, me changer et filer chez ma mère. J'arrive dans le parking et me place sur le siège conducteur de mon vieux 4X4 Vitara. Tout le monde se fout de moi, car il est énorme en comparaison de ma petite taille. Je les emmerde. Il m'a coûté une bouchée de pain et je suis la reine du créneau.

Il me faut dix autres minutes pour parvenir à destination. Je sonne, et mon demi-frère de neuf ans vient m'ouvrir.

— Tony ! s'exclame-t-il en riant.

Je l'attrape dans mes bras et le soulève. Ma demi-sœur, quinze ans, s'amène à son tour en faisant la gueule.

— S'lut.

— Moi aussi je suis contente de te voir, Jenny.

Ma sœur Jennifer est en pleine crise d'adolescence. J'ai envie de lui foutre des claques, mais je n'oublie pas que je suis passée par là. J'étais conne puissance mille.

— Bon, alors Arthur, comment ça va bien ?

— Trop génial.

Je fourre ma bouche dans le cou de mon petit frère et lui fais des chatouilles. Il glousse et me repousse.

— Elle est où ta mère, mon petit morpion ?

— Ne m'appelle pas comme ça !

Je lui souris et ébouriffe ses cheveux hirsutes. Il me tire la langue et se retourne. On entre dans la maison. Une délicieuse odeur de bouffe imprègne mes narines.

— Oh, voilà ma fille ! lance ma mère avec un sourire scintillant.

Elle m'enlace. Derrière elle se tient Gaspard. Mon beau-père antillais et père d'Arthur et Jenny. C'est un homme bourru, à la carrure d'un ouvrier du bâtiment – ce qu'il est – et dont le penchant pour la bière est presque aussi soutenu que son amour pour les matchs de foot du PSG.

— Salut beauté.

Je l'embrasse sur la joue, lui pique sa bière et m'affale sur une chaise.

— Tu bosses ce soir ?
— Yep.

C'est mercredi. Je bosse au Bloody Black Pearl. Je consulte ma montre pour vérifier que je ne suis pas en retard. J'ai une demi-heure devant moi. *Touto bene.*

Maman découpe la quiche lorraine et en pose une part dans une assiette qu'elle me tend. J'en croque immédiatement un morceau.

— Comment ça se passe, le boulot ?
— C'était un mercredi. Et toi ?
— C'était un mercredi aussi.

Ma mère fait des ménages. Parfois, elle me raconte comment les gens sont dégueulasses. Aujourd'hui, ça devait être nickel pour qu'elle n'ait rien à me dire.

— Jennifer ! appelle ma mère.
— Quoi ?!
— Oh, tu te calmes ! lancé-je à ma sœur. Comment tu parles ?

Jenny se tait. Gaspard glousse. Ma mère secoue la tête. Elle n'aime pas quand je fais son taf.

— Peux-tu pendre le linge dans la machine, ma chérie ? demande maman.
— Fait chier, bordel ! lâche-t-elle, avant de relever un visage plus intéressé. J'aurais un peu d'argent de poche, si je le fais ?

J'suis à deux doigts de lui en coller une ! J'attrape son bras et la pousse sur le côté. Pas question de supplier cette petite conne. Je pendrai le linge moi-même !

Une heure plus tard, j'enfile mon débardeur noir décoré du logo du Bloody Black Pearl au niveau de la poitrine. J'arrange mes petits seins, tire un peu sur le tissu de manière à ce qu'il couvre la taille de mon jean. Dans la cabine des employées, je me place devant le miroir et coiffe mes cheveux en queue de cheval. Je redonne un coup de mascara sur mes cils. Mes traits d'eye-liner ne sont pas trop mal.

Je m'apprête toujours quand je bosse au pub. Plus je suis mignonne et gentille avec les clients, plus j'ai des pourboires. Dommage que les Parisiens soient des pinces ; je pourrais me passer de rouge à lèvres s'ils se montraient plus charitables, ces enfoirés.

Rim-K est au bar et essuie des verres. Deux clients sont au comptoir et sirotent une bière. Quelques tables sont prises. La piste de danse est vide. Dans quatre heures, la fête battra son plein. Je plaque un bisou sur la joue de Rim-K qui jure parce que mon rouge à lèvres est super chiant à retirer. Ça me fait rire. À chaque fois, c'est pareil.

— Tu t'es remise de ta cuite ?
— Quelle cuite ?

Il se tourne et m'observe. Je lui tire la langue.

— Je suis un roc, t'inquiète pas.
— Tu fais chier à te mettre dans ces états-là.
— Le samedi soir, c'est quartier libre.
— Et le mercredi ?
— C'est jour de sobriété, tu le sais !

Je ne bois jamais quand je bosse. Par respect pour Gilou. En échange, il ne m'emmerde pas lorsque je me mets sur le toit le week-end. C'est le deal.

Je compte les bouteilles d'alcool et me dis qu'il faudra sans doute aller chercher du rhum dans la réserve. Le Bloody Black Pearl n'est pas plein le mercredi soir, mais y a pas mal de soiffards. On risque d'être juste sur la boisson.

Gilou se pointe dix minutes après mon arrivée. Il me claque une fesse avant de faire la même à Rim-K qui râle de nouveau.

— Tout est bon pour ce soir ? demande-t-il.
— On risque d'être à court de rhum.

Gilou se retourne et examine les bouteilles en présence.

— Hum… faudra sans doute aller en chercher dans la réserve.

Sans déc'.

Puis il part, après cet acte triomphal de management. Rim-K et moi luttons pour ne pas rire. Puis je perçois un mouvement sur ma droite et m'élance vers la jeune femme qui réclame de l'attention. Dès que je me pointe, elle affiche un air déçu. Je soupire et fais demi-tour. Je m'approche de l'oreille de Rim-K et murmure :

— Probable pourboire à quinze heures, matelot. Je répète, probable pourboire à quinze heures.

Sa tête pivote, un œil discret examinant la cliente. Il s'en charge. Je l'observe faire du charme avec un sourire mielleux.

— Il s'y prend bien ! lance une voix.

Je me tourne et fais face à un type aux yeux clairs, les cheveux bruns, légèrement bouclés au-dessus des oreilles. Sous la lumière du bar, il me semble le connaître. Il me regarde avec un sourire très agréable. Je pense « *Pourboire* » ! Je m'approche d'une démarche que j'espère suffisamment séduisante pour attirer les faveurs de son portefeuille.

— Bonsoir.

— Bonsoir.

— Je vous sers quoi ?

Il semble stupéfait par ma question. Je me renfrogne un peu devant son absence de réponse. *J'ai de la salade entre les dents ou quoi ?*

Il pose un cul sur une des chaises du comptoir, les yeux éberlués.

— Ça ne va pas ?

Il ne répond toujours pas. Je détaille mieux son visage et commence à me rappeler où je l'ai déjà vu.

— T'es le pote de Pacha ! C'est ça ?

Il paraît encore plus surpris.

— Quoi ? T'es pas le pilote de ligne avec qui je me suis envoyé une bouteille de téquila samedi dernier ? J't'ai pas reconnu, en pleine lumière.
Il se racle la gorge, semblant décontenancé.
— Désolée, dis-je, il fait sombre dans les box.
— Oui, bien sûr, dit-il d'une voix étrangement rauque.
— Bon, alors je te sers quoi, Air Flight ?
C'est moi ou il rougit, là ?

CHAPITRE 8
UN PETIT PAS DE RECUL POUR L'HOMME, UNE CLAQUE GÉANTE POUR MON EGO !

MAX

Je m'apprête à me tirer en courant quand le mot « whisky » s'échappe de ma bouche. Elle me sourit et ses lèvres rouges dévoilent des dents d'une blancheur captivante. Elle est maquillée, coiffée et semble beaucoup plus sûre d'elle que samedi soir. *Mais, bordel, elle ne se souvient même pas de moi ! Elle ne se rappelle pas qu'on a baisé !* J'ai l'impression que la terre s'ouvre sous mes pieds. J'étais un peu stone cette nuit-là ; elle aussi, mais tout de même ! Je me rappelle tout, et elle rien ! Pas possible ! C'est un putain de cauchemar !

Tout à coup, je me demande ce que je fous là.

Elle se tourne et sert le whisky. Mes yeux ne résistent pas à l'envie de mater son cul moulé dans son jean. *Merde. J'ai tenu ces fesses-là ! J'ai planté ma queue dans ce corps-là ! Et elle ne se rappelle pas !*

Elle pose un sous-verre sur le comptoir, puis le verre au-dessus.

— Neuf euros.
— Pardon.
— Neuf euros.

— Oh, euh… Oui, bien sûr.

J'allonge un billet de dix. Elle part à la caisse et me rend une pièce d'un euro. Elle reste devant moi. Je baisse les yeux sur mon verre et fais rouler la pièce entre mes doigts.

— Ça ne va pas ? répète-t-elle.

Elle est psy, maintenant ?

Je relève la tête, tentant de dissimuler le dépit sur mon visage.

— Ça va très bien, merci.

— J't'avais jamais vu ici, avant samedi. T'as eu un coup de cœur pour le bar ?

Je soupire d'un amusement qui n'en est pas un. Je lutte pour ne pas lever les yeux au ciel. La tournure des événements me dépasse et je me sens couillon. Je voulais la voir pour… en fait, je ne sais pas trop pourquoi. Mais ce dont je suis sûr, c'est que je viens de prendre un uppercut dans la tronche. La nana ne se rappelle pas qu'on a baisé !

— J'habite à cinq minutes à pied de ce pub, dont je n'ai jamais entendu parler avant samedi dernier.

— Sérieux ? Il est ouvert depuis l'antiquité, pourtant !

— Ou alors, dis-je en regardant par-dessus son épaule, je suis tombé en admiration devant cette reproduction du *Black Pearl* du *Pirate des Caraïbes*, et j'ai eu envie d'y rejeter un coup d'œil pour mieux apprécier le talent du peintre.

Tony éclate de rire. C'est un rire sincère. Ni caustique. Ni moqueur. J'aime le son de ce rire. J'aime ce qu'il provoque dans ma poitrine. *Merde… elle ne se rappelle vraiment pas.*

— Gilou, le patron de cette boîte, a failli attaquer Disney en justice parce qu'ils ont emprunté une partie du nom du pub. Puis quand il a vu que ça attirait les touristes, il s'est déguisé en Jack Sparrow.

— Il se déguise en Jack Sparrow ?

— Plus maintenant. Il a de nouveau adopté son look hippie sur le retour. Je le préfère comme ça.

Je pouffe. Elle est drôle sans le vouloir. Je trouve ça rafraîchissant. Son collègue du bar, au corps d'athlète et au teint mat, s'approche d'elle et lui souffle quelque chose à l'oreille. Je n'entends pas ce qu'il lui dit, mais la réponse de Tony est limpide :
— Trop bien !

Le mec coule un regard vers moi, esquisse un petit sourire amical et part vers le comptoir des bouteilles avant de glisser un billet dans une boîte en ferraille. Trois clients descendent les escaliers et parviennent jusqu'au bar. Ils portent un costume impeccable. Pas difficile de deviner qu'ils sortent du boulot.

— J'te laisse, j'ai du taf.

Je hoche la tête dans laquelle j'ai envie de tirer une balle.

J'observe Tony. Ce n'est pas la même fille que samedi soir. Ses sourires enjôleurs, sa voix, son attitude, tout est différent et je ne me l'explique pas. Même si je l'ai trouvée un peu brut de décoffrage, ça ne m'a pas déplu tant que ça. Mes yeux parcourent son corps. Je me remémore sa peau sous son jean, la chaleur de ses courbes, ses gémissements de plaisir. Je bande comme un dingue. *Merde…*

Je me tire.

C'était une très mauvaise idée de venir de toute façon.

Putain, elle ne s'en souvient pas !

CHAPITRE 9
CALLY ME FAIT LA GUEULE, ET JE NE SAIS PAS POURQUOI...

TONY

On est vendredi matin. J'suis défoncée, car j'ai enchaîné deux services au Bloody Black Pearl qui se sont terminés chacun à deux heures du mat'. Le temps de rentrer, de se doucher, de fumer un joint et de se coucher, il est trois heures. Je me suis levée avec la tête dans le cul et de méchante humeur. J'arrive à Intersection, l'hypermarché où je bosse. J'ai dit bonjour vite fait à deux ou trois collègues qui font les mêmes horaires que moi, puis j'ai enfilé ma chemise à carreaux bleus avec le logo du magasin, et ce putain de pantalon en toile qui me gratte le cul. Avant d'aller voir ma cheffe de caisse pour savoir où je dois me placer, je fais un crochet par la machine à café. Y a Momo, le chef sécu. S'il me parle, je lui en colle une et il le sait. J'avale le café d'une traite. Il me brûle la gorge. J'suis prête pour une journée de 7 h 45 quasi non-stop. Je plonge ma main dans ma poche et en extirpe mon téléphone. Si on me surprend à bosser avec mon téléphone en caisse, je me fais virer, alors je ne prends aucun risque. Cet enculé de Momo veille au grain. Je suis partie pour l'éteindre quand je découvre un SMS de Cally.

> T'es qu'une connasse !

Je soupire et réponds.

> Bonjour Cally.

Des petits points s'affichent. Elle est en train d'écrire. Je consulte ma montre. Il me reste deux minutes. *Putain, elle écrit un roman ou quoi ?*

> J'en reviens pas que tu ne m'aies rien raconté.
> Je pensais qu'on se faisait confiance.
>
> Moi je te dis TOUT de ma vie.
>
> TOUT ET TOI TU NE M'AS PAS RACONTÉ ÇA.
> Je te déteste.

> Hein ? Mais de quoi tu parles ?

> Samedi dernier !

> Bah quoi ?

> Je te hais !

> Bon, je dois bosser.
> Je t'appelle à ma pause.

> T'as intérêt !

J'éteins le téléphone. Moi qui pensais être d'une humeur de chien…

J'arrive au coffre. Nadine Chaplin, la cheffe de caisse, m'attend en tapant du pied. Je ne suis pas en retard, mais elle fait toujours comme si je l'étais. Elle me tend la caisse.

— Caisse 3.

— Putain, ça caille en caisse 3 !

La caisse 3 est tout au fond du magasin, près de la porte coulissante du centre commercial, exposée plein nord. Je frissonne déjà en pensant aux courants d'air qui m'attendent.

— Vous n'avez qu'à mettre la doudoune sans manches du magasin. Elle est là pour ça.

— Pas moyen que je mette une doudoune sans manches, bordel !

Je prends la caisse et me dirige vers le pôle Nord. Greta, une collègue dans la cinquantaine, qui est obligée de taffer ici pour nourrir ses trois enfants après que son mari s'est barré pour une jeunette, m'adresse un sourire. Je me positionne derrière elle et insère ma caisse dans le tiroir.

— On va se tenir chaud, ma belle, me lance-t-elle.

Je soupire. Elle rigole. Greta est toujours de bon poil.

— Ça va, tes loulous ? je demande.

— Ils me rendent dingue.

Et on en reste là.

Bosser avec quatre-vingts caissières, c'est renoncer à l'idée même d'envisager de faire des mômes. J'ai l'impression qu'elles en chient toutes. Sur tout le personnel du service caisse, il n'y a que trois hommes. Des petits jeunes qui, comme moi, ont décidé d'arrêter l'école après le bac. Dès que des jeunots sont embauchés, je les engueule et évoque la bible devant eux, bien que je n'en croie pas un mot : « *Seigneur, pardonne-les, ils ne savent pas ce qu'ils font* ». Les jeunes m'évitent par principe et me prennent pour une tarée. Ça me va bien. Comment leur faire comprendre autrement qu'ils doivent fuir et suivre leurs études, à ces p'tits cons ? Certains se barrent après quelques jours et s'y attellent. Je souris quand ça arrive. *Merde, une cliente avec un énorme caddie. La conne, elle sort le pack d'eau !*

— Ça ne sera pas nécessaire, Madame.

Elle me toise, fait comme si je n'avais rien dit et pose le pack de six kilos sur le tapis. Puis elle en pose un autre, et encore un autre.

— Il y a des étiquettes dessus qu'on peut décoller, Madame.

Elle ne répond pas. Je passe les premiers articles en grognant un « *bonjour* ». Mais comme je suis une connasse, et que j'ai affaire à un spécimen du genre, je passe les articles à la vitesse de l'éclair, avec un grand sourire. Ils défilent sur le tapis et se calent au fond. La cliente ne peut pas suivre et je me marre intérieurement. Les packs d'eau arrivent. Je les passe fissa, car j'ai des biceps en acier à cause de tous ces enfoirés de clients qui ne savent pas qu'une étiquette se décolle d'un pack afin de soulager le dos des caissières. Le tapis continue de tourner et les packs écrasent le reste des marchandises. Je réprime l'envie de me fendre la poire.

— Mais arrêtez le tapis ! me hurle la cliente.

— Oh, pardon.

Mes lèvres se retroussent diaboliquement. *Prends ça, sale pétasse !*

Deux heures plus tard, je sais que c'est officiellement la journée des cons. Je vais encore avoir ma photo encadrée dans le couloir des vestiaires. Depuis huit ans, je suis l'employée la plus rapide du magasin. Je pulvérise le record d'articles passés à la minute. Classement débile, mais c'est un challenge. Plusieurs caissières veulent me détrôner. Vu le nombre de clients cons, elles ne sont pas près d'y arriver.

À 12 h 45 précises, Chaplin me donne le feu vert. Je souffle et pars vite fait dans la salle de pause pour avaler un sandwich. Je n'ai droit qu'à quinze minutes ; or le temps de récupérer le sandwich et de le bouffer, il en reste seulement cinq. Le pire, c'est que si je bossais huit heures dans la journée, j'aurais droit à trente minutes de pause. Mais chez Intersection, le temps c'est de l'argent. En nous faisant faire des journées de sept heures quarante-cinq, la pause descend légalement à quinze minutes. *Les bâtards !*

Je cours jusqu'à l'entrée du magasin et m'allume une clope. Il me reste sept minutes. J'ai fait fort. J'attrape mon portable et appelle Cally.

— T'es chiée de m'appeler !
— Comme si t'attendais pas cet appel, dis-je.
— Non, Tony. Je suis très occupée à planter des aiguilles dans une poupée à ton effigie.
— Putain, Cally, c'est quoi ton problème ?
— Mon problème ! s'exclame-t-elle. Je viens ce soir au Bloody Black Pearl et on va en discuter très sérieusement de *mon* problème.
— Je bosse ce soir, Cally. Je ne suis pas payée à taper la discute.
— Bien sûr que si !

Elle raccroche. Wow ! Elle m'en veut vraiment. J'avoue que je commence à m'inquiéter.

J'ai fait quoi, putain ?

CHAPITRE 10
MON PLAN CUL NOMMÉ SUNSHINE N'EST PLUS AUSSI EXCITANT...

MAX

D'habitude, quand j'atterris à New York, j'arbore un sourire jusqu'aux oreilles. Comme tous les mois, j'ai rendez-vous avec Sunshine. La belle, la rousse, la plantureuse Sunshine. En réalité, elle s'appelle Sybille Prescott. Sunshine est son nom de scène. C'est une comédienne de Broadway et une bombe atomique. Après la claque que j'ai prise en réalisant que Tony, la barmaid-caissière, ne se souvient pas de moi, je mérite une baise de réconfort.

Je n'ai pas pléthore de plans cul.

Sunshine à New York.

Summer à Los Angeles.

Alexia en Grèce.

Priscilla en Australie.

Comme ma fonction n'est pas idéale pour entretenir une relation amoureuse – relation dont je n'ai pas particulièrement envie, d'ailleurs – je conserve chaleureusement le numéro de téléphone de ces quatre déesses.

Nous sommes à la douane et Pacha se fout encore de moi. Je lui ai avoué ma déconvenue avec Tony durant le vol. Il ne s'en remet pas.

— Moi qui te prenais pour un Don Juan…
— Je t'emmerde, Pacha.
— Rien du tout, alors ? Elle ne se rappelle vraiment rien ?
— Elle m'a reconnu comme ton pote, c'est déjà ça !

Il se marre comme un abruti.

Passé la douane, on se poste dans la file d'attente des taxis de JFK.

— T'as envie de la revoir ? me demande mon ami en tirant sa valise cabine.
— Même pas en rêve !
— Sérieux ? T'aimerais pas qu'elle se remémore la bête ?
— Ma bête a pris un coup dans son ego. Elle fait la gueule.
— Je dis ça parce que demain soir, elle sera au Bloody Black Pearl avec Cally. Je compte y aller.

Je ne commente même pas et monte enfin dans un taxi.

On arrive à l'hôtel. Je prends ma chambre et file sous la douche. Sunshine doit arriver dans deux heures et j'ai besoin de dormir. Les perpétuels décalages horaires m'épuisent.

* * *

SUNSHINE EST À L'HEURE. Elle porte un trench noir et entre dans la pièce avec un sourire flamboyant. Je bande rien qu'à voir ce sourire. Je la tire vers l'intérieur et plante mes lèvres sur les siennes. Elle déboucle la ceinture de son trench et je réalise qu'elle ne porte que des dessous en dentelle. Je suis dur comme un roc, frétillant déjà à l'idée de la prendre sur le lit. Je l'attrape, l'embrasse, la soulève et l'allonge sur le matelas. Je colle mon corps contre le sien, place mes mains sur ses seins volumineux et pousse un grognement quand, soudain, une image se déverse dans mon esprit. C'est un petit mamelon qui s'extirpe d'un soutien-gorge couleur corail. Je tente de chasser cette apparition et fais glisser la culotte de Sunshine. Je repense à celle de Tony que j'ai subtilisée et qui gît dans un tiroir de mon appartement.

Fâché de songer à elle dans un moment pareil – moment que j'estime nécessaire pour consoler mon ego –, je retire mon pantalon en vitesse.

— Eh bien, tu es insatiable ce soir, roucoule Sunshine.

— Et je vais te le prouver, ma belle !

Je suis à un millimètre de me planter en elle quand je me rappelle le corps de Tony contre le mien, ses gémissements, son rire alors qu'elle chante *Killing In The Name* en me chevauchant, le goût de sa sueur quand je lui embrasse le cou, et de son sexe quand mon visage s'y perd avidement. *Putain* !

Je me recule. Je ne peux pas. Sunshine ne comprend rien, m'engueule.

Elle se barre et je m'en fous.

CHAPITRE 11
CE N'ÉTAIT QUE QUELQUES SHOTS DE TÉQUILA...

TONY

Gilou se pointe et me claque le cul. Boob's y a droit elle aussi, sauf qu'elle glousse quand il fait ça. *Je n'aime pas Boob's.*

Certains pensent sans doute que c'est un geste déplacé de la part du patron du Bloody Black Pearl, mais ce n'est pas le cas. Il claque le cul de tous ses employés. C'est sa façon à lui de dire bonjour. Il appelle ça « *une frite* ». Ça claque, ça fait mal et ça réveille. Si un jour, il ne te claque pas le cul, c'est qu'il n'est pas content de toi. Tout le monde veut que Gilou lui claque le cul. Car un Gilou mécontent, c'est un Gilou chiant. Mais genre chiant puissance douze mille. Un jour, Boob's n'a pas eu sa petite gifle sur la fesse. Ça a duré des semaines. On s'est tous demandé pourquoi, sauf Rim-K. Je l'ai donc harcelé de questions pour savoir pourquoi Gilou ne claquait plus le cul de Boob's. Une sombre histoire de beuverie. Un groupe de médecins pleins aux as était venu au Bloody Black Pearl. Boob's leur a joué du charme comme jamais, mais à chaque verre qu'elle versait, les beaux docteurs lui en commandaient un. Elle a terminé complètement bourrée. Gilou a dû l'installer sur une chaise devant l'entrée du Bloody Black Pearl le temps qu'elle décuve. Après deux heures d'air frais nécessaire vu la gravité de son état, les videurs ont dû la raccompagner chez elle.

Boob's avait oublié la règle numéro un du barman : *on ne siffle jamais des verres avec les clients.*
Ceci dit, quand Rim-K m'a raconté ça, j'ai haussé les épaules. Ce n'était pas un drame, non plus ! Rim-K m'a alors rétorqué que le bar était plein à craquer et que Gilou avait dû assurer le service à la place de Boob's. Là, j'ai compris pourquoi il y avait drame. Gilou est le roi de la délégation. Il ne fout rien, si ce n'est déambuler dans la boîte en gobant les mouches. Paulux s'occupe de la compta, des commandes, des paies et des entretiens annuels d'évaluation du personnel. Cette année-là, Boob's n'a pas eu sa prime. Gilou était remonté.

Je déteste bosser avec Boob's, de son vrai nom, Katia. Tout le monde l'appelle Boob's depuis la fois où elle s'est pointée avec un 90 D au lieu d'un 90 A. Les pourboires ont été multipliés d'autant de bonnets. *La garce !* Résultat des courses, quand elle est là, je me fais moins de frics, car tous les clients de sexe masculin s'agglutinent de son côté, et que cette connasse est la seule qui ne partage pas ses pourboires. *Je la déteste !*

— Tu peux aller chercher de la téquila dans la réserve ? me demande-t-elle.

Je lève mes yeux vers elle, la toise, et replonge mon regard sur le verre de Bailey's que je suis en train de servir à un cadre sup'.

— T'es vraiment chiante ! lâche Boob's, comme si j'en avais quelque chose à foutre.

Elle se barre à la réserve et je m'empresse d'aller servir les clients qui attendent de son côté. *Ouais, moi aussi je suis une connasse !*

Elle se ramène et je reprends mon espace. Je vois Milo, Cally et Norah débouler devant le comptoir en me fusillant du regard. *Putain, mais c'est quoi, leur problème ?*

Tous les clients sont servis. Je m'approche des hyènes en furie.

— Salut, les mecs, lancé-je, vous buvez quoi ?

Cally fulmine, mais veut un demi ; Norah observe les bouteilles dans mon dos ; Milo commande un daïquiri fraise.

— Tu comptais nous le dire quand ? demande Cally en attrapant sa bière.

Un silence se propage. Leurs yeux me guettent activement. Ils s'attendent à une réponse précise et je ne comprends pas ce qu'ils me veulent, puis ça fait tilt.

— OK, j'avoue !

Norah pousse un soupir de soulagement. Je me lance :

— Je ne lirai pas *After*.[1]

Milo se marre. Cally devient rouge. Norah est perplexe.

— T'as pas le droit de ne pas lire *After*, s'insurge Norah. C'est mon choix de livre du mois !

Je me doutais qu'elle allait le prendre mal.

— C'est une question de principe.

Elle est outrée. Cally semble avoir une cacahuète coincée dans la gorge. Milo n'en peut plus. *C'est qu'un bouquin, bordel !*

— Je proteste contre le fait que pour la majorité des habitants de cette planète, la citation « *De quelque matière que soient faites nos âmes, les nôtres se ressemblent* » est attribuée à Anna Todd, alors que c'est d'Emily Brontë dans *Les Hauts de Hurlevent*[2]. C'est un blasphème !

— Tu te fous de moi, c'est ça ! lâche Cally, verte de rage.

— Non. J'ai une copine qui s'est fait tatouer cette phrase sur

---

1. *After* de Anna Todd: Saga New Romance publiée en 2015 qui a fait un carton. Des jeunes, du sexe, un bad-boy et une innocente jouvencelle... Au moins, il ne lui claque pas le cul. Enfin, il paraît.
2. *Les Hauts de Hurlevent* d'Émilie Brontë : Chef-d'œuvre de la littérature classique anglaise (1847). Je tousse toujours un peu quand je vois des références à ce monument de la littérature. Je suis ferme sur ce sujet. Pas touche aux sœurs Brontë ou Jane Austen, sous peine de toux !

l'épaule. Figure-toi qu'il y a des connasses qui lui disent « Oh, mais c'est la citation d'*After* ! ». Tu te rends compte !

— Hardin est super sexy, lance Norah qui ignore délibérément mes arguments.

— Hardin joue au bad boy, alors qu'il a quoi… quatorze ans !

— N'importe quoi !

— Tu sais que j'ai raison, Norah. C'est un bad boy des bacs à sable. Mohamedou le briserait en deux s'il mettait un pied dans la cité.

— Mohamedou est un sale con !

— Ouais, bah, au moins, c'est un vrai sale con. Pas un gamin qui fait des paris idiots pour se faire une nana.

— Oh, bah, comment tu sais ça, si tu ne l'as pas lu ? s'enquiert Norah en posant les mains sur les hanches genre « *J't'ai grillée, ma cocotte* ».

Je me renfrogne.

— Je l'ai peut-être commencé.

— NON, MAIS TU TE FOUS DE MA GUEULE ! me hurle Cally.

— J'ai quand même lu une centaine de pages, c'est pas un drame, merde !

Un client se pointe. Je vais le servir en affichant une mine éberluée. *Cally a ses règles ou quoi ?*

Boob's en a ras le cul de me voir discuter le bout de gras avec mes amis et me dit que je peux prendre ma pause avant elle. Je ne la remercie pas et lui adresse un sourire de façade. Quatre clients viennent d'arriver et ont l'air d'avoir du pognon. Je sais qu'elle ne m'envoie pas me faire foutre ailleurs pour rien. Je décide quand même de prendre ma pause. La réaction de Cally m'agace. On part s'installer à notre box. Dès que Cally a posé son cul, elle me lance :

— T'as couché avec lui et tu ne m'as rien dit ?!

— Quoi ?

Je réfléchis. Activement. C'est quand la dernière fois que j'ai couché avec un mec. Un an ?

— C'était Gus Silverman, le cousin de Norah. Cally, ça fait une paye et je t'en ai parlé, je te ferais dire !

— T'as couché avec mon cousin ! s'exclame Norah.

Merde…

— Ouais…

Norah a la bouche ouverte comme un four. Elle m'en veut, elle aussi.

— C'était à la bat-mitsvah de ta petite sœur.

— Putain !

— Désolée, Norah. Je ne te l'ai pas dit, car je savais que t'allais mal le prendre.

— Non, tu crois ?

— C'est peut-être le moment pour moi d'annoncer que j'ai roulé une pelle au meilleur ami de ton frère, déclare Milo.

Norah élargit des yeux ronds comme des billes. J'adore Milo !

— T'as couché avec le pilote ! me crie Cally.

— N'importe quoi !

Elle est dingue ou quoi ?! Je ne le connais même pas.

— Si, Tony. T'étais bourrée et t'as couché avec lui.

Je plisse le front. Je revois le pilote qui est venu avant-hier boire un coup au bar. Soudain, je me rappelle qu'il était bizarre. Comme dépité. Je lève la tête et me tapote le menton. Ma mémoire me ramène à samedi soir. Je m'enfile quelques shots de téquila avec lui. Puis j'suis torchée, alors je vais danser. J'suis en transe sur la piste. Ça devient flou. Je me vois en train de parler avec Paulux et Gilou. Ça redevient flou. Je plisse les yeux comme si je pouvais mieux appréhender mes souvenirs. Je vois une main s'enrouler autour de la mienne. Flou. Flou. Flou. Le visage du pilote est enfoui entre mes cuisses. Je ne respire plus.

Mes yeux s'écarquillent. Flou. Je suis au-dessus de lui et le monte comme un putain d'étalon.
— Putain ! J'ai couché avec le pilote !

CHAPITRE 12
FINALEMENT, J'AURAIS PRÉFÉRÉ QU'ELLE M'OUBLIE...
MAX

Pacha descend les escaliers et je regrette déjà d'avoir accepté de l'accompagner au Bloody Black Pearl. Ma main se crispe sur la rampe en bois foncé. Mes yeux parcourent le comptoir en marbre noir, à la devanture sombre, et toutes les bouteilles alignées devant la reproduction grotesque du *Black Pearl* de Disney. Le mec qui bossait avec Tony avant-hier sert des verres, en compagnie d'une nana dont les seins ne semblent pas naturels. Un type d'une soixantaine d'années, aux cheveux longs et filasse, baye aux corneilles en les regardant s'affairer autour de la multitude de clients agglutinés derrière le bar. Les enceintes crachent *The Kids Aren't Alright* d'Off Spring. Je soupire. Mon cœur me martèle la poitrine. Je sais qu'elle est ici. Je suis venu pour la sortir de ma tête et je n'ai aucun doute sur le fait que l'entendre parler comme un charretier va vite me calmer. Je prends une profonde inspiration avant de suivre Pacha qui se dirige vers le box où toute la troupe se tenait la dernière fois. Je porte un jean, un T-shirt gris à col en V, je me suis à peine coiffé. Contrairement au samedi précédent, je me sens plus en phase avec le reste des clients de la boîte.

Norah est tout sourire et se lève pour me claquer la bise.

Cally l'imite après avoir visité la bouche de Pacha. Milo me sert la pince. Je baisse les yeux et remarque que Tony n'est pas là. Mon cœur tombe dans ma poitrine. *Bordel ! Je suis venu pour rien.* Je m'installe dans le box à côté de Norah en tentant de camoufler ma déception.

Cette fille aura ma peau !

— Votre séjour à New York s'est bien passé ? demande Cally.

— Nickel, répond Pacha. Mais j'avais hâte de te retrouver, ma douce.

Cally glousse. Milo lève les yeux au ciel. Norah sirote son verre avec une paille. Je remarque que la bouteille dans le seau n'est pas de la téquila. C'est du champagne. Je demande :

— On fête quelque chose ?

— On a préféré partir sur du champagne ce soir, me répond Norah.

— On s'est dit que la téquila provoquait trop de dégâts, renchérit Cally.

La remarque ne passe pas inaperçue. Avec mes yeux, je lance des boules de feu à l'adresse de Pacha. Cet enfoiré a balancé ! Je suis à deux doigts de piquer un fard.

Je me lève. J'ai soif, et j'ai besoin de quelque chose de plus corsé que du champagne. La fille aux seins en plastique se dirige direct vers moi et m'adresse un sourire enjôleur.

— T'es une putain de connasse !

Je tourne la tête et baisse les yeux. C'est Tony qui vocifère parce que la plastic girl l'a dédaignée pour me servir avant elle. Elle ne m'a pas encore vu.

— Je t'en prie, commande avant moi, dis-je.

Son visage pivote alors dans ma direction et ses joues deviennent écarlates. Elle me fusille du regard. *Bah, merde alors ! C'est quoi cette réaction ?*

Elle ne dit rien et plisse les yeux. J'ai l'impression que ses mots sont coincés dans cette gorge délicate que j'ai envie de

lécher. *Merde... reprends-toi.* Puis elle détourne le regard et s'adresse à Plastic Girl.
— Un *Bloody Black Pearl*, Boob's, et que ça saute !
Plastic Girl se marre et lui tend son majeur. Elle part néanmoins servir la commande.
— On a à parler, toi et moi, m'annonce Tony tout en épiant les gestes de Plastic Girl.
Je ne commente pas et attends que la barmaid revienne avec son verre. Tony prend son cocktail et attrape une paille derrière le comptoir. Je commande un whisky. Dès que je suis servi, Tony me chope le bras et m'entraîne à l'étage.
— Salut Paulux ! lance-t-elle au mec du vestiaire devant lequel on passe rapidement.
Être ici fait remonter des souvenirs dans ma mémoire de pervers. *Où elle m'emmène, putain ? Elle veut qu'on remette ça ?* Je réalise que l'idée ne me dérange pas du tout.
Au fond du couloir, elle ouvre une porte. Je comprends qu'on se trouve dans la cabine des employées. Des fringues de filles sont accrochées sur des patères. Du maquillage est étalé sur le plateau d'une coiffeuse. La pièce n'est pas grande, un banc la traverse. Tony me lâche le bras et s'assoit à califourchon sur le banc.
— Paraît qu'on a baisé, toi et moi, lâche-t-elle.
Je refoule ce que ces mots m'inspirent. J'ai la douloureuse sensation de rougir comme un adolescent. *Merde, j'ai trente-deux ans et elle en a vingt-huit ! On est loin d'être des ados !* Je n'oublie pas non plus que cette fille ne se souvient pas de ce que moi je ne peux plus me sortir de la tête. Je réponds seulement :
— Ouais.
— Ouais ?
— Ouais.
— C'est tout ?
— À partir du moment où tu n'as aucun souvenir de cette soirée, je ne vois pas ce que j'ai à dire d'autre.

— Clairement, ça ne m'a pas laissé un souvenir impérissable. *La garce.*

— Mais ça y est, je me souviens.

Je plante mes yeux dans les siens. Ils me hurlent « *Enfoiré !* ».

— Hey, oh, si tu crois que j'ai profité de la situation parce que tu ne sais pas tenir l'alcool, tu te trompes lourdement ! affirmé-je, énervé. C'est toi qui m'as emmené dans le placard pour qu'on s'envoie en l'air !

— Je n'ai pas dit que tu avais profité de moi, dit-elle fermement.

— C'est ce que tu sembles essayer de me faire comprendre !

— Non, juste je me demande comment j'ai pu me laisser aller à baiser avec un connard qui m'a traitée de prolo !

J'ai dit ça ? Peut-être…

— C'est toi qui m'as provoqué en me traitant de bourge !

— T'es un bourge ! Ta montre vaut dix mille dollars et tu t'es vanté de porter du Armani.

— Eh bien, je vois que tes souvenirs sont bel et bien revenus !

— Pas tous.

— Comment ça, pas tous ?

— J'entrevois des images. Des images salaces.

Elle sourit. Moi aussi.

— C'était très salace, je confirme.

— Je me doute.

Elle se lève du banc et me tend la main. Je tends la mienne par réflexe. Elle me la sert comme si on se disait bonjour. *C'est quoi, ce bordel ?*

— Écoute, dit-elle. Je me connais. Je sais comment je me comporte quand j'suis torchée. Ça n'aurait pas dû arriver. Désolée.

Une boule me remonte la gorge. *Elle vient de s'excuser là ?*

— Du coup, on a commandé du champagne ce soir, poursuit-elle. Je supporte mieux le champagne.

— Que tu mélanges avec du *Bloody Black Pearl*, remarqué-je.

Elle attrape son verre et sort du vestiaire. Je la suis.

— Tant que la téquila reste en dehors du programme, tout se passera bien, Air Flight. Je ne veux pas avoir à te voler ta vertu une seconde fois.

Je m'esclaffe.

— Quoi ?

— Non, rien.

Je lui dis ou pas que j'en ai rien à faire de ma vertu ?

CHAPITRE 13
C'EST UN SEXTO OU PAS ?
TONY

J'ai mal au crâne, mais ça passe. J'ai été soft hier soir. Faut dire que ça m'a calmée d'apprendre que j'avais couché avec le pilote, et de n'avoir que des souvenirs diffus de cette baise. Le pire, c'est qu'hier soir, je n'ai pas arrêté de le mater. Il est sexy. Très sexy. Je me tape le front avec la paume de ma main. J'suis une calamité.

Je me lève et allume la télé. De mon lit à la télé, y a deux mètres, à peine. J'ouvre un peu la fenêtre pour aérer et me roule un joint. Je le fume en regardant *Docteur Quinn, femme médecin*. Il est midi.

Pendant que Nuage Dansant fait cuire un lapin en broche au-dessus d'un feu tout en maudissant le général Custer de représailles, je consulte mon portable. J'ai un texto d'un numéro inconnu.

> Pas trop mal à la tête cette fois, Bloody Black Pearl ?

C'est qui ?

> C'est qui ?

Je reçois presque aussitôt une réponse.

> Max.

J'enregistre le numéro.

> Je ne crois pas avoir baisé avec un inconnu cette nuit. C'est déjà ça !

De Air Flight :

> Dommage…

Je marque un mouvement de recul. *C'est quoi cette réponse ?*

Comme je ne sais pas quoi écrire et que je suis un peu perplexe, j'écrase mon joint et file sous la douche. Quand j'en sors, je ne résiste pas à reprendre mon portable. J'ai un autre message. Cette fois, c'est Cally.

> On se voit à 15 h chez Mama.

> Ça roule, ma poule.

Je m'habille et reprends mon portable pour adresser un autre message à Cally.

> C'est toi qui as filé mon numéro au pilote ?

> Non.

> Peut-être que t'as ENCORE oublié le moment où tu le lui as donné.

> Pas drôle, connasse !

Ça me turlupine cette histoire. J'écris donc à Max :

> T'as eu mon numéro comment ?

Milo. Charmant garçon.

L'enfoiré de Milo !

> Milo, t'es un enfoiré de ta race !

De Milo :

Moi aussi, je t'aime, ma douce.

De Air Flight :

Tu fais quoi ?

C'est quoi cette putain de question ?

> Je me masturbe devant Docteur Quinn, femme médecin.

C'est un porno ?

Visiblement, le pilote ne connaît rien à ses classiques.

> Ouais ! C'est l'histoire d'un médecin qui fait une touze avec des Indiens renégats et un beau gosse aux cheveux longs qui porte une peau de loup.

J'aime pas partager.

Il déconne ?

> Je plaisante, bordel ! C'est une série à la con, genre « La petite maison dans la prairie », Einstein !

> Clairement moins sexy.

Je soupire.

> Donc tu ne te masturbes pas vraiment ?

J'éclate de rire. *C'est quoi ça ?*

> Bizarrement… non.

Il est con.
Et si on s'amusait un peu ?

> Pourquoi, bizarrement ?

> Parce que j'ai mal à la main à cause de cette nuit où je me suis enfin rappelé chaque seconde de notre étreinte torride. J'ai tout donné.

> Sérieux ? Raconte.

> J'ai fait brûler mon clitoris. J'en peux plus.

> Tu te moques ?

> Non, tu crois ?

> Dommage…

Je souris devant l'écran de mon portable, glousse et le range dans ma poche. Je passe une veste, attrape mon sac, et prends l'ascenseur. *Bordel, ça sent la pisse !*

Dans le hall, Mohamedou et ses copains font le pied de grue.

— Oh oh, les gars ! Voilà le fantôme de la Palebière.

— Ta gueule.

La Palebière, c'est la cité où j'habite. Là où j'ai rencontré Norah et Cally. La dernière est partie y a six piges, et Norah, cinq. Je suis la dernière à vivre dans ce taudis.

— T'es remontée, Tony ? T'as encore pris une biture ?

Je ne réponds même pas. Mohamedou est un sale con, mais sa beuh est phénoménale. Ses petits frères sont adorables, en revanche. Ils m'aident toujours à porter les courses. Je me tourne vers la boîte aux lettres que j'ai négligée depuis une semaine. Elle a encore cramé avec toutes les autres. M'en fous. Je ne reçois que des factures impayées. Et elles le resteront puisque je n'ai pas assez de thunes.

Je dois faire cinq cents mètres avant de rejoindre ma voiture. Le problème dans les cités, c'est qu'on est vachement nombreux pour très peu de places de parking. Je ne compte plus le nombre de fois où je suis rentrée en pleine nuit et ai rampé jusqu'à chez moi. *Vie de merde !*

* * *

Après un passage rapide chez ma mère, je me pointe chez Mama, la grand-mère de Cally. Callista Anastopoulos, ma meilleure amie, est grecque. Sa grand-mère est une teigne, catholique orthodoxe pratiquante. Je l'exaspère, mais elle m'adore. Tout le monde l'appelle Mama.

Dès que je mets un pied chez elle, je retrouve Norah et Milo, tandis que Cally se prend une soufflante, car sa jupe est trop courte. Je plante un baiser sur la joue de Mama qui m'adresse un clin d'œil, avant de continuer à houspiller sa petite-fille. Je m'assois face à mes amis, m'assure que la voie est libre et que Cally et Mama s'embrouillent menu.

— Je crois que le pilote m'a envoyé des sextos.

— Sérieux, montre ! dit Milo en me tendant sa main.

Je déverrouille mon portable et le lui colle dans la paume.

— Tu sais que tu as douze SMS de ta banque ?

— On s'en fout. Chouf[1] les textos d'Air Flight !

Norah se penche sur l'épaule de Milo pour regarder. Ce dernier lève ses yeux sur moi.

— T'as conscience de ce que veut dire « Air Flight » ?

Je secoue la tête. *Qu'est-ce qu'on s'en branle ?!*

— Bref, ça suggère que tu vas t'envoyer en l'air avec lui.

— Déjà fait. Regarde, putain ! C'est bien des sextos ?

— Ma chérie, t'as jamais reçu de sextos ? demande Norah.

Je hausse les épaules. La réponse est évidente. Mama se plante derrière Milo et se penche pour lire ce qu'il est en train de dérouler sur mon portable. Je me lève et tente de reprendre mon téléphone. Milo est plus rapide et se recule. Cally se joint à la troupe et éclate de rire. Mama me lance un regard pas commode.

— Tu te masturbes ?

— Mama, c'était une blague !

— De mauvais goût.

— Ouais, c'était le but.

Elle rejette un œil sur le portable tandis que Milo glousse comme un demeuré, puis elle écarquille les yeux.

— Tu regardes du porno ?

— Non, Mama.

— Il fait quoi ce Docteur Gouine ?

— Mama, c'est Quinn. Vraiment…

Je soupire. Mama lâche l'affaire et se rend dans la cuisine en grognant. On se rassoit autour de la table.

— C'est clairement des sextos ! lâche Cally, avec un sourire.

---

1. Chouf : veut dire « Regarde » en arabe.

— J'aimerais qu'on revienne sur la touze avec les Indiens, dit Milo, hilare.

— J'en reviens pas que tu aies écrit un truc pareil ! me lance Norah qui se marre comme une dinde.

— C'était une putain de blague ! Pas ma faute si ce con ne connaît pas Docteur Quinn, bordel !

Mama ramène un gâteau. Son délicieux *portokalopita* ! On bave déjà devant cette spécialité grecque que personne ne cuisine comme Mama. Cette dernière s'apprête à trancher dans le tas quand mon portable vibre dans les mains de Milo. Cet enfoiré ouvre aussitôt le message et crie *« C'est Air Flight ! »*. Je grimpe sur la table et me jette sur lui. Il se recule, je percute la chaise et je m'étale de tout mon long sur le carrelage. Ma pommette cogne contre un carreau. Mama me hurle aussitôt dessus. *J'ai mal, putain !*

CHAPITRE 14
IL VAUT MIEUX L'AVOIR EN SEXTO QU'À TABLE !

MAX

J'ai réservé un petit box près de l'entrée. Le resto est correct pour un rencard. Ni trop classe ni trop pouilleux. Je suis étonné que Tony ait accepté trois secondes après avoir reçu mon invitation par SMS. Je reprends mon téléphone et déroule ses messages. Quand je vois le mot « *masturbation* », mon esprit divague. Même après avoir consulté ce qu'était vraiment Docteur Quinn sur le net, je ne m'en remets pas. *J'ai un sérieux problème !*

Tony arrive et mes yeux s'arrondissent face à l'énorme coquard sous son œil. *Merde, c'est quoi ça ?*

Je lâche en me levant :

— Je vais tuer celui qui t'a fait ça !

Elle a un mouvement de recul et hausse l'un de ses sourcils. Puis sa main se porte à son visage et elle rigole. *Sérieusement ?*

— Du calme, Tyson ! C'est rien.

— Qui t'a fait ça ?

Elle rougit.

— C'est sexy quand tu te mets en colère, Pilote, mais un bonjour aurait été mieux que cette éclatante démonstration de virilité.

Je lève les yeux au ciel. Visiblement, ce n'était pas « quelqu'un », le coupable de son hématome, mais plutôt quelque chose.

— Tu t'es pris un mur ?
— Ouais, c'est un peu ça.

Je souris. Elle soupire.

— T'as faim ?
— Grave. Mama m'a foutue dehors sans que je puisse avaler un morceau.

On s'installe à table tandis qu'elle m'explique qui est Mama. Puis elle jette un œil par la fenêtre et un silence pesant s'éternise. Une serveuse, somme toute très mignonne, me tend la carte du restaurant et en dépose une devant Tony qui l'ignore. Elle paraît dans les nuages.

— Le plat du jour, c'est un hamburger au Curé Nantais et bacon, lance la serveuse.
— Je vais prendre quelque chose de moins…
— Ça sera parfait pour moi, dit Tony, et n'y allez pas mollo sur les frites !
— Je vais prendre une salade de chèvre chaud, commandé-je avec un sourire à l'attention de la jeune femme.

Nouveau silence. *Merde… je ne sais pas quoi dire.* J'ai envoyé cette invitation, car je n'arrêtais pas de penser à elle après notre échange épistolaire très… étrange. Je suis tiré de mes réflexions quand Tony fouille dans sa poche et en tire un billet de vingt euros, qu'elle me tend.

Je fronce les sourcils. *C'est quoi, ça ?*

— C'est quoi, ça ? dis-je tout haut.
— C'est le pourboire que tu m'as laissé l'autre soir.
— Tu… quoi ?
— Écoute, Pilote. Il n'est pas question que j'accepte cet argent en sachant qu'on a baisé comme des bêtes dans le vestiaire.
— Mais c'est juste un pourboire !

— Non. Ce n'est pas *juste* un pourboire. Un euro, deux, voire cinq si t'es Américain. Mais pas vingt !

— Je n'en veux pas.

— Tu les prends.

— Non.

— Si.

— Tu fais chier !

Elle s'offusque. *Elle plaisante, là ?* Puis elle me prend la main, ce qui provoque une décharge électrique dans mon bras, et fourre le billet dans ma paume.

— Maintenant, on peut avoir ce rencard.

J'observe le billet, relève les yeux et souris. *Elle a dit « rencard » ?*

— Je ne pensais pas que tu accepterais mon invitation si facilement, remarqué-je.

— Ce n'est pas moi qui ai répondu, c'est Milo.

Douche froide.

— Mais je me suis dit que je te devais bien ça et…

C'est mieux.

— Et, quoi ?

— Et maintenant qu'on a passé les préliminaires en baisant…

— Baise dont tu n'as aucun souvenir.

— J'en ai quelques-uns et justement, ça me travaille un peu.

Et moi donc !

— Ça te travaille ? je répète, l'air détaché.

— Bah, ça m'embête de ne pas m'en souvenir vraiment. Je n'avais pas… Bref, ça faisait longtemps.

— Longtemps, comment ?

— Longtemps comme, genre, trois cent soixante-cinq putains de jours, à peu de choses près.

— Ah, en effet. Je comprends que tu regrettes de ne pas t'en souvenir.

— Du coup, je m'interroge. Soit j'étais trop bourrée, soit tu n'étais pas assez bon.

Cette nana est une garce ! Mais merde, elle m'excite !

— C'est forcément la première option, je déclare.

Elle se marre puis me dit :

— On ne le saura jamais.

Je veux répliquer, mais la serveuse apporte les plats. Elle dédaigne Tony et coule un regard vers moi avant de repartir. Ça n'a pas échappé à mon invitée.

— C'est du tout cuit pour toi, hein ?

Je plante ma fourchette dans mon assiette et réponds :

— Pas toujours.

Elle sourit et mange. La serveuse revient avec une bouteille d'eau.

— Je prendrai un verre de rouge, dit Tony.

— Vous voulez la carte des vins ?

— Non, juste un verre. On va éviter de se taper une bouteille. On baise comme des chacals quand on est torchés.

Le verbe de Tony lui attire un regard dégoûté de la part de la serveuse. Tony retrousse ses lèvres d'un air narquois.

— On va prendre la carte, annonçai-je en réprimant mon envie de l'imiter.

La serveuse repart et revient une minute après avec la carte des vins. Je choisis un Saint-Émilion. Dès que la bouteille est ouverte, je le goûte, satisfait. La serveuse repart.

— Et moi, tu t'en branles si j'aime ou pas ? me lance Tony, les sourcils hauts sur son front.

— Tu voulais goûter le vin ?

— Bah, j'aurais au moins aimé un « *Qu'est-ce que t'en penses ? Cet arôme te plaît ? Tu penses que je pourrais te prendre dans le placard après en avoir avalé trois verres ?* »

— Si je te dis ça, tu vas m'envoyer sur les roses.

— Pas faux.

Elle siffle son verre et convient que le vin est savoureux, en appuyant sur le mot « *savoureux* ». Elle se fout de moi.

— Bon, Air Flight. Qu'est-ce que je fous ici, exactement ?

— Pardon ?

— Oh, ne joue pas au plus malin. On sait toi et moi qu'on n'est pas du même monde et que tu peux te taper des mannequins. Qu'est-ce que tu veux ?

Sa remarque me surprend. *Elle me prend pour un vrai connard !*

— J'avais envie de te revoir.

— Tes plans cul ne te suffisent plus ?

— Faut croire, ruminé-je.

Sa bouche esquisse un rictus. Cette nana est comme de la glace. Si moi je suis Iceman, elle est Icewoman ! Elle plairait à cet enfoiré de Maverick.

— T'en as combien ? demande-t-elle.

— De quoi ?

— Plans cul.

— Je n'ai pas envie de parler de mes plans cul.

— Tu veux que je fasse partie de tes plans cul, c'est ça ?

— Pas du tout. Je suis justement ici parce que je n'arrive plus à baiser mes plans cul.

Elle marque un temps d'arrêt et plisse les yeux.

— Bah, t'étonne pas si les femmes ne se souviennent pas de tes prouesses ! lâche-t-elle, hilare.

— Crois-moi, elles s'en souviennent très bien en général, et c'est ce qui me vaut de les voir régulièrement.

— Mais cette fois, t'as pas réussi à bander ?

— Tu peux arrêter de parler comme ça ?

— Comme quoi ?

— Comme un mec qui regarde un match de foot ?

— J'adore le foot.

— T'es pour quelle équipe ?

— Le PSG.

— Ils viennent d'être qualifiés pour les demi-finales de la Ligue des champions.
— Je sais, Pilote. J'ai vu les matchs depuis le grand écran du Bloody Black Pearl. Mais ça n'explique pas pourquoi t'as pas réussi à baiser…
— Sunshine. Elle s'appelle Sunshine.
— C'est une strip-teaseuse ?
— Non.
— Une pute ?
— Non.
— Une marque de lingerie ?
Elle se marre.
— C'est une comédienne de Broadway ! je lance, effaré.
— OK, donc quoi ? Sunshine n'a pas réussi à dresser Popol ?
— Ne l'appelle pas comme ça.
— Pourquoi, ta queue a un vrai prénom ?
Je m'esclaffe. Elle va avoir ma peau. Je la provoque :
— Peut-être bien.
— Elle s'appelle comment ?
— Demande-le-lui.
— Ah. Ah.
— C'est ça, ta répartie, Tony ? « Ah. Ah. » T'es mal à l'aise ?
— Non.
— Tu penses à ma queue ?
— Carrément pas.
— Alors, pourquoi tu rougis ?
— Je ne m'en souviens même pas, de ta queue.
— Tu ne l'as pas regardée.
— Quoi ?
— Quand on a baisé, tu ne l'as pas regardée. Les femmes regardent toujours ma queue avant d'en profiter, mais pas toi.
— T'es sérieux ?
— J'ai eu à peine le temps d'enfiler une capote.

— Ça me soulage de le savoir… enfin, j'aurais peut-être pu me montrer moins démonstrative.
— C'est ce que j'ai aimé.
— Quoi ?
— Que tu te lâches.
— Je me lâche tout le temps !
— Clairement pas.
— Tu ne me connais pas.
— Faux. J'ai vu ton corps. J'ai senti ta peau. J'ai léché tes lèvres – *toutes* tes lèvres – et j'ai planté Popol dans ton vagin.
— Ah, donc ta queue s'appelle bien Popol !
— Non. Mais je ne te dirai pas son prénom tant que tu ne chercheras pas à te lier d'amitié avec elle.
— T'es bizarre, Air Flight.
Si elle savait !
— Donc, si je comprends bien, poursuit-elle, tu m'as invitée à un rencard, car tu n'as pas réussi à t'envoyer en l'air avec Sunshine, le plan cul. C'est censé me séduire, ça ?
Non. Pas du tout. J'suis qu'un connard…
— Et, si j'ai bien compris, continue-t-elle, tu voudrais qu'on remette ça pour m'ajouter à ton répertoire de plans cul.
— Je n'ai pas dit ça !
Je l'ai dit ?
— Alors, pourquoi suis-je ici ?
Elle croise ses bras sur sa poitrine. Je n'ai pas le choix. Je dois être sincère. J'ai envie d'être sincère.
— J'ai… j'ai vraiment eu envie de te revoir.
Elle me sourit.
J'adore ce sourire.

CHAPITRE 15
JE SEXTOTE MIEUX QUE PERSONNE !
TONY

Je rentre chez moi les nerfs en pelote, sans vraiment savoir pourquoi. Puis je me repasse notre discussion. *Il a eu envie de me revoir…*
Je ne sais pas pourquoi, mais ces mots ont fait jaillir des émotions que je n'aime pas ressentir. Je me sens exposée. Fébrile.

Je me gare super loin de chez moi, mais la marche est vivifiante après ce repas avec Max. Nos discussions ont été si intenses que j'ai l'impression qu'un rouleau compresseur m'est passé dessus. J'suis naze…

Des questions m'assaillent :
Qu'est-ce qu'il me veut ?
Pourquoi moi ?
A-t-il compris que je suis caissière, barmaid, et sans aucun avenir ?
Qu'est-ce qui ne va pas chez lui ?

Je le trouve de plus en plus captivant. Mon œil l'a examiné sous toutes les coutures. J'aime ses cheveux qui partent dans tous les sens. J'ai envie d'y fourrer les doigts. J'aime les petites rides au coin de ses yeux quand il sourit. J'aime sa pomme

d'Adam qui remonte sa gorge quand il se marre. J'ai même refoulé l'envie de la lécher, comme j'ai refoulé l'envie de me blottir contre son torse quand nous nous sommes quittés. *Meeeeeerde…*
 Mais il ne sait rien de moi. Rien du tout. S'il savait, il partirait en courant.
 Et puis moi, je fais quoi, là ? *ARRÊTE DE PENSER À LUI !*
Je ne peux pas me permettre de rêver à un mec qui m'a avoué avoir *quatre* plans cul aux *quatre* coins du monde, qui baise une strip-teaseuse qui s'appelle Sunshine, et qui roule en Mercedes. Je suis quoi, moi ? Une prolo. Une fille de rien. Je bouffe des pâtes depuis trois ans, car je n'ai pas une thune. Mes salaires comblent à peine mon découvert. Je parle mal et nourris un goût trop prononcé pour l'alcool et la Marie-Jeanne. *Y a erreur sur la marchandise, beau brun !*
 Abattue et perdue dans mes pensées, je passe devant Mohamedou et sa bande. Même s'il est con, Mohamedou le capte et me file son joint. Je le lui prends des mains et le remercie avant d'investir l'ascenseur, direction le quatorzième. L'odeur est infecte. *Sérieux, ils n'ont pas de chiottes, les gens !*
 Je rentre chez moi. Je file dans ma cuisine de trois mètres carrés. J'ai oublié de laver mon bol ce matin. Résultat, quatre cafards se régalent avec le lait caillé qui colle au fond. Je tourne le robinet et soupire en disant *bye bye* à la famille Cafard.
 Je fume encore mon joint quand je m'étale comme une merde sur mon matelas. Je n'ai rien d'autre qu'une télé, un lit, une bibliothèque avec quelques bouquins que je chine sur Vinted pour pas cher. Le reste de ma collection, c'est Cally qui me l'a refourgué. Un livre, c'est cher !
 Mon téléphone vibre, je le chope et écrase le cul du joint dans le cendar.

Groupe WhatsApp « La Rocktouze : *Famiiiiille* **de barges »**

De Cally :

Alors, ce rencard ?!

De Milo :

Raconte.

De Norah :

T'es amoureuse ?

Je soupire à nouveau.

> C'était sympa.

De Cally :

Sympa comme « on a fini à poil dans un lit » ?

De Milo :

Sympa comme « je suis d'accord pour qu'il me mette des pinces à téton » ?

De Norah :

Tu crois que tu tombes amoureuse ?

> Sympa comme « il est pas mal ».

De Cally :

T'es aussi expressive que Schwarzenegger !

De Milo :

Au pieu ?

De Norah :

T'es amoureuse !

Je ferme la discussion.
Je vais pour poser le portable quand je reçois un nouveau SMS. *C'est lui !*
Je me redresse sur le lit et replie les genoux. J'inspire un coup et ouvre le message.
De Air Flight :

On se revoit quand ?

                        Tu sais où me trouver.

                        Au BBP, chéri ;-)

Tous les deux, je veux dire.
Comme aujourd'hui.

                        T'es bizarre.

Pourquoi ?

                        Tu fais quoi ?

Je viens de me glisser sous les draps.
Je me lève à cinq heures du matin.

                        T'es à poil ?

Ouais.

OK.

Tu me demandes si je suis à poil et j'ai le droit à un « OK » ?

Tu t'attendais à quoi ?

Quelque chose de plus salace…

Je fais pas dans le salace.

Tu sais bien que si.

Je rigole et souris comme une idiote.

Tu vas te toucher ?

Et toi ?

Peut-être…

Je suis déjà en train de le faire.

Comment tu fais avec le téléphone ?

Je suis ambidextre.

La chance !

Tu bandes ?

À ton avis…

Je peux voir Popol ?

Pas tant que tu l'appelleras comme ça...

Je peux voir James Bond ?[1]

C'est mieux... mais non.

C'est pas correct de m'émoustiller s'il n'y a rien à se mettre sous la dent.

T'aimerais te mettre James Bond sous la dent ?

Et toi, t'aimerais ?

Tu ne m'as pas répondu.

Possible.

Une seconde plus tard, je reçois une photo d'un torse nu, vu d'en haut, avec des tablettes de chocolat à se damner, une fine couche de poil sombre qui descend jusqu'à une... euh... un smiley ! Il a collé un smiley sur sa queue et je ne peux pas la voir ! *L'enfoiré...*

Je dois dormir avec une gaule de dingue.

Que tu dis !

Quoi, t'as rien vu ?

Tu sais bien que non !

---

1. *James Bond* : également connu pour son matricule 007, est un espion britannique ultra sexy dans les romans de Ian Fleming, dont le premier est paru en 1953. À noter, il aime la vodka martini au shaker et pas à la cuillère. Quand je dis sexy...

> Connard !

> Peut-être un jour…

Je m'écroule sur le lit et éclate de rire. *Où est mon putain de godemichet ?!*

CHAPITRE 16
MON CONCURRENT S'APPELLE BRUTUS !

MAX

Encore deux jours en Australie. Les conditions météo sont merdiques. Un cyclone nous empêche de décoller, alors on végète au bar de l'hôtel avec Pacha, Victor, mon copilote, Sandrine et Sophia, deux hôtesses de l'air de la compagnie. Il est encore tôt, mais on s'en fout puisqu'on s'emmerde, et qu'on n'a pas dormi de la nuit à cause du décalage horaire.

J'ai couché une fois avec Sandrine, il y a longtemps. La plus grosse erreur de ma vie. *Ne jamais coucher au travail...* Ses yeux langoureux me font comprendre qu'elle est prête à tuer le temps d'une manière tout à fait obscène. Si j'avais voulu me vautrer dans les bras d'une femme, j'aurais appelé Priscilla, mon plan cul australien. Mais après le coup que j'ai fait à Sunshine, il n'en est pas question. J'ai peut-être beaucoup de défauts, mais je ne baise pas une fille en pensant à une autre.

Je pense que, logiquement, nous devrions être de retour à Paris samedi. Je souris à cette idée, car je sais que je verrai Tony au Bloody Black Pearl. Pacha m'a confirmé que c'est le lieu de rendez-vous hebdomadaire de sa bande d'amis, et qu'ils ne le manquent jamais. Je suis satisfait, car je sais où la trouver presque chaque jour de la semaine. Non pas que je souhaite jouer au harceleur pervers, ce n'est pas mon genre. Mais je suis un putain de maniaque du contrôle. J'aime que tout soit carré, établi, millimétré. Sauf que Tony explose tout en vol. Cette nana, c'est le feu. Un feu qu'elle couve sous une carapace dure comme de l'acier et une épaisse couche de glace. Mais je l'ai vue consulter sa montre à de multiples reprises. Son rythme de vie est réglé au cordeau. Au moins une donnée que je peux exploiter…

— Tu es bien pensif, Max, me lance Sandrine en affichant la moue d'une femme qui se sent négligée.

— Il pense à la nana qu'il a baisée, lâche Victor après avoir enfilé d'un trait son verre de whisky.

— La ferme, Maverick.

— Il n'est pas loin de la vérité, avoue-le, remarque Pacha, l'enfoiré de traître.

Je ne peux réprimer un sourire. Je pense à mes derniers échanges avec Tony, et je me dis qu'elle sera bientôt rentrée chez elle, après une nuit à bosser au Bloody Black Pearl. Il me tarde de la contacter. Ça fait deux jours que je ne l'ai pas fait pour ne pas passer pour une carpette. Elle ne m'a pas envoyé de messages non plus. Mon sourire s'efface en le réalisant.

— Et comment se nomme l'heureuse élue ? demande Sandrine d'une voix faussement mielleuse.

— Ça ne te regarde pas.

— Tony ! balance Victor, que je suis à deux doigts d'étrangler.

— Tony ? C'est un prénom de fille, ça ?

Je lui lance un regard méprisant. Elle s'esclaffe comme une morue.

— Je suis heureuse pour toi, Max, déclare Sophia.

Je bosse régulièrement avec Sophia. C'est une femme de quarante ans, classe, élégante et sans chichis. De surcroît, elle est intelligente et se passionne pour l'Histoire. Passion que je partage avec elle, et qui me vaut des conversations plus spirituelles qu'avec ce connard de Maverick.

— Elle fait quoi dans la vie ? demande encore Sandrine, avant de siroter son verre de gin.

Je ne réponds pas. Une émotion désagréable me traverse la poitrine. Tony est caissière de supermarché et barmaid pour arrondir ses fins de mois. Quelque chose m'empêche de le révéler. Je décide de me lever et pars régler ma note. J'entends Sandrine se marrer. Elle a compris que j'étais gêné. Pacha lui demande de la fermer. Je prends l'ascenseur et rejoins ma chambre. Avant de prendre une douche, je consulte mon portable. Pas de messages de Tony. Elle doit être rentrée chez elle, à cette heure-là.

Je pense à elle durant tout le temps que dure ma douche. Je lutte pour ne pas me branler. Mais je m'y refuse, car je me rappelle que Tony ne se souvient de rien, à part quelques images diffuses, et ça me fait chier. J'aimerais qu'elle s'en souvienne. J'aimerais qu'elle ressente ce que je ressens. Car depuis qu'on a baisé dans les vestiaires du Bloody Black Pearl, je ne pense plus qu'à ça.

J'ai déjà fait l'amour à de nombreuses femmes. Des femmes plus classes, et, faut-il le reconnaître, plus belles que Tony. Je la trouve sexy, mais ce n'est pas une bombe. De plus, sa façon de parler pourrait empêcher Rocco Siffredi de dresser son mât. Il faut être lucide, si je n'avais pas été bourré, je n'aurais jamais couché avec cette fille. Alors pourquoi m'obsède-t-elle autant ?

Je ferme les rideaux, me glisse dans les draps et attrape mon téléphone. J'hésite à lui envoyer un message alors qu'elle ne l'a pas fait. Merde, je ne veux pas passer pour le mec qui lui court après... Sauf que je réalise que Tony est tellement revêche qu'il y a des chances pour qu'elle se dise que, si elle m'écrit en premier, cela passera pour une faiblesse. C'est forcément ça. Je commence à la connaître...

Je me lance.

> Bien rentrée ?

Pathétique comme amorce de discussion, mais je m'en fous.
Merde, elle ne répond pas.
Bon... Ça fait cinq minutes. J'éteins la lampe de lecture au-dessus de mon lit et je me couche. J'suis frustré.
Au bout de trente minutes, je ne dors toujours pas. Je reprends mon portable. Pas de message. Je soupire et le pose sur la table de chevet. *Il vibre !* Je l'attrape et me cogne le coude sur le montant du lit. *Ça lance, bordel !*
De Bloody Black Pearl :

> Ouais.

Putain... Je dis quoi après ça ? Je décide de laisser tomber. Si elle n'a pas envie d'échanger autre chose que de simples platitudes, alors je ne vais pas la relancer.

> Tant mieux.

J'suis une fiotte !

> Tu rentres quand ?

Tiens, une question. C'est mieux, ça. Bien mieux.

> Pourquoi, je te manque déjà ?

> Dans tes rêves.
> J'ai de quoi m'occuper.

> Tu fais quoi ?

> Je discute avec Brutus.

Sa conversation est excitante !

C'est quoi, ce bordel ?! C'est qui, Brutus ? Qui s'appelle Brutus au XXIe siècle ?

> Je ne vais pas te déranger alors.
>
> Bonne nuit.

Bonne journée.
Brutus t'embrasse !

> C'est qui, ce connard ?

Ne parle pas de Brutus comme ça, il t'adore !

Elle se fout de ma gueule. Y a un truc que je ne pige pas et elle me nargue. *C'est bien son genre…*

Il aimerait te rencontrer.
Je n'arrête pas de lui parler de toi.

Je souris. Ça me fait plaisir.

> Tu lui racontes quoi ?

De Bloody Black Pearl :

Je tente de récupérer mes souvenirs avec lui.
Il n'est pas très bavard. Mais il fait le job.

> C'est quoi, un psy ?
>
> À trois heures du matin ?

> Chez toi ?

Avec lui, il n'y a pas d'horaires.
Tu veux le voir ?

> Pas certain d'en avoir envie...
>
> Je ne l'aime pas...

Pourquoi ?

> Parce que tu m'as dit que sa conversation était excitante...
>
> Ça ne me plaît pas.

T'as tort. Je suis sûre que vous seriez bons amis.
Il met tout son talent à me faire penser à toi...

> Tu penses à moi ?

Une étrange émotion investit ma poitrine. Je souris comme un crétin devant mon téléphone.

Un peu...

> C'est tout ? Un peu ?

Si j'ai fait appel à Brutus, c'est que je pense un peu beaucoup à toi...

Mais putain, c'est qui ce Brutus ? Encore un surnom à la con d'un mec que je vais détester. Je ne tiens plus. Je sais au fond qu'elle se fiche de moi, mais j'ai besoin de savoir.

> Montre-moi ce connard !

Il se passe une minute avant que je reçoive sa réponse. C'est une photo. J'ouvre l'image et m'arrête de respirer. Brutus est un gode ! Un énorme gode ! Je bande direct à l'idée que Tony se serve de Brutus en pensant à moi. Je l'imagine étendue dans son lit, faisant pénétrer cet objet dans son sexe. *Merde, c'est salace, mais ça m'excite à un point...*

> James Bond n'est pas trop jaloux ?

> Visiblement... non...

Montre.

Je prends une profonde inspiration. Je réalise que la main qui ne tient pas le téléphone est en train de branler James Bond. *James Bond ? Sérieusement ?*

Je me mords la lèvre... Je lutte, mais je sais que je vais le faire... Je clique sur le téléphone... ça sonne...

— Tu déranges Brutus ! me lance Tony, hilare derrière le combiné.

— T'es vraiment en train de t'en servir ? je demande alors que mon cœur bat plus vite et que ma main gauche commence à s'affoler

— Plus maintenant, puisque tu m'appelles et qu'il faut au moins deux mains pour tenir ce machin !

Je rigole.

— Tu m'excites, je lâche d'une voix rauque.

Putain, ouais, elle m'excite grave, là ! L'image d'elle avec Brutus entre ses cuisses m'envoie au paradis de la luxure.

Elle ne dit rien. Ne commente pas. Je sais qu'elle ne sait pas quoi dire et ça m'amuse.

— Donc, tu m'envoies une photo de ton godemichet, mais t'assumes plus une fois que je t'appelle.

— Je... Peut-être bien...

— Pose le téléphone.

— Quoi ?

— Pose le téléphone. Je veux t'entendre prendre du plaisir avec Brutus.

— Pas question, putain !

— Fais ce que je te dis.

— Tu joues à Christian Grey ou quoi ? Je te préviens, tes pinces à téton, tu te les carres où je pense.

— Charmant, Tony. Mais tu ne me feras pas débander, et les pinces à téton, ce n'est pas mon genre... J'aime que tes tétons soient disponibles pour te les lécher.

Un silence.

— T'aimerais que je te lèche les tétons, Tony ?

Nouveau silence. Ça confirme ce que je pensais. Cette fille n'a jamais fait l'amour au téléphone. Elle manque d'expérience. J'aime ça...

— Air Flight ?

— Ouais.

— T'es bizarre.

— Dit la jeune femme qui m'envoie une photo de son godemichet !

— J'ai hésité, figure-toi.

— T'aurais pas dû faire ça, affirmé-je, mon timbre plus grave que jamais.

— Pourquoi ?

— Parce que je ne vais pas dormir à cause de toi.

— Pourquoi ? répète-t-elle.

— Car je vais t'imaginer avec Brutus.

— T'es pas jaloux, alors ?

— Putain, non. J'ai hâte de jouer avec.

— Tu veux l'utiliser sur toi ? dit-elle, choquée.

Le sang quitte mon visage.

— Bien sûr que non, bordel ! Je veux l'utiliser sur toi, Tony !

— James Bond a peur de ne pas être à la hauteur ? déclare-t-elle, d'une voix suave et sensuelle.

— Bien sûr que James Bond sera à la hauteur.
Je viens vraiment de parler de ma queue en l'appelant James Bond ?
— Mais on peut s'amuser un peu, complété-je.
— Ah...
— Pose le téléphone, Tony. Et mets le haut-parleur.
Silence. Elle ne va pas le faire.
— Tony ?
Silence. J'insiste et je vais la jouer salaud sur ce coup, espérant égratigner son orgueil pour la faire craquer. Alors je dis :
— T'es pas cap, c'est ça ?
J'ai vraiment dit ça.
J'ai. Vraiment. Dit. Un. Truc. Pareil ?
J'ai quoi ? Douze ans !
Bordel...
— Bon... d'accord...
Putain, elle le fait ! J'suis trop content. Je contiens difficilement mon allégresse et énonce d'une voix rauque :
— Maintenant, prends Brutus et donne-toi du plaisir...
Des froissements de draps.
Quelques soupirs.
J'entends des gémissements.
Elle n'a pas été difficile à convaincre. Je me caresse aussi sec.
Cette nana va me rendre dingue.
Quand elle explose et qu'un cri s'échappe de sa gorge, je sais que je suis foutu.
Plus que deux jours !

CHAPITRE 17
MON PÈRE N'AIME PAS LES ÉPINARDS ET PRÉFÈRE LES MON CHÉRI

TONY

On est samedi et il treize heures trente. Comme tous les samedis depuis neuf ans, je fais la queue dans le hall des visiteurs. Je prends un vestiaire et y range mon sac à main, mon portable et les clés qui traînent dans ma poche. Puis je patiente... patiente... longtemps, avant que les matons ouvrent la porte du couloir qui mène au portique de sécurité. Je fais la queue derrière la multitude de familles de visiteurs. Je m'emmerde et je n'ai même pas mon téléphone pour jouer à *Candy Crush*. Au bout d'une demi-heure, j'enlève mes chaussures et passe le portique. Ça sonne puisque j'ai gardé ma montre. *Merde...* Un maton passe le détecteur le long de mon corps et hoche la tête pour me signifier que c'est OK. Je remets mes chaussures et entre dans le hall d'attente. Une heure s'écoule, le temps que chaque visiteur passe les contrôles. Je parcours tous ces gens du regard. Ils ont la même tronche que moi. On s'emmerde tous profond. La différence entre eux et moi tient juste au statut familial du détenu que l'on vient voir. La plupart sont des femmes qui viennent rendre visite à leurs époux, avec ou sans leurs enfants, ou des personnes plus âgées venues voir leurs fils. Je suis une des rares adultes à rendre visite à son daron.

Un gardien soupire et ouvre la porte qui mène à une cour. C'est froid. Sinistre. Sur ma gauche, un vieux bâtiment est percé de fenêtres à barreaux. C'est le quartier des financiers, comme on l'appelle. Des mecs condamnés pour malversation. Ils ne sont pas mélangés avec le reste des détenus. Ils se feraient bouffer au petit-déj'. Plus loin, c'est le quartier des violeurs et des pédophiles. Eux non plus ne sont pas mélangés avec les criminels lambda. Ils recevraient pourtant la monnaie de leur pièce, ces enculés. Un gardien nous ouvre la porte au bout de la cour. Nouveau couloir où il faut attendre... encore... Il est quinze heures.

Puis ça avance, et chaque visiteur est réparti dans d'autres couloirs. Je m'approche du mien. Box 4, on me dit. C'est parti. Je chope mon grand sac en plastique et j'investis le parloir. Et j'attends, encore...

La porte s'ouvre. Mon père, Richard Velaro se pointe enfin ! Mon visage s'illumine. Le sien est grognon. Comme d'hab !

— Cet enfoiré m'a palpé les couilles, t'y crois !

Mon père n'est pas un modèle de savoir-vivre. Chaque samedi, il râle à la palpation. Je n'ose même pas imaginer ce que les matons doivent prendre quand ils les foutent à poil après le parloir. Ça n'arrive pas tout le temps, heureusement. Avec un Richard Velaro dans la ligne des prisonniers, je comprends qu'ils préfèrent passer leur tour. Et puis, la fouille anale n'est appréciée ni par les détenus ni par les matons. Certains font du zèle, cependant.

— Comment va ma fille ? me lance-t-il en s'installant sur son siège.

Le parloir fait un mètre carré, sans dispositif de séparation, si ce n'est une petite table bien pourrie par des écritures de noms d'oiseaux à l'égard de l'État et de ses représentants, et une quantité astronomique de chewing-gums collés en dessous.

— Nickel, et toi ? Je t'ai ramené des fringues propres.
— Y a un autre blouson ? me demande-t-il en attrapant le sac qui fait quatre kilos de son côté du parloir.
— Ouais.
— Tant mieux.
— La fenêtre n'est toujours pas réparée ?
— Elle ne le sera jamais, tu sais bien. Et tant mieux, car cet enculé de Bachir a la gastro en permanence.
La fenêtre de la cellule de mon père ne ferme pas. Il en a changé il y a sept mois et se les pèle chaque nuit. Ça m'enrage. Mais comme il joue au dur, il ne se plaint jamais. Les chiottes sont dans la cellule que mon père partage avec trois autres détenus qui sont devenus des potes, dont le dénommé *Bachir, la Gastro*. Les prisonniers sont en surnombre, alors il a fallu doubler leur nombre par cellule. C'est mieux pour jouer au tarot, d'après le daron.
— Je t'ai planqué quelques Mon Chéri dans la doublure du blouson. J'ai aussi mis de l'argent par mandat sur ton compte de la prison.
— Merci, ma fille.
Les Mon Chéri sont des confiseries au chocolat qui contiennent une cerise confite et de la liqueur. Mon père en est friand. Quant au fric, il lui en faut pour s'acheter des clopes, du savon et tout un tas de trucs qui lui permettent de passer un séjour plus agréable dans cette colonie de vacances carcérale.
— Comment vont tes amis ? s'enquiert-il.
— Bien.
— Même Derreck Smith ? dit-il, hilare.
Derreck Smith, c'est Milo. Depuis que j'ai raconté à mon père que Milo se fait appeler Derreck Smith pour pécho, il ne s'en lasse pas. Il ne l'a pourtant jamais rencontré.
— Cally et Norah ?
— Que du vieux depuis la semaine dernière.
— Et toi ?

Je rougis. Il devine aussitôt qu'il y a du neuf de mon côté.

— Oh, oh ! Y a un mec là-dessous !

Je secoue la tête et souris comme une idiote. Je repense à la nuit de débauche téléphonique avec le pilote. Brutus n'y est pas allé de main morte.

Merde… Pense pas à ça. Pas devant ton père !

Je vois un visage derrière le hublot au-dessus du daron. Un maton s'assure que tout est sous contrôle. Ça me refroidit direct.

— Alors, c'est quoi son nom ?

— C'est pas du sérieux, Papa… Laisse tomber.

— Comment ça, c'est pas du sérieux ? Ce type, il croit qu'il peut ne *pas* être sérieux avec ma fille ?

— Papa…

— Antonia, méfie-toi de ce mec !

— Mais putain, tu ne le connais pas !

— Il fait quoi dans la vie ?

— Il est pilote de ligne.

— Quoi ? Un pilote de ligne ? Mazette ! Tu fais dans le bourge, maintenant !

Dans la vie, il y a trois choses que mon père n'aime pas : les flics, les épinards et les bourges.

— Il est sympa.

— Y a intérêt !

— Bon, quoi de neuf aux pays des bisounours criminels ?

— Rien de transcendant. Un mec a tenté de s'évader, mais il s'est fait serrer en moins de deux. Une bagarre a éclaté à la cantoche, parce qu'un connard a piqué le pain d'un abruti. Les mecs m'appellent *Papi* et ça m'énerve toujours autant.

— Oh.

Voilà… C'est à peu près tout ce que l'on a à se dire. Alors on parle un peu météo et actualités. Les trente minutes de parloir s'écoulent vite. Un maton ouvre le box et demande à mon père de le suivre. Ce dernier me tend la joue et je l'embrasse.

— À la semaine prochaine, même heure, même endroit !

— Youpi ! déclare-t-il en soupirant, sans manquer de me lancer un clin d'œil.

Je lui adresse un sourire. Ensuite, je vais dans ma file, fais la queue et regagne le hall d'attente. Je patiente le temps que tous les visiteurs y soient entassés. Enfin, je longe le couloir, passe au portique, puis devant le détecteur, et je récupère mes affaires. Il est dix-sept heures et j'ai encore une heure de route pour rentrer chez moi. Vivement que j'aille boire un coup au Bloody Black Pearl !

CHAPITRE 18
DERRECK SMITH EST PLUS FORT QUE JAMES BOND !

MAX

Je me passe la main dans les cheveux. Je réalise qu'il faut que je les coupe un peu. Pacha vient me chercher dans cinq minutes et je m'observe dans le miroir. Jean sombre – T-shirt noir - baskets blanches. Pas mal. Mon cœur bat vite. Je vais voir Tony et j'ai hâte. Depuis notre masturbation respective et indécente au téléphone, je bande comme un dingue. Je replace James Bond avant de décrocher l'interphone de l'appartement qui vient de sonner.

— J'arrive !

Je rejoins Pacha sur le trottoir. Il me sourit. Lui aussi est habillé tout en noir. On dirait des putains de jumeaux. Il rigole, puis on se met en route.

— T'es bien silencieux, ce soir, me fait remarquer mon ami.

— Comme si j'étais bavard en temps normal.

Il sourit comme un con. Je sais ce qu'il veut me faire dire, mais je ne lui ferai pas ce plaisir.

— C'est bientôt les vacances. T'as prévu quoi ?

— Comme d'habitude.

— Contis Plage ?

— Contis Plage.

J'ai une maison sur la côte, non loin de chez ma mère. Dès que je pose des vacances, je m'y rends. C'est mon refuge. Je m'adonne à ma passion pour le surf et passe des soirées entières allongé sur mon hamac, face à l'océan.

On arrive au Bloody Black Pearl. Mon cœur s'emballe. Je ne sais pas encore comment Tony va m'accueillir après notre nuit d'amour téléphonique. Va-t-elle enfin me laisser l'approcher ? Je veux dire, vraiment l'approcher... Je l'espère. Je ne pense plus qu'à ça, *bordel*.

Ils sont tous les quatre installés dans leur box habituel. Cally a un journal sur les genoux et se bidonne devant ses amis. Lorsqu'elle aperçoit Pacha, son sourire devient enjôleur. Elle craque complètement pour lui. Mes yeux se posent sur Tony. Elle a baissé la tête. Je salue Milo et Norah, puis pousse un peu cette dernière pour m'asseoir à côté de Tony. Son visage pivote enfin vers moi. Il fait sombre, mais je devine que ses joues rosissent. Ses lèvres se courbent.

— T'es de quel signe, Pacha ? lui lance Cally.

— Vierge.

Elle éclate de rire, puis le regard qu'elle lui lance signale parfaitement qu'elle est prête à le dépuceler sur place si ce mot recelait une autre signification.

— Vierge. « *Vous avez tout ce qu'il vous faut pour passer une semaine sexuellement active. Ne vous privez pas des joies de votre compagnon.* »

— Mon compagnon ?

— C'est un horoscope pour femme ou gay, commente Milo. Je suis Vierge aussi, si ça te tente.

Cally lui tape sur l'épaule. Tony se marre. Norah pouffe. Pacha se tortille sur son siège.

— Et toi, Max ? me demande Cally.

— Taureau.

Le regard de Cally s'illumine avant de se diriger vers Tony.

Je crains le pire. Puis son index passe sur la page de son journal et s'arrête soudainement.

— Taureau, dit-elle. « *Il est temps de passer à l'action ou quelqu'un d'autre s'en chargera à votre place.* »

— Un homme qui s'appelle Brutus, peut-être ? remarqué-je.

Je sens Tony se tendre à côté de moi. Cally écarquille des yeux stupéfaits. Norah éclate de rire et Milo affiche un sourire pervers.

— Bordel, Tony, tu lui as parlé de Brutus ?! s'exclame Cally.

Merde...

J'ai soudain le sentiment que le sol s'ouvre sous mes pieds, que la banquette m'engloutit. Tony baisse les épaules et je suis certain qu'elle pique un fard. Je me sens mal.

— Y a pas de problème, Max, déclare Milo. On sait tous qu'elle sort Brutus de sa cachette à l'occasion.

— Vous connaissez Brutus ?

— Pas personnellement.

— On préfère pas, glisse Norah.

— Brutus est sacré ! affirme Cally en se gaussant.

— Vos gueules ! lance Tony.

Le DJ balance un morceau de Gun's and Roses. *Knockin' On Heaven's Door* est langoureux. C'est un slow. *On passe encore des slows dans les pubs parisiens ?* Un mec se pointe à table et coupe cette effarante conversation.

— C'est toi, Derreck Smith ? demande le mec à Milo.

— En effet, dit ce dernier, d'une voix soudain plus rauque.

— Katia du bar te fait dire qu'il faut ramener des bouteilles de vodka de la réserve.

Milo se tait. Ses yeux parcourent le jeune homme. Visiblement, ce qu'il voit lui plaît. Un sourire scintillant se dessine sur son visage. Le mec, un beau black musclé, réalise l'inspection et penche un peu la tête. Ça ne lui déplaît pas non plus. Milo se lève.

— On ne peut pas laisser les clients du Bloody Black Pearl sans vodka. Combien de bouteilles ?

— Elle en a demandé huit.

— Oh, alors je vais avoir besoin d'un coup de main. Tu serais prêt à m'accompagner ?

Très fort, ce Milo... Le type hoche la tête et part avec lui.

— Où se trouve la réserve ? demandé-je à Tony.

— À la cave. Derreck Smith n'est pas près de remonter.

Je me marre. Tony s'approche de mon oreille.

— Boob's, la barmaid, a un deal avec Milo. Si elle repère un beau gosse qui ne réagit pas à ses charmes, elle lui envoie avec une excuse à la con. C'est la manière de Boob's d'envoyer chier les types qui sont insensibles à sa poitrine Fisher Price, et une façon pour Milo de se faire des mecs sans avoir à les draguer.

— C'est un deal avantageux.

— Sauf que la réserve est vraiment un endroit dégueu. Gilou ne l'a fait jamais nettoyer.

— Alors que les vestiaires sont propres.

Elle retrousse ses lèvres.

— Pas faux.

— Enfin, j'espère qu'ils les ont nettoyés après notre passage.

— Pourquoi ?

— On a particulièrement souillé ce placard.

Elle rigole et pose une main sur ma cuisse. Le contact de ses doigts m'envoie une décharge si forte que je sursaute un peu.

— Eh bien alors, Air Flight. On est sur la corde raide ?

Je rougis comme un ado. *Bordel...*

— Je vous sers quelque chose ? demande le barman à la peau mate qui vient de faire irruption.

Je commande deux *Bloody Black Pearl*. Il est temps que je goûte à ce cocktail. À voir l'expression de Tony, je constate que ça lui fait plaisir. J'ai envie de lui faire plaisir. *Putain, mais le DJ envoie vraiment du Scorpions !* Je n'ai pas entendu la chanson

Wind Of Change depuis une fête de village dans le Loiret. Je m'en branle et invite Tony à danser. Elle regarde ma main tendue et hésite.

Sérieusement ?
— Sur du Scorpions ?
Ouais... je sais...
— Quoi ? répliqué-je. C'est pas une soirée horoscope ?
Je souris. Elle glousse. *Gagné !* Elle prend ma main et je la tire au milieu de la piste. Par la main, je précise.
Mes doigts se posent sur ses hanches. Ses bras s'enroulent autour de mes épaules. Je sens sa petite poitrine onduler contre mon torse. J'adore ça. On ne se dit rien. On danse l'un contre l'autre. Le moment est suspendu dans le temps. Je me permets un baiser sur ses cheveux. Elle se colle un peu plus contre moi. Mon pantalon est trop étroit.
— C'est James Bond que je sens contre mon ventre ?
Je m'esclaffe. J'en peux plus de cette fille.
— Il est en mission, déclaré-je dans le creux de son oreille.
Elle lève la tête. Son regard se coule dans le mien.
— Une mission périlleuse ?
— Plutôt délicate.
— On peut en savoir plus ?
— Il doit buter un certain Brutus et ne sait pas encore comment s'y prendre.
Elle se marre. Son rire me transporte. Je bande encore plus, *putain*.
— Paraît que Brutus est vachement bien charpenté, dit-elle, malicieuse. Va falloir que James Bond se montre à la hauteur.
— James n'a pas à rougir de son physique.
— Il est comment ?
— Long, épais et dur comme la pierre.
Elle éclate de rire.
— Ils disent tous ça.

— Qui ?

— Les mecs. Vous vous croyez toujours bien membrés.

— Je suis super bien membré ! Tu ne sens pas cette putain de Tour Eiffel qui te perfore le ventre ?

— Bof.

Je la serre contre moi et me dandine. Elle pousse un petit cri adorable.

— OK, mais comme j'ai eu droit à un smiley en guise de preuve visuelle, je ne peux que faire appel à mon imagination.

— Je ne crois pas avoir reçu de photo sexy de ta part non plus.

— Je t'ai montré Brutus.

— Brutus n'est pas toi.

— Tu aurais aimé une photo sexy ?

— Peut-être bien. Ou alors, on se tire d'ici et je prends moi-même cette photo. Ça, c'est une idée !

Elle se crispe. Je ne comprends pas.

— Qu'y a-t-il ?

— Rien.

— C'est l'idée que je te prenne en photo qui te rend nerveuse ?

— Non, c'est… Oh !

— Quoi ?

— Derreck Smith est plus fort que James Bond !

Je me tourne et vois Milo sur la piste en train de rouler une grosse pelle au mec qui l'a accompagné dans la réserve tout à l'heure. Ses mains sont partout sur lui. C'est un spectacle presque obscène. Derreck Smith ne fait pas dans la dentelle.

Tony pose ses doigts sous mon visage et le fait pivoter vers elle. J'esquisse un sourire en la regardant. Je me perds dans ses pupilles noires. Mes mains remontent sur ses omoplates nues que dévoile son haut trop ample pour elle. Je me baisse et l'embrasse.

Cette fois-ci, on n'est pas bourrés.

Cette fois-ci, ce baiser ne se dissipera pas dans un souvenir flou.

Alors, je fais tout pour m'appliquer.

CHAPITRE 19
MON HOROSCOPE NE DISAIT PAS QUE D'LA MERDE !

TONY

Teddy le DJ balance *Can't Stop* de Red Hot Chilly Peper, alors le pilote et moi on décide de retourner à la table. Il vient de me proposer de quitter le Bloody Black Pearl et d'aller chez lui. Je n'ai pas répondu et je vois qu'il est pensif. *Merde...*
La vérité, c'est que j'ai la trouille. Une putain de trouille. Du haut de mes vingt-huit ans, je n'ai jamais eu de relation sérieuse. *Aucune*. Aucun mec n'a fait autant d'effort que Max pour tenter de me mettre dans son lit. Je réalise qu'à chaque fois que j'ai couché avec un type, j'avais un coup dans le nez. Sauf quand j'étais au lycée. Les différents échanges avec Air Flight, le fait qu'il m'invite au restaurant, ou qu'il vienne au Bloody Black Pearl, me font croire qu'il souhaite plus qu'une simple baise. Surtout qu'on a déjà baisé, quand on y pense... *Qu'est-ce qu'il me veut exactement ?*
Je le contemple en train de siroter son cocktail. À la mine qu'il fait, pas sûr qu'il recommande un *Bloody Black Pearl* de sitôt. Ça m'a fait plaisir qu'il en prenne un juste pour connaître le goût de mon cocktail préféré. Je l'examine. Il est sexy en diable. Je remarque cette manie qu'il a de toujours replacer sa

montre, de se passer la main derrière la nuque. Il plisse toujours un peu les yeux quand il réfléchit. Là, il discute activement avec Milo, dont la main est posée à deux centimètres du zguègue de sa prochaine monture. Un magnifique Black nommé Simon. Boob's a tapé dans le mille, pour une fois. Milo a l'air sous le charme.

— Alors, t'as réfléchi ? me glisse Max à l'oreille.

Je refoule le rouge qui me monte aux joues. Non pas que je ne veuille pas me vautrer dans la luxure avec Air Flight, mais quand même, il m'a bien regardée ? J'ai le douloureux pressentiment que je ferais une connerie si j'acceptais. Le mec est d'un autre monde et prendrait ses jambes à son cou si je lui expliquais où j'ai passé mon après-midi.

— Une autre fois, d'accord.

La déception se lit sur son visage, mais il ne me reproche pas mon refus. Il se cale sur la banquette et plisse de nouveau les yeux.

La discussion s'enchaîne sur le choix de champagne merdique de Gilou. Je leur promets de faire remonter l'info au proprio du Bloody Black Pearl, après avoir en avoir avalé une lampée. *Merde… Gilou ! OK pour faire des économies, mais quand même !*

Cally demande le signe de Simon, qui nous révèle être Lion. Comme moi. A priori, les astres lui prédisent un avenir sexuellement actif. Milo frétille sur place. Je m'éclate de rire. Norah lui pose des questions sur sa vie. En deux phrases, nous comprenons que Simon est un geek. Parfait pour Derreck Smith qui l'embrasse à pleine bouche. Cally demande à Pacha ce qu'il fait pour les vacances. Visiblement, Max et Pacha sont en congés en même temps qu'elle. Pacha n'a rien prévu. C'est alors que pilote investit la conversation et déboule avec une demande tout à fait ahurissante.

— Que diriez-vous de passer une semaine de vacances dans ma résidence en bord de mer ?

Résidence en bord de mer ??? Le mec a une résidence en bord de mer ?!

Cally pousse un cri. Norah se redresse sur son siège, tout excitée. Derreck Smith révèle à Simon qu'il s'appelle Milo, en réalité. Et moi, je me tétanise.

Max pivote son visage vers moi. Je suis décontenancée. *Putain…*

— Qu'est-ce que t'en dis ?

— Euh…

— Elle est où, ta piaule en bord de mer ? me coupe Cally.

— En réalité, elle est au bord de l'océan. À Contis Plage, dans les Landes.

— Mortel ! se réjouit Cally. Tony ! Dans les Landes !

— Ouais…

Max remarque que je suis moins enthousiaste. Il ne sait pas que je ne peux pas partir. Impossible avec mon père en taule, ma mère qui a besoin de moi avec les petits quand elle et Gaspard bossent le lundi, et, surtout, je n'ai pas de congés avant un siècle ni un kopeck dans mon portefeuille.

— Je suis certaine que vous allez vous éclater, dis-je.

L'expression de Max ne laisse aucun doute sur sa déception. *S'il savait la mienne…* Soudain, je me sens accablée. Je me lève et pars en direction du vestiaire. Faut que je me tire ou je vais me mettre à chialer.

Ma vie, c'est ça. Des contraintes. Des privations. Je ne pars jamais en vacances. *Jamais.* Cally, Norah et Milo m'ont déjà invitée à partir avec eux plusieurs fois. Mais je refuse d'être entretenue, alors je trouve toujours une excuse. Sauf un week-end où j'ai dit oui à condition de payer l'essence et les péages du trajet. J'avais dû quémander des heures supp' pendant six semaines à Intersection pour renflouer mon compte en banqueroute.

Paulux s'étonne de me voir si tôt demander mes affaires :

— T'as rencard, cette nuit ?

— T'occupe !

Il part chercher mon sac dans le placard de la débauche. J'entends derrière moi :

— Qu'est-ce que tu fais ?

Je me retourne et fais face à Max qui me domine de toute sa hauteur.

— Je me tire.

— Mais, je… C'est parce que j'ai parlé des vacances ?

— Non, pas du tout. Je dois me lever tôt, demain.

— Reste un peu.

— Faut vraiment que j'y aille.

— S'il te plaît.

Il s'approche de moi et pose ses mains sur mes épaules. Son souffle chaud se répand sur mon visage. C'est à peine si je respire. *Bordel... qu'il est beau ce con !*

— Alors, ma puce, tu te casses ou pas ?

C'est Paulux. Je me tourne et le vois avec un sourire niais sur la tronche. Je prends mon sac et en tire mon paquet de clopes.

— Pas tout de suite.

Je pars vers le patio en compagnie du pilote. Il sourit et j'en conclus qu'il est content que je reste. J'allume ma clope. Il fait frais, mais pas froid.

— J'ai pas de congés, dis-je.

— Tu ne peux pas en poser ?

— Ça ne marche pas comme ça dans le monde des prolétaires.

— Arrête avec ça.

— Avec quoi ?

— Avec cette façon d'essayer de me rebuter parce qu'on n'est pas du même monde. J'ai compris et je suis encore là.

C'est vrai. Je me souviens que lorsqu'il m'a demandé ma profession, je lui ai dit caissière. J'aurais pu lui dire barmaid, c'est plus sexy, mais j'ai choisi de me persuader qu'il était un connard. Sa réaction avait été celle d'un connard. Mais plus maintenant… Je tire une autre bouffée. Il se rapproche.

— J'ai aimé notre conversation téléphonique de la dernière fois.

Je me mordille les lèvres en y repensant, et je déglutis, car ces mots me font de l'effet.

— Moi aussi.

— J'ai aimé t'entendre gémir.

Cette fois, il me murmure à l'oreille. Je vais fondre et ferme les yeux.

— Et j'aime que tu te caresses en pensant à moi.

Bordel…

— Je ne fais que ça depuis cette fameuse nuit.

Il va me tuer.

— J'ai envie de recommencer.

Moi aussi…

OK, c'est décidé, j'écrase ma clope. On ne va pas y passer trois heures ! J'attrape le bras du pilote qui fait une drôle de tronche, tandis que je le tire en direction du parking.

— Salut, Sami !

C'est le gardien. Il a compris mes intentions et me laisse passer.

— On va où ? me demande Air Flight.

Je ne réponds pas et ouvre la portière arrière du Vitara. Je me glisse dedans et me retourne.

— Bah, qu'est-ce que tu fous ? Monte !

— Euh… c'cst ta voiture ?

— Ouais.

— T'avais les clés sur toi ou elle s'est ouverte comme par magie ?

— La fermeture centralisée ne fonctionne pas, elle reste toujours ouverte. Tu viens ou pas ?

Il ne se fait pas prier et me rejoint à l'intérieur.

— Tu veux baiser dans ta voiture ?

— T'as tout compris, Einstein !
— Tu sais chez moi, c'est…

Je l'embrasse pour qu'il la ferme. Il sourit contre mes lèvres et me soulève pour que je me place à califourchon au-dessus de lui. Je me frotte contre son érection. Sa gorge émet un grondement. J'attrape ses cheveux et les tire en arrière. Son cou est à ma merci.

— Antonia…

Je marque un léger temps d'arrêt quand je l'entends m'appeler par mon prénom. Il déferle en moi une émotion étrangère, intense, qui me terrasse, me brise, m'emporte, me terrifie. Mon corps veut s'unir à lui, maintenant. Je passe son T-shirt au-dessus de sa tête, puis admire son torse musclé et bronzé. *Merde… c'est une gravure de mode.* Je le lèche, le mords, l'embrasse. Mes ongles s'enfoncent dans ses épaules. Il empoigne mon haut et me l'ôte d'un geste leste. Ses doigts caressent les courbes de mon dos et s'arrêtent sur l'attache du soutien-gorge qu'il m'enlève. Mes seins se dressent et pointent dans sa direction. Sa bouche fonce sur un mamelon qu'il mordille, qu'il avale, tandis que l'autre est à la merci de sa main. Je me décale sur le côté et m'allonge pour retirer ma ceinture et mon jean. Je galère un peu, alors il m'aide. J'éclate de rire quand il se cogne le coude contre la portière. Ouais, c'est un slim. C'est retors, un slim. Il s'attaque à son futal et une minute plus tard, on est tous les deux nus l'un contre l'autre. Il a trouvé le moyen de plier ses longues jambes dans l'habitacle.

Le temps est suspendu. Mon regard se plante dans le liquide bleu de ses yeux, sous la lumière du réverbère qui éclaire la plage arrière. Un univers se livre à moi dans ses iris azur, cernés d'un contour sombre. Il est d'une beauté fascinante. Ma main se porte à sa joue parfaitement rasée. Il me sourit.

— Tu vas t'en souvenir, cette fois.
— Ça dépend de toi, Pilote.
— Crois-moi, tu vas te rappeler cette chevauchée.

Sa main passe entre lui et moi. Elle trouve mon intimité, la caresse.

— T'es toute trempée, tu sais ça ?

Je rougis. *Merde… ça m'excite encore plus.*

Il insère un doigt.

Je me cambre en gémissant.

Puis un autre.

— Je veux que tu t'en souviennes bien, Antonia.

Il se passe un long moment avant que sa main remonte jusqu'à ma poitrine. Sa bouche est sur mon corps, le visite, ses doigts parcourent mes côtes. Je fonds sous la chaleur ardente qui manque me faire évanouir. Puis je sens le frais sur ma peau. Il s'est relevé et cherche quelque chose dans sa poche de jean. Une capote. Mes yeux se posent alors sur son sexe. Je salive. *Bordel, je le préfère à Brutus !* Il passe le préservatif et se recolle à moi.

— Prête ?

— Putain, ouais !

Il me pénètre enfin. Lentement. Très lentement. Une agonie de lenteur. Il embrasse mon front tandis qu'il se retire. Je soupire. Il sourit. Je le veux encore en moi.

— Quoi ? C'est fini ? le provoqué-je.

Il secoue la tête.

— Petite impertinente. Tu vas voir si c'est fini.

Il se plante brusquement en moi. Je pousse un cri d'extase. Il se retire. Lentement. J'en veux plus. Mes mains s'enroulent autour de son torse et le tirent contre moi.

— T'en veux encore ?

— Si tu veux que je m'en souvienne, il faut que…

Il s'enfonce en moi. Je gémis.

— C'est bon… Tu es… Oh, Tony…

Il commence à faire des va-et-vient entre mes cuisses. Je suis en transe. Mes yeux ne quittent plus les siens. Il fait chaud dans cette putain de voiture. On est déjà tous les deux en sueur.

— Tony…

Ses hanches claquent contre les miennes. Il accélère le rythme.
— Putain !
— C'est ça que tu veux, Antonia. Pourquoi tu me repousses si c'est ça que tu veux ?
— La ferme !
Il sourit et se redresse. Il attrape le pli de mes genoux, soulève mes jambes, puis me pilonne sauvagement. Je pousse des hurlements.
— Tu vas te rappeler, cette fois ! Je veux que tu me sentes entre tes jambes toute la semaine.
Je me liquéfie. Il accélère. Un orgasme me frappe et me coupe en deux. Je crie son nom tandis que je me cabre sous ses à-coups. Il continue et me martèle encore. Un sourire en coin s'est plaqué sur son visage. Je n'en peux plus. Je le veux contre moi. J'attrape sa nuque et lui dis :
— Ta queue est à moi, Air Flight !
Ma phrase sonne comme un signal. Il pousse un grondement sourd tandis qu'il se déverse dans le préservatif. Il respire fort et son corps marque un soubresaut avant de se lover contre le mien. Mes mains caressent son dos et glissent jusqu'à ses fesses qu'elles empoignent.
Putain… C'était… C'était…
Je ne sais même pas comment décrire mes émotions.
Tout ce que je sais, c'est que je souris comme une idiote.
Que mon esprit est perché dans les nuages.
Que son corps réchauffe le mien.
Et que j'adore ça…

CHAPITRE 20
NON, NON, ON NE VIENT PAS DU TOUT DE S'ENVOYER EN L'AIR DANS UNE BAGNOLE...

MAX

Je me rhabille. Mes jambes sont endolories. *Merde, j'ai baisé dans une bagnole...* Je n'avais jamais baisé dans une bagnole. Un silence pèse dans l'habitacle. Tony passe son jean avec difficulté. Un sourire scintille sur ses lèvres. Je suis heureux d'être à l'origine de ce sourire. *Seigneur, cette baise était encore plus intense que la première.* Elle pose la main sur la poignée de la portière et s'apprête à sortir. Je lui attrape le bras et l'arrête. Ses lèvres me manquent déjà. Elle se tourne, mes mains se plaquent sur ses joues. Je l'embrasse longuement. Lentement.

— Maintenant, on peut y aller, dis-je en lui adressant un clin d'œil.

Elle fait une moue adorable avant de sortir. Je la suis en ouvrant ma portière. On contourne chacun la voiture et nous nous retrouvons devant. Elle m'attrape la main. Je la tire, colle son corps contre le mien et dépose un baiser sur ses cheveux. Puis elle se fige. Mon regard pivote sur ce qui a provoqué cette réaction. Je découvre Pacha, Cally, Milo, son nouveau mec et Norah, tous alignés près du gardien du parking.

— Manquait plus que le popcorn ! lance Milo, hilare.

Le sang déserte mon visage.

Pacha s'esclaffe et s'approche.

— Rassure-toi, Maxou, on n'a rien vu à part une voiture qui bouge toute seule.

— On discutait ! clame Tony, rouge comme une pivoine.

Sérieusement ?

— Ah ouais ? rétorque Cally. Vous discutiez de quoi ? De ta coupe de cheveux ?

Mes yeux se posent sur la chevelure de Tony. Elle est tout emmêlée sur le haut du crâne. Je pince les lèvres.

— Pas question que je monte dans cette voiture pour partir dans les Landes ! lance Norah.

Le corps de Tony se tend. C'est la seconde fois que je perçois cette nervosité à l'évocation des vacances. Je ne me l'explique pas et je jurerais que, plus tôt, elle s'est décidée à quitter le Bloody Black Pearl à cause de cette proposition. Alors que l'on descend les escaliers sous les remarques grivoises de Milo, je décide de prendre Norah à part. Tony part s'installer avec les autres tandis que j'emmène son amie au bar avec moi.

— Désolée, dit-elle.

— De quoi ?

— De cette scène sur le parking.

Je ris. Je m'en fous carrément. Je viens de passer un des moments les plus mémorables de ma vie d'homme et je suis loin de vouloir redescendre de mon nuage.

— On se demandait où était Tony, m'explique-t-elle. Elle a parfois tendance à se barrer comme ça. Alors…

— Ça lui arrive souvent ?

— Ouais.

— Pourquoi ?

Norah semble gênée et se tortille sur place. Je comprends qu'elle se demande si elle doit lâcher le morceau ou pas.

— Tony est compliquée.

— J'ai remarqué.

— Non, je veux dire que la vie de Tony est compliquée.
C'est alors que je réalise que je ne sais rien d'elle en dehors de ses deux professions. À chaque fois que j'ai posé des questions au restaurant, lors de notre rencard, elle a toujours trouvé le moyen d'éviter d'y répondre avec d'autres questions.
— Si compliquée que ça ?
Norah acquiesce. Elle ne veut pas avoir à déballer la vie de sa meilleure amie et je respecte ça. Je n'insiste pas, mais n'oublie pas l'objectif de cette discussion.
— Comment je peux faire pour la convaincre de partir en vacances avec moi ?
Norah sourit.
— Quoi ?
— Oh, euh… Rien.
— Si, dis-moi.
— Je suis contente pour elle.
Sa sollicitude me plaît. J'aime bien cette fille. Un brin étrange, mais sympa, et visiblement une véritable amie. Presque une sœur, si j'en juge des liens que j'ai déjà pu observer.
— Tony aurait vraiment besoin d'un peu de bonheur dans sa vie.
Je ne sais pas ce que ça veut dire, mais sa remarque m'attriste.
— Tu penses que partir avec nous en vacances pourrait lui faire du bien ? demandé-je.
— J'en suis certaine.
— Alors pourquoi semble-t-elle tendue à cette idée ?
— Pour plusieurs raisons.
— Lesquelles ?
Norah regarde par-dessus son épaule afin de vérifier que Tony ne se trouve pas derrière elle, et me déclare :
— Tony doit remplir pas mal d'obligations et ne peut pas avoir de congés facilement. Comme tu le sais, elle cumule deux emplois. C'est à peine si elle a les moyens de se nourrir.

Ma gorge s'assèche.

— Co… comment fait-elle pour se payer tous ses cocktails ?

Remarque à la con… Je m'en veux déjà, mais Norah ne relève pas.

— Elle ne les paie pas. Gilou les met sur sa note. Ça fait des années qu'on vient ici et il ne lui a jamais fait payer une seule boisson. Gilou sait qu'elle est dans la merde. Lors de son anniversaire, tous les membres du Bloody Black Pearl et nous lui avons offert des billets pour le prochain Hellfest[1]. Elle a voulu refuser, car elle ne veut rien devoir à personne. Gilou a menacé de la virer. Elle a donc accepté. C'était le seul moyen.

Mon regard se lève sur les bouteilles qui ornent le bar et la croûte censée représenter le *Black Pearl*. Alors que j'étais euphorique après cette partie de jambes en l'air d'anthologie, voilà que je me sens accablé. Salement accablé. Je commande un whisky à Plastic Girl, l'avale d'un trait et secoue la tête pour reprendre mes esprits. J'expire et m'adresse à Norah :

— Comment on fait, alors ?

Norah m'observe, me sourit et me lance un clin d'œil.

— T'inquiète, je gère.

Décidément, j'adore cette nana.

---

1. Hellfest : Le plus grand festival de métal en Europe. Il se déroule chaque année à L.A. (Loire Atlantique. *Bah quoi ? Comme si y avait que les Américains !*)

CHAPITRE 21
MILO N'EST PEUT-ÊTRE PAS UN ESPION INFILTRÉ DU GOUVERNEMENT !

TONY

Depuis ma partie de jambes en l'air avec Air Flight s'est écoulé un peu plus de deux semaines. Nous n'avons pas eu l'occasion de nous voir, puisque son emploi du temps est en total désaccord avec le mien. J'ai les boules. Depuis ce moment de pure extase dans le Vitara, je ne pense plus qu'à lui. Son corps musclé contre le mien, ses fesses fermes sous mes doigts, sa voix rauque alors qu'il me lance des répliques salaces. Je souris comme une idiote.

— C'est pour aujourd'hui ou pour demain ?! me lance le client qui poireaute derrière ma caisse.

J'ai envie de lui dire *« Oh, ta gueule ! »,* mais je me retiens. J'ai besoin de mon boulot et je ne peux pas me permettre de me faire virer.

— Pardon, dis-je avec un sourire faux. Bonjour, Monsieur.

— Six packs de lait.

— Bonjour, Monsieur, je répète.

— Six packs de lait.

Connard… Putain, t'es pas prêt, pépé. Je vais aplatir tes articles ! Je vois justement des barquettes de viande arriver sur le tapis. Ça se brise bien. J'y vais à fond les ballons. Le mec me hurle dessus. Chaplin passe et pousse une gueulante.

— Velaro ! Vous y allez plus doucement ou je vous colle un blâme !

— Oh, pardon, Madame. C'est juste que je veux rester l'employée du mois et Janine essaie de me tirer ma place !

— Pas au détriment des clients, Velaro. Pas au détriment des clients.

— Bien, Madame.

Elle hoche la tête, satisfaite que j'aie à cœur que le magasin engrange un max de pognon.

Connasse !

Le client sourit, heureux de me voir rappelée à l'ordre. Quand je lui annonce la note de son caddie, il tire la tronche. *Eh ouais, Coco, c'est cher la bouffe de luxe.*

C'est mardi et je termine à vingt-deux heures. La fermeture. Il est moins le quart et l'hôtesse d'accueil prévient les clients que le magasin va fermer ses portes. Je détourne les yeux vers les rayons et remarque quelques gus qui s'activent pour remplir leurs caddies. Je me fais toujours la même remarque. *Sérieux, vous ne pouvez pas faire vos courses en journée ou en début de soirée ? Qui fait ses courses à vingt-deux heures ?*

21 h 58, j'ai déjà compté mes billets dans la caisse et m'apprête à la fermer. Puis je sens un regard sur moi et remarque un caddie blindé avancer dans ma direction. Forcément, le dernier client est pour ma gueule…

Je passe les articles en poussant des soupirs. Heureusement, le type paie en carte bancaire. Je n'ai pas besoin de recompter la caisse.

Je suis la dernière caissière à quitter le magasin. J'ai enfilé mes fringues au pas de course, sans même avoir fait mes lacets. Quand je me rends au parking, je constate que Milo m'attend près du Vitara. *Putain, qu'est-ce qu'il fout là ?*

— Putain, qu'est-ce que tu fous là ?

— Faut que je te parle.

Je hausse les épaules.

— Tu viens chez moi ?

— Ouais.

On prend sa Clio Zoé garée à côté de la mienne, et on part chez Milo.

— Je dors chez toi, dis-je.

— D'accord.

— Faudra que tu me raccompagnes ici, demain.

— D'accord.

— Bien.

J'suis soûlée. Cette journée a été affreusement longue. Je lutte pour ne pas envoyer un texto à Air Flight. Depuis l'épisode de la voiture, on est en décalage permanent sur les horaires. Quand il est dispo, je bosse. Quand je suis dispo, il est en vol. *Fait chier !*

On arrive chez Milo quinze minutes plus tard. À peine sommes-nous rentrés qu'il me roule un joint que je fume étalée sur son canapé. Il me sert un verre de Martini (car Milo n'a que du Martini chez lui, ce que je trouve chelou, en soi) et s'installe dans son fauteuil avant d'allumer son propre pétard.

— Bon, alors, qu'est-ce qui se passe ? je demande après avoir expiré une bouffée.

— J'ai revu Simon.

Je me redresse aussi sec.

— Quoi ? T'as revu le mec d'un soir ?

— Ouais.

Milo ne revoit jamais les mecs d'un soir. Je suis à deux doigts de lui demander de faire péter une bouteille de champ'.

— Mais y a plus étrange.

— Balance !

— Je n'ai *pas* couché avec lui.

— Merde !

Milo hoche la tête. On se comprend. C'est pas normal, cette

histoire. Je me gratte le cuir chevelu, me sentant un peu engourdie. Il reprend :

— Tu te souviens quand on est parti à la réserve du Bloody Black Pearl ?

— Ouais.

— Eh bien, on a discuté un peu.

— De quoi ?

— Au départ, de la vodka.

— Ah. OK.

— Puis ensuite, il m'a raconté qu'il n'était plus capable d'en boire depuis qu'il a vomi sur la pelouse du père de son meilleur ami, et que la pelouse n'a jamais repoussé à cet endroit.

— Oh… génial.

— Ça m'a fait rire. Je veux dire… il m'a fait rire. Vraiment.

— C'est sûr que vomir sur une pelouse, c'est original. C'est mieux que tes tapis de voiture que j'ai flingués. Ils ne risquent pas de repousser, ceux-là.

— Ta gueule.

Il se marre. Moi aussi. Son visage est doux. Le visage de Milo est rarement doux. Ce mec est une énigme. Personne ne sait ce qu'il fait vraiment. Il dit qu'il est ingénieur informatique, mais on n'a jamais vu un seul de ses collègues. Il ne raconte jamais d'anecdotes sur sa journée et est toujours seul. On ne connaît pas sa famille ni d'autres amis. Je l'ai connu au Bloody Black Pearl, un jour au bar. Je l'ai servi. Il était un peu torché, alors on a parlé mangas. Milo nourrit une grande passion pour les mangas. On a déblatéré sur *L'Attaque des Titans*, qualifié de meilleur manga de la décennie, et dont je suis particulièrement fan. Il a eu le coup de foudre pour moi et mes théories foireuses sur le destin d'Eldya. Bref, on s'est trouvés. Je l'ai présenté à Norah et Cally. Ça a tout de suite matché. Mais depuis, on n'en sait pas plus sur sa vie. Il est blond, pince-sans-rire, mignon, avec des yeux noisette adorables. Un corps légèrement androgyne et une voix grave de ténor. Quand il ne peut pas venir au Bloody Black Pearl ou chez

Mama, nos rendez-vous hebdomadaires, on s'amuse à imaginer qu'en réalité, il est agent secret. La dernière fois qu'il a loupé un dimanche chez Mama, on a supposé qu'il était en mission en Afghanistan, déposé par un hélicoptère dont il a sauté en parachute, avec un permis de flinguer du taliban. Qu'est-ce qu'on s'est marrées à imaginer des vies à Milo… Mais rien qu'à voir sa piaule, on peut douter qu'il mène l'existence trépidante d'un espion d'État. Il a deux ordinateurs, une console de jeu dernière génération, et toute une bibliothèque remplie de jeux vidéo et de mangas. Un geek…

Mes paupières sont soudain très lourdes. Je prends une lampée de Martini et tire sur le joint.

— Bordel, il est fort, ton Martini, dis-je, tandis que je me rallonge sur le canapé.

Je vais dormir, je le sens. Cette journée au supermarché m'a éreintée. Je vois flou, maintenant. Milo me lance :

— J'espère que tu ne nous détesteras pas autant que je pense que tu vas nous détester.

— Qu'est-ce que tu racontes ?

Ma voix semble loin… très loin… Je m'endors.

CHAPITRE 22
CE N'ÉTAIT PEUT-ÊTRE PAS UNE BONNE IDÉE, LES SOMNIFÈRES...

MAX

Ils sont arrivés à six heures du matin. Quand Milo, Cally et Norah ont extirpé le corps inerte de Tony de la voiture, j'ai failli hurler. Ces cons m'ont filé la trouille de ma vie ! Puis ils m'ont raconté... et j'ai halluciné. Merde, quand Norah m'a dit « *Je gère* », je m'attendais à ce qu'elle monte un plan pour convaincre Tony de venir à Contis Plage, pas qu'elle utilise des somnifères pour l'abrutir et l'amener ici à son insu !

— Vous êtes dingues, ou quoi ?

— Je te l'ai expliqué, me déclare Norah, rien n'aurait pu la persuader de venir ici.

— Elle est mortelle, ta baraque ! s'exclame Cally, qui part rejoindre Pacha sur la terrasse.

Milo me tape sur l'épaule, après avoir posé un coussin sous la tête de Tony qui ronfle sur le canapé.

— T'inquiète ! On va tous se faire défoncer, mais ça ne durera pas longtemps. Cally a les clés de son appartement et a pris toutes ses fringues. Pour le reste, euh... elles font la même taille. Tony n'a pas de maillot de bain, alors je te préviens juste qu'elle va péter une durite quand elle verra celui de Cally dans sa valise. Sur ce point, t'as pas à t'en faire. C'est pas toi qui vas prendre.

Je suis blanc comme un linge. Ses amis sont fous à lier. Je m'approche de Tony et caresse sa joue. Je suis heureux de la voir. Elle m'a manqué. Vraiment manqué. J'ai passé les quinze derniers jours à me branler quand je n'étais pas en vol. *C'est long, quinze jours à se branler.* Mais je n'ai pas pu résister. Quotidiennement, je me suis réveillé avec des petits messages du genre :

J'ai peut-être hâte de te revoir. (Ce qui chez Tony veut dire « vachement. »)

Tu me manques un peu. (Ce qui chez Tony veut dire « énormément. »)

Je pense à toi. (Ce qui chez Tony veut dire « je me masturbe. »)

Brutus a été insatiable cette nuit. (Ce qui veut dire ce que ça veut dire. *Putain de Brutus, je suis jaloux !*)

Je la regarde encore un peu avant de prendre sa valise. Pas question qu'elle dorme autre part que dans ma chambre. Comme je sais qu'elle va gueuler, et que je ne veux pas qu'elle se tire sur un coup d'humeur, je décide de l'ouvrir et de ranger les affaires que Cally a préparées.

Il n'y a pas grand-chose dans cette valise. Trois ou quatre T-shirts, un sweat noir, deux shorts en jean, deux jeans, quelques paires de chaussettes et des dessous en dentelle. Milo a laissé échapper *« toutes ses fringues »*, elle ne peut pas avoir que ça ! Je remarque que certaines de ses chaussettes sont rapiécées. Que ses culottes sont jolies, mais proviennent toutes d'un magasin low cost. Qu'un de ses soutifs se noue avec deux trombones. Mon cœur se fend. Puis je vois le maillot de bain et comprends de suite que c'est celui de Cally. C'est de la marque, et il est riquiqui. Milo a raison, Tony va péter une durite. J'ouvre la poche de la valise et attrape la trousse vanity que j'emporte dans la salle de bain. Ça me plaît de mettre sa brosse à dents dans le verre, juste à côté de la mienne. Je souris, puis je sors sa brosse à cheveux et... *putain, Brutus est de la partie* ! J'ai envie d'aller embrasser Cally sur la bouche tant je trouve cette attention charmante. *Je suis devenu fou...* Mais dès que Tony aura terminé de pousser sa gueulante, je compte bien lui montrer que je suis prêt à la partager avec lui, et seulement avec lui... Je veux qu'à chaque fois qu'elle s'en sert, elle se remémore ce que je vais lui faire avec... J'en salive déjà.

Je me pointe sur la terrasse et trouve Pacha et les autres en train de fumer un joint. Cally, Norah et Milo sont subjugués par la vue. Personne ne parle et tout le monde apprécie ce doux moment de délectation. Je me joins à eux, observe l'océan et le ciel rougeâtre tandis que le soleil se lève. Je n'ose encore imaginer leur réaction quand ils découvriront son coucher. C'est splendide.

— Merci, mec, me lance Milo sans détourner son regard de la vue.

— De rien.

— C'est magnifique... dit Norah en inhalant une bouffée.

— Somptueux, renchérit Cally.

Je souris. Je n'ai jamais amené qui que ce soit dans cet endroit. Je suis content que ce soit eux. Le moment s'étire. On est bien. Du moins jusqu'à ce qu'on entende un bruit de verre cassé dans le salon et que Tony ouvre la baie vitrée, les cheveux emmêlés et des cernes de trois pieds de long sous les yeux.

— Je vais vous tuer !

Merde... on va prendre cher.

CHAPITRE 23
MES POTES SONT FOIREUX ! ILS M'ONT DROGUÉE ET KIDNAPPÉE !

TONY

Je hurle :
— Vous êtes des enfoirés de vos races !
— Oh, bonjour, Tony, lance innocemment Milo.
Je vais le casser en deux.
— Qu'est-ce que je fous ici ?!
— On t'a peut-être droguée et kidnappée…
— Mais bordel, vous êtes dingues ou quoi ?!
— C'est ce que j'ai dit, remarque le pilote qui s'écarte de mes amis les traîtres.
Comme s'il n'était pas au courant, ce con !
— Où sont mes affaires ?!
— Viens regarder la vue ! m'invite Norah.
— J'en ai rien à foutre de la vue.
Cally se lève et se poste face à moi. J'ai mal au crâne et ma bouche est pâteuse. *Mais merde, qu'est-ce qui leur a pris ?*
— Vas-y, me lance Cally sur un hochement de tête.
— Vas-y, quoi ?
— Gueule-moi dessus.
— C'est toi, ce plan ?
— Ouais.

Norah et Milo se lèvent et se plantent à côté d'elle.
— C'est vous trois ?
— Ouais. Seulement nous trois.
— Mais vous êtes tarés ! Je vais perdre mes jobs.
— Non, m'assure Cally. On a tout arrangé.
— Comment ça ?
— Mon père t'a fait un arrêt maladie, annonce Norah.
— Quoi ?

Le père de Norah est médecin. Avant, il bossait à la cité de la Palebière. C'est un homme adorable. Il a quitté la cité après des menaces physiques de quelques extrémistes religieux, qui n'aimaient pas qu'un juif prodigue des soins à des musulmans. Résultat, plus de médecins à la Palebière et une pétition pour qu'il reste a circulé, majoritairement signée par les musulmans de la cité qui le consultaient depuis plus de quinze ans. Maintenant, il bosse près du Bloody Black Pearl et faut faire dix bornes pour aller le voir.

— Papa a fait un arrêt maladie. On a dit à ta cheffe de caisse que tu avais attrapé un virus et que tu ne reviendrais pas avant une semaine.

Mes yeux s'élargissent. Ma bouche est ouverte comme un four. *Putain !*

— Ta cheffe a soupiré et nous a dit que ça la faisait chier, mais qu'elle n'avait pas le choix, *apparemment.*

Norah a fait des guillemets avec ses doigts.

— Quelle connasse ! lâche Cally. Milo lui a envoyé ton arrêt par la poste.

— Quant à Gilou, il t'a donné un congé payé.

— Quoi ? je répète encore.

— Tu n'as pas pris un seul jour depuis que tu bosses au Bloody Black Pearl. Il n'a émis aucune objection et t'a même filé une avance pour que tu profites.

— Sérieux ?

— Ouais.

— Mais, mes… mes fringues. Ma famille.

— Je m'en suis occupée, affirme Cally avec un immense sourire couché sur les lèvres. Tout est sous contrôle. Alors, c'est bon, t'es calmée ? On peut se la couler douce au soleil sans risque d'être éventrés sur la plage ?

— Au soleil ! Mais putain, je vais bronzer ! Comment je vais expliquer que j'ai bronzé à ma cheffe !

— On s'en fout ! T'as un arrêt maladie. Elle ne peut rien faire. Et de toute façon, c'est pas comme si tu cherchais une promotion, ou qu'elle était prête à t'en donner une.

— Pas faux.

Je réfléchis. Longtemps. Mes amis retiennent leur respiration, je le sais.

— Vous m'avez droguée…

Milo déglutit. Norah baisse les yeux. Cally sourit.

— Vous m'avez kidnappée…

Milo se gratte le menton. Norah remue un pied qui fait des cercles. Cally sourit encore.

— Vous êtes géniaux !

Je me lance dans leurs bras et les serre contre moi. Avec l'avance de Gilou, je vais pouvoir payer ma part des courses et profiter de la semaine. Mon cœur se gonfle. J'ai des amis complètement dingues, mais extraordinaires. Ils s'écartent de moi et je lève les yeux sur la vue. Une déferlante s'écrase dans des rouleaux. La vague fait un bruit fracassant et tellement agréable… C'est magnifique… Je m'approche de la rambarde et goûte les premiers rayons du soleil sur mon visage. Je n'ai pas vu l'océan depuis… vingt ans. Je m'en souviens à peine. Mes lèvres dessinent un sourire. Je suis heureuse. Une main se pose à côté de la mienne. Mon regard se lève sur Air Flight. Lui aussi sourit. J'enroule mes doigts autour des siens et tourne mon visage vers l'horizon.

Immense. Sublime. Telle une promesse…

CHAPITRE 24
C'ÉTAIT SANS COMPTER SUR GERTRUDE LA FRIGIDE...

MAX

Il est onze heures du matin et je reviens des courses, avec Pacha et Milo. On dépose les sacs dans la cuisine et Norah s'amène pour nous aider à ranger. Cally se la coule douce sur le hamac de la terrasse. Je ne sais pas où est Tony.
— Oh, génial, des chamallows ! s'écrie Norah. On va les faire cramer sur la plage.
— C'est l'idée, dis-je en lui lançant un clin d'œil. Où est Tony ?
Norah semble un peu gênée quand elle me répond :
— Elle dort. Je crois qu'on y est allés un peu fort sur la dose de somnifère.
Je souris et file dans ma chambre pour voir comment elle va. J'ai apporté un verre d'eau, car je me doute qu'elle doit avoir du mal à émerger. En arrivant dans la chambre, je constate qu'elle est vide. Je vais dans la salle de bain. Vide. Sa brosse à dents a disparu, ainsi que toutes ses affaires ! *Putain !*
Je file dans la chambre de Cally et Pacha. Personne. Dans la chambre de Norah et Milo. Elle est là. Allongée sur le lit. Son visage est paisible. Je ne peux retenir l'envie de l'observer un peu. Elle semble fragile avec son corps disposé en fœtus. Je

soupire. Ma colère disparaît. Enfin, ce n'est pas vraiment de la colère. Je suis déçu. Vraiment déçu qu'elle ne souhaite pas partager ma chambre durant son séjour. Je repars dans le salon en ruminant.

— Un café ? demande Norah.

Je marmonne une réponse qu'elle prend pour un oui. Elle sait exactement pourquoi je suis renfrogné. Je n'arrive pas à comprendre. On a baisé deux fois. On échange des sextos. On s'est tenus par la main. *On s'est tenus avec nos putains de mains !* C'est quoi le problème de dormir avec moi ? Norah s'installe à mes côtés et pose le café sur la table basse. Je sors un sous-verre du tiroir pour ne pas flinguer le plateau.

— T'es vexé ?

Grave.

— Non.

Évidemment, je mens comme un arracheur de dents. La faiblesse que j'éprouve quand il s'agit de Tony me sidère. Je ne suis plus le même. Depuis notre rencontre, j'ai vrillé. Même ma façon de parler devient franchement limite. Pacha me l'a fait remarquer.

— Tony n'a jamais eu de relation sérieuse, annonce Norah.

Je détourne les yeux vers elle.

— Elle a vingt-huit ans et n'a jamais eu de relation sérieuse, vraiment ?

— Jamais.

— C'est aussi mon cas.

— Je sais.

Elle avale une lampée de thé, et je ne dis rien, car je sens que Norah est prête à m'en dévoiler plus sur Tony. J'ai besoin de ces informations pour mieux la comprendre. Je sais qu'il me sera difficile de les obtenir auprès de la principale intéressée. Je prends un sous-verre pour la tasse que Norah s'apprête à poser sur ma table en bois massif.

— Si j'étais toi, je ne brusquerais pas les choses avec Tony.

— Dormir avec moi toute la semaine, c'est trop pour elle, c'est ça ?

— Euh, ouais… Faut dire que… t'avais déjà rangé sa brosse à dents, son gode, et ses petites culottes étaient minutieusement roulées en boule dans ton tiroir.

Je pâlis. Dit comme ça, c'est vrai que c'est flippant. Je tente de me défendre minablement :

— Je voulais qu'elle se sente à l'aise ici.

— Ou tu voulais que ses affaires soient bien rangées pour ne pas bousculer tes habitudes.

Norah m'a percé à jour. *Bordel… J'suis un putain de maniaque.*

— Euh… Tu es perspicace.

— Tes sacs de course sont triés : le frais, les légumes, l'épicerie… ce qui veut dire que tu mets un point d'honneur à tout bien séparer à la sortie du magasin. Tes placards sont rangés au millimètre. Tes rouleaux de PQ sont alignés. Tes livres sont classés par genre. Bref, j'ai jamais vu quelqu'un d'aussi organisé.

— OK, donc quoi ? J'suis un psychopathe parce que je n'aime pas le désordre ?

— Je crois que tu soignes cette rigidité qui t'agace, justement.

— Vraiment ?

— Tu ne nous aurais jamais invités ici, sinon. T'as conscience que ça va être le bordel ?

Je cligne des yeux. Je n'ai pas vraiment pensé à ça lorsque j'ai lancé mon invitation. À vrai dire, je me demande à quoi je pensais !

Norah se lève, ouvre la baie vitrée et sort sur la terrasse. Je la suis et m'assois à côté de Pacha en pleine conversation avec Milo au sujet du surf. Visiblement, Milo en connaît un bout.

— Tout à l'heure, on se prend des planches et on se fait un kiffe !

— Carrément ! commente Pacha. T'as tout ce qu'il faut, Max ?
— J'ai deux longboards et un shortboard.
— Mortel !
— T'as appris à surfer où, Milo ?
— En Floride.
— Floride ?
— Ouais.
— T'étais en mission pour le MI6 ? lance Cally qui se marre.
— T'as de la famille aux États-Unis ? demandé-je.
— Non.

Milo s'allume une clope, visiblement à son max dans ses confidences. Le mec n'a pas l'air de vouloir s'étendre sur sa vie privée. Je vais pour le questionner à nouveau quand j'entends une voix que je connais s'élever dans le salon. Mes yeux s'arrondissent.

— Quand je pense que tu n'as même pas prévenu ta mère, Maxence !

Merde…

Ma mère débarque comme une furie sur la terrasse et ferme sèchement la baie vitrée derrière elle. Je retiens l'envie de me pincer l'arête du nez. Un voisin a dû la prévenir que j'étais là, et je m'en veux de ne pas avoir anticipé. J'aurais préféré retarder cette rencontre.

Maman est en tailleur pantalon. Brushing impeccable. Maquillage impeccable. Sac Chanel et chaussures Louboutin à talons de douze. Cally se lève brusquement du hamac et cache le joint qu'elle fumait derrière elle. Milo sourit. Ma mère les toise tous un par un.

— Maman, dis-je, tandis que je m'approche d'elle en écartant les bras.

Elle me tend sa joue que j'embrasse.

— Comme ça, tu prends des vacances et invites des amis sans m'en parler !

— J'allais t'en parler.
— Quand ça ?
— Bientôt.
— Hum…
Son regard s'attarde sur Cally qui porte une minuscule robe à fleurs au-dessus des tatouages dessinés sur ses cuisses. Un pan de sa robe est coincé dans la culotte de son bikini.
Tout le monde salue ma mère. Cette dernière s'installe sur un fauteuil, pose son sac hors de prix à côté d'elle et croise les jambes.
— Tu aurais pu me prévenir, Maxence !
— Je t'ai dit que j'allais le faire. Je comptais même te rendre visite demain.
— Sans tes… amis.
Je ne relève pas sa façon méprisante de détailler Milo, Norah, Pacha et Cally des yeux. Je me rappelle que c'est pour cette raison que je ne présente jamais personne à Gloria Delaunay. Ma mère se lève et s'approche de moi. Elle m'attrape le visage.
— T'es mal rasé, mon chou.
Je lève les yeux au ciel. Quand je les repose sur ma mère, j'aperçois au-dessus d'elle une silhouette plantée au milieu du salon. C'est Tony. Elle prend une profonde inspiration avant de se lancer tête baissée jusqu'à la terrasse. Mes yeux s'écarquillent quand je vois la catastrophe arriver. Je n'ai pas le temps de la prévenir qu'elle se cogne brutalement la tête sur la vitre. L'impact fait boum ; Tony chute en arrière, son crâne percute l'accoudoir du canapé, puis elle s'étale de tout son long sur le parquet.
Le bruit a alerté tous les invités qui se ruent pour ouvrir la baie vitrée. Tony se tient la tête en jurant.
— Bordel, mais on n'a pas idée de laver les carreaux aussi bien !
Cally, Norah et Milo se penchent sur elle en éclatant de rire. Pacha se bidonne aussi. Je suis livide et ma mère n'en loupe pas une miette.

— T'aurais un peu de Synthol, Max ? demande Norah. Un pigeon va éclore dans son crâne. Merde, Tony a déjà une sacrée bosse !

— J'ai mal, putain !

Je pars chercher le Synthol. J'entends ma mère :

— Les baies vitrées s'ouvrent afin d'éviter de se faire mal, justement.

— Sans déc ! commente Tony.

Norah lui fait des gros yeux tandis que j'apporte le Synthol. *Oui, je sais, Norah. Ma mère est là et Tony est allongée sur le sol à jurer comme un charretier, c'est la merde...*

— J'ai un putain de mal de crâne ! s'exclame Tony.

— Bah, t'y es pas allée de main morte, Chouchou, balance Cally.

— En réalité, t'as failli péter la vitre, dit Milo.

— T'aurais pas un Doliprane ? me demande Norah.

Je pars en quête de paracétamol.

Les amis de Tony la soulèvent et vont l'allonger sur le hamac. Elle gémit. Norah commence à étaler du Synthol sur l'œuf de pigeon qu'arbore le crâne de Tony.

— Tu me fais mal, espèce de connasse !

— Encore un peu et j'arrête, ma chérie.

— Norah, j'ai un mal de chien…

— Je sais.

Je soupire. Milo ne s'est toujours pas remis.

— Milo, arrête de te foutre de ma gueule ! grogne Tony, parce que son ami est à deux doigts de se pisser dessus.

— Pouvez-vous vous taire ? lance ma mère, agacée. Ça devient fatigant d'entendre votre bouche vomir des mots.

— C'est qui, Gertrude la frigide ? demande Tony.

Cette fois, je me pince l'arête du nez. Je suis fatigué. Vraiment…

Ma mère affiche une expression outrée et se plante près du hamac, brandissant son index sur Tony.

— C'est moi que vous traitez de frigide, la camionneuse ?

— Bah, rien qu'à vous regarder avec vos grands airs, on peut aisément supputer que vous avez un balai profondément enfoncé dans le cul ! Je viens de me prendre une porte de fenêtre dans la gueule et vous me demandez de la fermer. À ton avis, Einstein, ta remarque pouvait être accueillie comment ?

Ma mère fulmine. Cally et Norah posent leur main sur leur bouche. Milo se pisse vraiment dessus. Je dois intervenir.

— Tony, je te présente Gloria Delaunay, ma mère.

Un silence s'abat sur la terrasse. Ma mère hausse des sourcils triomphants et tapote du pied. Tony est pâle comme un cachet d'aspirine. Je crois qu'elle ne respire plus. *Merde…*

CHAPITRE 25
LES PREMIÈRES FOIS SONT TOUJOURS DOULOUREUSES...

TONY

La mère du pilote me toise comme si j'étais une grosse merde étalée sous sa chaussure. Je ferme les yeux. Je viens de la traiter de frigide, de la tutoyer, et je me rappelle vaguement avoir évoqué une histoire de balai dans le cul... Je crois qu'on peut tout de suite convenir que c'est une entrée en matière flamboyante. Il n'est pas certain que je parvienne à entrer dans les petits papiers de la dame, à l'avenir. Et je n'en aurais strictement rien à foutre si elle n'était pas la maman d'Air Flight. Mais cette femme, qui m'observe et me juge salement, est bel et bien sa mère. La ressemblance est frappante. La couleur de ses cheveux, la forme de son visage et de ses yeux sont indubitablement des traits qu'il a hérités de la harpie qui rêve de m'en coller une. Je me lève du hamac en me tenant le front. *Putain, j'ai mal, sérieux...*

Je tends ma main à Gertrude pour me faire pardonner.

— Pardon, Madame.

Elle considère ma main un instant, relève ses yeux sur moi,

puis fait volte-face en secouant sa crinière avec un effet *Head and Shoulder*[1].

Connasse !

— T'aurais peut-être pu t'excuser mieux que ça, me glisse Norah à l'oreille.

— J'ai une bombe atomique qui vient de m'exploser dans le crâne, Norah ! J'suis au max, là !

Je n'ose pas me tourner pour voir le pilote qui pousse sa mère à l'intérieur de la maison.

— Au moins, les présentations sont faites ! lance Pacha, avec un sourire niais plaqué sur le visage.

Tu m'étonnes...

— Y a-t-il une gare près d'ici ?

— Pourquoi tu demandes ça, Tony ?

— Parce que je veux partir loin, très loin... Ne plus jamais poser un pied en France. Élever des chèvres en Norvège, pourquoi pas. Ou des saumons. Putain, j'ai dit à la mère de Max qu'elle avait un balai dans le cul !

— C'est vrai que c'était malvenu, dit Norah.

— Non, tu crois ?

Quelques minutes plus tard, Max se pointe sans sa mère. À son air affligé, j'en conclus que ça n'a pas dû être facile de s'en débarrasser. Je lance en crispant les lèvres :

— Désolée.

Il me dévisage et s'approche.

— T'as un talent tout particulier pour te faire aimer d'emblée, toi.

— Ouais...

C'est limite si je ne me tortille pas tant je suis embarrassée. Cally met un terme à ce moment gênant en demandant à toute la troupe d'aller se baigner. Pacha, Milo et Norah accueillent cette

---

1. *Head and Shoulder* : Marque de shampooing dont les pubs mettent en avant des bombasses qui adorent secouer leurs cheveux lisses et soyeux au ralenti.

proposition avec plaisir. Encore trop gênée par mon énorme bévue, je n'ose exprimer mon excitation à l'idée d'aller tremper les jambes dans l'eau.

Chacun d'entre nous rejoint sa chambre pour enfiler son maillot, sauf Cally qui l'a déjà sur elle. Norah est à côté de moi quand je découvre celui que Cally m'a prêté.

— Norah ?

— Ouais…

— Il est où le devant de cette culotte de bikini ?

Norah s'approche et me montre. J'élargis des yeux ronds. *Ça ne va pas du tout !*

— Mais putain, je ne peux pas mettre ça !

— Essaie, tu verras !

Je me fous à poil et commence par attacher le soutif qui me cache la poitrine avec deux triangles noirs. Ça, ça passe. En revanche, quand j'enfile le bas, il y a un gros… un *TRÈS* gros problème.

— CALLYYYYYY !!! hurlé-je.

Cally se pointe avec le visage un peu rougi par sa bronzette matinale.

— Qu'est-ce qu'il y a ?

Norah est plié en deux. Je fulmine.

— T'avais pas des maillots de bain avec un peu plus de tissu, à tout hasard ?

— Non. Et puis arrête de te plaindre, je t'en prête un, déjà !

— Ouais, super Chouchou. Vise un peu vers le bas et dis-moi ce que t'en penses !

Elle plonge ses yeux sur la culotte et s'explose de rire. Puis elle relève son regard sur moi et se mord la lèvre.

— T'inquiète pas, j'ai tout prévu.

— Comment ça, t'as tout prévu ?

— J'ai apporté ma machine à cire.

— Ta machine à quoi ?

— À cire.

Je vais mourir…
— Non, un rasoir fera l'affaire.
— Pas possible de raser cet endroit-là, Tony. Ça va te gratter trois semaines si tu fais ça. Quoi ? Tu ne t'épiles pas à la cire ?
— Non, je ne m'épile pas avec cette putain de cire ! Je t'ai déjà dit ce que je pensais du sadomasochisme !
— Ouais, mais là, t'as pas le choix.
— Pas grave, je vais me baigner avec un short en jean.
— Tony…
— Quoi ?
— Ça prendra cinq minutes de t'épiler !
— Je suis rasée. Comment ça se fait qu'on voie des poils entre mes cuisses, bordel !
— C'est un maillot brésilien ! Faut enlever les poils jusqu'au cul, chérie, si tu veux que ça fasse beau.
— Je veux un autre maillot !
— Je n'en ai pas.
— Alors, je ne me baigne pas !
— Laisse-moi te faire un ticket de métro.
— Un quoi ?
— Un ticket de métro. T'auras la teuch super clean !
— C'est vrai que c'est très joli, les tickets de métro, assure Norah.
— T'as ça, toi aussi ?
— Ah non, moi, je n'ai plus rien.
— Y a que moi qui trouve ça bizarre !
— Les poils, c'est moche.
— Les poils, c'est disgracieux.
— J'emmerde la disgrâce ! je m'insurge.
— Fais-le pour le pilote, dit Norah. Les mecs adorent prendre le métro.
Cally se marre.
— Non, bordel !
— Tony, tu lui dois bien ça. T'as traité sa mère de frigide !

Pas faux…
— Vous croyez qu'une teuch en forme de ticket de métro va me faire pardonner ?
— C'est sûr ! lancent-elles en cœur.
Je soupire. Je dois être forte. Je le dois à Air Flight. Je me dis vainement que s'il me fait la gueule, je lui montrerai mon sexe épilé et que tout s'arrangera. Ouais… c'est un plan bancal, mais je suis prête à tout vu la façon dont j'ai envoyé chier sa mère.
— OK, allonge-toi à poil sur le lit et écarte les jambes.
Je m'exécute, bien que je trouve cet ordre un peu chelou, venant de Cally.
Elle fait chauffer la cire dans la salle de bain attenante, et j'attends comme une idiote les cuisses écartées. Je ne la sens pas, cette histoire de cire. Je sais que ça va faire mal. Je pense à Max et à sa mère. Je m'en veux à mort… Et j'ai mal au crâne.
Cally s'amène avec une machine qui dégage une odeur étrange, puis elle dit :
— Regarde le plafond. Ça risque d'être un peu chaud. Lève les genoux et plaque-les sur ta poitrine.
— T'es sérieuse ?
— T'inquiète ! Je le fais à Norah, et elle est plus prude que toi ! Un cul, c'est un cul !
— Ouais, mais bon, là, c'est carrément de la spéléologie ! Même mon gynéco en a vu moins que ça.
— La ferme et fais ce que je te dis.
— Non, écoute, je ne crois pas que…
Norah attrape mes genoux et les appuie sur la poitrine.
— T'es une putain de traîtresse, Norah ! Mon cul que t'es prude !
— On ne va pas y passer la journée ! J'ai envie de me baigner, merde !
C'est alors que je sens un truc brûlant sur les lèvres du bas. Je hurle. *Oh, mon Dieu !!!* Quelqu'un tente d'ouvrir la porte de

la chambre, mais Norah a fermé la clé. La poignée va céder. Cally recommence.

— Tout va bien ! s'écrie mon amie.

— Non, c'est faux ! beuglé-je. Aidez-moi. Elles me torturent !

Le truc chaud est maintenant plaqué sur la raie de mes fesses. Mes yeux vont sortir de leurs orbites.

— Cally, retire-moi ça, tout de suite !

— D'accord.

Elle tire une des bandes sur mes lèvres d'un coup sec. Je me plie en deux. Norah manque d'être éjectée contre le mur.

— Ahhhhhh, braillé-je.

J'ai tellement mal ! Je tente de me défaire de l'étau de Norah. En vain.

— Fais l'autre ! lance-t-elle à Cally. Vite !

— L'autre ? répété-je, effarée. Non, non, non, Cally, laisse-la. Je t'en prie, laisse-la !

— Je ne peux pas te laisser avec de la cire sur la chneck, Tony !

— C'est pas grave. Vraiment. On la laisse et on n'en parle plus. D'accord ?

Les yeux me piquent. Ça fait trop mal, je ne veux pas recommencer.

— Norah, t'as vu, sur la table de chevet ? C'est pas Brutus ?

Je lève aussi sec mon regard sur la table de chevet. Cally en profite pour retirer la deuxième bande sans prévenir.

— JE VAIS TE TUER, CALLY !

— C'est sûr que tout va bien là-dedans ? demande Max derrière la porte.

J'entends Milo rire d'ici. *Enfoiré !*

— Plus qu'une dernière, Tony. Soit courageuse. Avec la beauté de ton ticket de métro, Max ne pensera plus à Gertrude la frigide.

— Tu crois ?

Elle arrache d'un coup la bande étalée sur ma raie du cul. Mes yeux se révulsent. Norah me lâche et je me jette sur Cally.

— CONNASSE ! Je suis sûre que t'as pris ton pied, avoue !

— C'est fini, c'est fini ! m'assure-t-elle. Regarde comme ta teuch est jolie !

Je baisse les yeux et observe le résultat. À part les points rouges disgracieux qui, je le suppose, partiront vite, j'ai juste un petit carré de poil. C'est vrai que c'est mignon.

Je relève les yeux vers Cally.

— J'espère que c'est définitif !

— Bien sûr ! m'assure-t-elle.

Je plisse les yeux et détache mes mains de sa gorge. Un sourire éclaire mon visage. C'était ma première épilation. J'suis fière de moi et de mon ticket de métro.

CHAPITRE 26
L'OCÉAN EST MON MEILLEUR AMI...

MAX

Tony est assise sur sa serviette et se passe de la crème indice douze mille. J'ai failli lui proposer de l'enduire moi-même, mais j'ai finalement préféré me taire. J'ai encore les mots de ma mère qui virevoltent dans ma tête :
— Tu fais dans la racaille, maintenant, Maxence ? a-t-elle dit. C'est quoi ? Une phase rebelle d'adolescence tardive ? Ou tu le fais exprès pour te venger de moi ?
— Maman…
— Vire-moi cette pimbêche de cette maison !
— C'est ma maison.
— Tu vas la laisser se la couler douce ici, alors qu'elle vient d'insulter ta mère !
— Tu as commencé.
— Parce que je lui ai dit qu'elle parlait comme un ouvrier du bâtiment ?
— Maman, je t'appelle plus tard, d'accord.
Elle s'est retournée vers la porte d'entrée en maudissant Tony. J'ai expiré un ouf de soulagement en la voyant quitter l'allée de la maison. Puis je suis rentré pour entendre des cris étranges provenant de la chambre d'amis. Je ne sais pas ce que

Tony, Cally et Norah foutaient là-dedans, mais j'ai préféré l'ignorer. J'suis un peu en rogne contre Tony… Je l'admets.

— Tu ne viens pas te baigner ? demande Norah, qui se lève avec Cally.

— Non, merci. Tout à l'heure, répond Tony.

Je reste seul avec elle. Milo et Pacha surfent un peu plus loin. Milo est vraiment très bon. Ma planche m'attend à côté de moi, mais je n'ai pas envie de me lancer. Cette engueulade avec ma mère m'a refroidi. Ça, et le fait que Tony a déménagé ses affaires dans la chambre de Norah et Milo. Un des trois va devoir dormir sur la moquette. C'est n'importe quoi !

— Tu fais la gueule ? me lance Tony.

Je tourne les yeux. Elle porte des lunettes de soleil et sa chevelure est relevée dans un chignon informe. Le minuscule maillot de bain noir que lui a prêté Cally moule ses petits seins. Je n'ai pas encore eu l'occasion de voir le bas, puisqu'elle portait un paréo en arrivant.

— Disons que j'aurais préféré que tu rencontres ma mère dans d'autres circonstances.

Mes yeux se lèvent sur la bosse qu'elle a sur la tête. Elle a vachement dégonflé.

— Moi aussi, dit-elle. Je suis vraiment désolée.

— Hum…

— Vraiment.

Le coin de ma lèvre se lève.

— T'es impossible, tu le sais ça ?

— Ouais, dit-elle. Mais tu savais que j'étais comme ça, Air Flight. C'est justement pour ça que je ne voulais pas venir.

— Pardon ?

— Soyons clair, Pilote. Plus tu vas me connaître, plus tu vas vouloir me fuir.

— Je te trouve gonflée de me dire ça, quand on sait que tu t'es empressée de prendre tous tes vêtements dans ma chambre pour ne pas avoir à dormir avec moi.

Elle ouvre la bouche, puis la referme. *Touché !*
— Je ne veux pas…
— Te casse pas, Tony, j'ai compris.
— OK.
Un silence.
— Bon… Bah, je crois que je vais me baigner, alors, m'annonce-t-elle.
— Fais donc ça.
Je suis irrité par son comportement. Vexé. Et ça me fout en boule de me mettre dans un état pareil pour une femme. *Merde… depuis quand je suis devenu aussi mou du genou ?*
Elle se lève et je ne dis pas un mot. Puis elle s'avance sur la plage et je vois le dos de son maillot de bain. James Bond se dresse direct ! *Bordel !* Le maillot lui rentre dans les fesses. Ses deux globes se dandinent agréablement sous mes yeux. Je suis à deux doigts de ramper dans le sable pour les attraper, les mordre, les lécher… *Putain !*
Je me mets sur le ventre pour me calmer. Je suis obligé de creuser un puits sous ma queue pour ne pas avoir à lever le cul. Je respire. *Un, deux, trois… Pense à des squelettes, des tombes, ta prof de français de quatrième, ton prof d'aviation qui avait une haleine de phoque… Débande, débande… Ça marche. Ouf…*
Je me lève avec la ferme intention de ne plus mater le cul de Tony. Je détourne volontairement les yeux tandis que je m'approche d'elle. Pour le moment, elle ne fait que tremper les pieds.
— Dis donc, elle est vachement agitée et elle est froide, bordel ! lance-t-elle.
— Ces vagues sont parfaites pour le surf.
Au loin, on entend Milo qui crie comme un dingue en se lançant dans un rouleau. Tony avance de quelques pas. Une vague la frappe jusqu'au ventre. Elle sautille. J'avance avec elle et me vient une idée.
— Je sais comment tu vas te faire pardonner d'avoir traité ma mère de frigide.

Elle se tourne vers moi et crispe ses lèvres.

— J'suis prête à tout pour que tu oublies ça. Vraiment.

Je garde cette information pour plus tard.

— Je pense à une petite vengeance.

Elle change d'expression. Je me marre et lui fonce dessus. Elle hurle, se retourne et tente de m'échapper. Mon regard se baisse sur son cul, mais je suis fort et déterminé. Mes mains s'enroulent autour de sa taille. Je la soulève et la jette dans l'eau. Elle est éjectée en l'air et fait un énorme plat. Quand elle se redresse dans l'eau, elle est furax. Ses lunettes sont bancales sur son nez, ses cheveux rabattus sur son visage. Elle les soulève et crie :

— T'es qu'un putain d'enfoiré !

Je me marre. Puis mon sourire s'efface, car une énorme vague s'approche d'elle. Je tends la main pour la lui signaler, mais je n'ai pas le temps de l'avertir que l'eau s'abat sur elle et l'emporte dans un rouleau. Je vois ses jambes puis ses bras, sa tête qui émerge une seconde, et encore ses jambes et ses bras, jusqu'à ce qu'elle atteigne le bord. Les lunettes flottent. Je les attrape et me retourne vers Tony qui s'est relevée.

— T'aurais pu me le dire, merde !

Mes yeux parcourent son corps. Ma mâchoire manque de tomber. Tony a le bas de son maillot sur les chevilles et ne s'en est pas aperçu, car ses cheveux lui bouchent la vue. *Bordel, un ticket de métro !* Elle les écarte et me maudit. Mon regard est rivé sur son sexe épilé. James Bond réclame une mission et étire les coutures de mon boxer.

— Quoi ?!

Puis elle suit le chemin de mes yeux et constate que le bas de son maillot a échoué sur ses pieds.

— Merde !

Cally et Norah sont mortes de rire derrière moi. Elles s'approchent de Tony, avant de rejoindre leurs serviettes. Tony remonte son maillot au pas de course.

— Bah, heureusement qu'on t'a épilée, hein !

Tony est rouge de honte. C'est tellement mignon que je m'approche d'elle avec mon braquemart dirigé dans sa direction.

— Lâche-moi ! me crie Tony.

Je m'en branle. Je la chope et la balance sur mon épaule.

— Pose-moi, Pilote !

Je lui claque le cul et m'élance vers la maison.

— Mais qu'est-ce que tu fous ?!

— Je vais prendre un putain de métro !

CHAPITRE 27
RARES SONT LES MOMENTS PLUS GÊNANTS...

TONY

Je glousse comme une demeurée. Bordel, c'était trop bon... hum... Je me blottis sur le torse d'Air Flight qui me caresse l'épaule. Mes doigts parcourent la fine couche de poils qui descend jusqu'à son sexe au repos. J'apprécie ce moment. Un sourire se dessine sur mes lèvres. Je sens sa respiration sur mes cheveux humides. Son buste se soulève au rythme de sa respiration.

— Merci, murmuré-je.

— Merci de quoi ? demande-t-il, d'une voix encore très rauque.

— Pour tout ça. Ces vacances... toi...

Il attrape mon visage avec une main et le soulève. Mes yeux sont à quelques millimètres de sa bouche. Cette bouche gonflée des baisers fougueux que l'on vient d'échanger. Il m'embrasse encore. C'est délicat. Doux. Insatiable. Délicieux.

— Tu vas me rendre dingue, Tony.

Je souris contre ses lèvres. Heureuse. Je ne comprends toujours pas pourquoi un homme comme lui s'intéresse à quelqu'un d'aussi ordinaire que moi. En cet instant, je ne veux pas y réfléchir. Je me sens bien. Très bien. Trop bien... Nue, je me hisse au-dessus de lui. L'enlace. Ma bouche dévore son cou. Mes mains s'enfouissent dans ses cheveux. Ils sont plus bouclés que d'habitude en raison de l'humidité, du sel et de nos ébats. Je le trouve tellement sexy. Puis je m'assois à califourchon au-dessus de son ventre. Mes doigts caressent son torse. Mes yeux examinent chaque détail de son corps. Il est beau. Musclé. Bronzé. Magnifique... Ses lèvres se retroussent sur ses dents blanches. Des rides se forment sous ses yeux d'un bleu clair hypnotisant. Gêné par mon examen oculaire, il se passe la main dans ses cheveux. Une vague se forme au-dessus de son crâne. Je fourre mes doigts dedans et embrasse son front.

— Tony...

Je sens une forme s'ériger derrière mes fesses. Son désir remonte. Il se lit dans son regard. Il doit aussi se lire dans le mien. Alors, Max allonge son bras et tire le tiroir de la table de chevet et prend ce qu'il faut.

— Heureusement que j'ai prévu du stock !

Je ris tandis qu'il brandit une nouvelle capote. *Ouais... heureusement !*

— Je vais te faire des choses obscènes, m'annonce-t-il, le timbre volontairement lascif. Je veux *tout* te faire, Tony.

Je suis prête à m'empaler sur lui, mais il m'attrape brusquement et me plaque sur le ventre. Je gémis. Sa bouche me dévore le dos. Il me claque une fesse. *Hum... j'aime ça.* Ses mains attrapent mes hanches et me tirent en arrière. Je suis à genou sur le matelas. Ses lèvres descendent le long de ma colonne vertébrale. Ses doigts remontent mes cuisses et « Oh ! », son visage se colle à mes fesses. Je sens sa langue me titiller lentement. C'est étrange. Agréable. Mon corps se détend. C'est alors que son index plonge en moi. La pose me gêne, l'endroit aussi, mais ce qu'il fait est tellement bon que je suis figée. Mes joues rougissent. Une chaleur incandescente attise le sang qui court dans mes veines. Je plonge la tête sur l'oreiller tandis que la langue de Max me lèche une partie inexplorée.

— Max…

— Antonia…

Je vais crier. Un autre doigt vient rejoindre son index. Je suis en transe. Je mords la taie d'oreiller. Je bouillonne. J'ai envie. Maintenant. C'est trop… trop… Je me tortille.

— Antonia…

Tout à coup, j'entends un bruit de porte qui claque. La langue du pilote se fige. Ses doigts se crispent en moi.

— Maxence, je ne compte pas… OH MOOOON DIEU !!!

Ma tête pivote vers la porte. Ma respiration se bloque. Mon cœur manque un battement. La mère d'Air Flight se tient devant nous, les yeux horrifiés. Pilote a encore le visage sur mon cul et je ne respire plus. Lentement, il le décolle, retire ses doigts, et il n'est pas difficile de deviner ce qui le tourmente quand son regard effaré émerge au-dessus de mon postérieur. *Bordel !* Je prends enfin conscience de ce que sa mère voit en version 3D. Je me rue sous les draps. Air Flight se lève, à poil, puis se dresse face à sa mère en tentant de cacher son érection.

— Maman… comme tu le vois, ce n'est pas le bon moment.

Sa mère est immobile. Livide. Elle a porté sa main sur son cœur. Ses yeux font des va-et-vient dans ses globes oculaires.

— Je… Je… voulais seulement te dire que… je n'allais pas… enfin… je me suis décidé à recevoir tes amis… à dîner… demain soir.

Pilote hoche la tête. Un moment de flottement traverse la chambre. Un trop long moment.

— C'est super sympa, madame Delaunay, lancé-je, avec un sourire crispé.

Elle me jette un regard épouvanté. Mon sourire est figé. Je veux partir loin. Très loin. Ou alors, peut-être trouver la Doloréane de *Retour vers le Futur* et remonter le temps. Juste avant que Max me lèche l'anus, de préférence.

Une jambe de madame Delaunay bouge. Sa main tremblante se pose sur la poignée. Elle s'en va avec un léger signe de la main. Max n'a pas remué d'un pouce. Mon sourire est toujours plaqué sur mon visage. Il se retourne. Je le regarde. Il a débandé…

Bon, bah, ça sera pour une prochaine fois, alors…

CHAPITRE 28
RÉVEIL EN FANFARE ! SORTEZ LES TROMPETTES !

MAX

Il est vingt-trois heures et nous terminons le dessert. On a balancé du Jimi Hendrix en musique de fond. *All Along the Watchtower* accompagne la fin du repas. Milo fume un joint et me le tend. Je l'accepte, souhaitant au plus vite refouler l'image du visage de ma mère qui m'a surpris dans une position très délicate, la bouche collée au cul de Tony. Cally est crevée et va se coucher. Norah l'imite. Pacha, Milo et Tony restent sur la terrasse et parle musique rock. Je suis éreinté par cette journée et me lève à mon tour. Tony dirige son regard sur moi.

— À demain, dit-elle.
— Ouais…

Je suis dégoûté. Tout se passait bien. Enfin, la dernière heure avant que ma mère débarque. Ou plutôt, avant les deux fois où ma mère a débarqué. Je songe à lui prendre les clés de la maison. Je songe même carrément à déménager.

Je file sous la douche et repense à mon après-midi de débauche avec Tony. Elle me rend fou. Son corps me rend fou. Maman a tout fait foirer… J'suis fatigué. Vraiment fatigué.

Après ma douche, je m'allonge sous les draps. Et maintenant, je suis seul. J'ai les boules.

Puis je réfléchis. Je pense à cette journée et au tour qu'a pris ma vie millimétrée depuis que j'ai rencontré Tony. C'est le bordel. Vraiment le bordel. Je suis dans mon refuge, dans mon jardin secret avec elle et tous ses amis. Je me lâche complètement au lit. J'ai baisé dans un vestiaire. Et même dans une voiture ! J'ai envie d'écouter du rock. *Qu'est-ce qu'il m'arrive ? Elle m'a fait quoi ?!*
Avant elle, c'était le boulot. Les infos. Les journaux politiques. Les chemises repassées. Le footing matinal. Les séances de squash avec quelques amis. Et la solitude. Une solitude qui me plaisait. De temps en temps, je voyais mes plans cul. Des femmes sublimes et plantureuses qui ne demandaient pas plus que ce que j'étais prêt à leur offrir. Désormais, je suis obnubilé par une caissière de supermarché et je bande à longueur de journée. *Merde... qu'est-ce que je fais ?!*
Puis je repense à Tony. À son petit corps fluet. À cette brioche qui orne joliment son ventre. À ce cul magnifique. À ces petits seins adorables. À sa façon d'être attachée à ses amis. À son courage face à l'adversité. Du moins, d'après ce que j'en sais. Car j'en sais peu sur elle. Trop peu. *Est-ce que je veux vraiment la connaître davantage ?*
Ces questions me taraudent encore une heure. Mes yeux refusent de se fermer. Je me cale sur un côté, puis sur l'autre. J'entends la porte s'ouvrir derrière moi. Je ne bouge pas. Un corps se colle au mien. Je sens le parfum de vanille du shampooing de Tony. Mes lèvres se courbent.
— Tu dors, Air Flight ?
Je ne réponds pas. Elle se glisse sous les draps. Nue. Je sens sa poitrine se plaquer sur mon dos. Son bras s'enroule autour de mon ventre. Je n'ose pas me retourner. Je me dis que si je le fais, elle va partir. Elle semble décidée à rester pour la nuit, alors je préfère faire semblant de dormir, car j'ai peur qu'elle fuie. Quand sa respiration devient régulière et que son souffle m'assure qu'elle s'est lovée dans les bras de Morphée, je pose ma

main sur son bras. Cette fois, je trouve le sommeil. Je dors même en souriant. *Tony…*

* * *

Je sens un grondement rauque remonter ma gorge. Les lèvres de Tony parcourent mon buste, sa langue suit la ligne de poils jusqu'à mon nombril, puis plus bas. Je gémis quand je sens ses mains se poser sur mes hanches. Sa bouche embrasse mon gland. Ce rêve est délicieux. Je veux me perdre dans mes chimères. Je sens sa langue remonter mon sexe, ses mains me caresser les bourses. Je me cambre quand elle enfourne ma queue dans sa bouche. Je lutte pour ne pas crier son nom.

Mes yeux s'ouvrent et je ne le veux pas. Je veux replonger dans mon rêve. Je veux dormir encore ! Puis je sens encore cette langue chaude remonter jusqu'à mon gland. Ma tête se redresse d'un coup. Tony est entre mes jambes et me suce avidement ! *Bordel, c'est pas un rêve !* Je la vois enfoncer sa bouche jusqu'à la garde. Mes yeux choqués tentent d'accrocher les siens, mais elle est trop occupée à me donner du plaisir. Je gémis. Mon cœur bat entre ses lèvres. Elle s'active davantage, enroulant sa main à la base de ma hampe en béton armé. Je n'en peux plus. Mes mains s'enfouissent dans ses cheveux qui s'illuminent sous la lumière qui traverse les persiennes. Je cligne encore des paupières. C'est certain, je ne rêve pas. Tony est train de me tailler la pipe de ma vie ! Mes fesses se lèvent et mon sexe baise sa bouche. J'en veux encore. Encore. J'arrive au point culminant. Je tente de la repousser avec mes mains, mais elle ne se laisse pas faire.

— Antonia, je… Tony…
— Hum…

Ses yeux se lèvent sur moi. Je soulève encore les fesses et me termine en me déversant dans sa bouche. Mon sexe pulse entre ses lèvres. *Putain…*

Elle se lèche les lèvres et me caresse le ventre, visiblement fière d'avoir réussi à me rendre fou dès le matin. Elle m'embrasse le torse et remonte lentement jusqu'à mon cou. J'affiche un air béat sur mon visage qu'elle dévore de baisers.

— Bonjour, me susurre-t-elle à l'oreille.

Je souris comme un niais.

— C'est un bon jour qui s'annonce ! lancé-je.

Je suis de bonne humeur. Clairement.

Tony se tortille contre moi.

— J'ai dormi avec toi.

— Je sais.

Elle passe sa main dans mes cheveux. Son regard coule dans le mien.

— Je peux rester dormir ici, cette semaine ? demande-t-elle. La moquette de la chambre d'amis n'est pas très confortable.

Je sais qu'elle n'a même pas tenté d'y dormir, vu l'heure à laquelle elle m'a rejoint hier soir.

— Je n'aimerais pas que tu aies mal au dos, bien sûr.

— OK.

— OK.

Elle se glisse à côté de moi. Nos jambes s'enchevêtrent. Ses doigts parcourent mon torse.

J'expire un soupir de satisfaction. Je suis content. Si content que je me tourne et me place au-dessus d'elle pour l'embrasser. Je sens mon goût sur ses lèvres, mais je m'en fous. Je suis bien.

Bordel, je sens que des ailes me poussent et que je vais m'envoler !

CHAPITRE 29
MERCI, MAIS J'AI DÉJÀ PETIT-DÉJEUNÉ !

TONY

Après une journée de bronzette, tandis que les mecs font du surf, les filles et moi nous apprêtons pour le dîner chez madame Delaunay. Cally, Norah et moi sommes alignées devant le miroir de la salle de bain, à discuter le bout de gras en nous maquillant.

— Il est vraiment super, Max, lance Norah.

— Ouais, et carrément bien foutu, affirme Cally.

Je glousse. Depuis la pipe matinale, on n'a pas eu l'occase de trouver un moment à deux, et je doute que ça arrive chez sa *madre*. J'ai déjà hâte que ce dîner, qui promet d'être épique, se termine, et de le rejoindre dans ses draps pour la nuit. Ce mec est le feu et j'adore le rendre dingue. Car ça y est, je n'ai plus de doutes : je le rends dingue ! Y penser me fait rougir et Cally le remarque.

— T'es croc de ce mec[1].

— Non.

---

1. « *T'es croc de ce mec* » : expression pour dire « Tu craques pour ce mec », « Tu kiffes ce mec », « T'es love de ce mec »... Bref, c'est vintage et plus personne ne dit ça, ou presque.

— Bien sûr que si.
— Carrément pas !
— T'as les joues qui brûlent rien que de penser à lui.
— Il est…
— Canon, termine Norah.
— Ouais, voilà.

Cally sourit. Je vois bien qu'elle est heureuse pour moi. Elle me prête un haut à bretelles et un perfecto que je passe au-dessus de mon jean. Parée, je sors de la salle de bain et rejoins les autres sur la terrasse. Max est en chemise impeccable. Coiffé. Rasé. Parfait. Je fonds littéralement… *Merde, j'suis croc de ce mec.*

On arrive chez madame Delaunay dix minutes après notre départ. Elle nous ouvre avec un grand sourire sur les lèvres, sourire qui s'efface au moment où elle pose les yeux sur moi. Je ne peux pas lui en vouloir. Je l'ai insultée, et elle m'a découverte avec le nez de son fils niché entre les fesses. On peut difficilement faire pire, comme première approche.

La maison Delaunay est incroyablement grande. Les sols sont en marbre. La cuisine immense. Le salon disproportionné. La terrasse géante ! Une piscine s'étend en face de l'océan. Incroyable ! Je ne me sens pas très à l'aise lorsqu'elle nous invite à prendre place autour de la table joliment dressée, mais j'admire le luxe de la propriété.

— Madame Delaunay, votre maison est splendide. Vous avez un goût sûr !

Milo le lèche-cul est de sortie !

— Vous êtes mignon, jeune homme.

Elle lui adresse un sourire enjôleur avant de s'écrier :

— Marius ! Nous sommes prêts pour l'apéritif !

Un homme, la taille cernée par un tablier noir, amène un plateau et en dresse le contenu sur la table. *Bah, merde alors ! C'est qui, lui ? Le cuisinier ?*

— Marius est le cuisinier, confirme Gloria Delaunay.

Wouah !

— Alors, Maxence, comment se passe ta prise de fonction dans la compagnie ?

Compagnie ? Quelle compagnie ?

Pilote s'agite un peu sur sa chaise et jette un regard dur à sa mère. Forcément, ça m'interpelle, mais je m'abstiens de poser des questions. Pourtant, il y en a quelques-unes qui me taraudent. Je me demande où est son père, par exemple. Comment se fait-il que sa mère ait un cuisinier ? Que fait-elle dans la vie ou qu'a-t-elle fait pour avoir les moyens d'avoir du personnel à ses ordres, une piscine et une maison face à la plage ? À cet instant, j'ai l'impression que le monde dans lequel évolue Max me tombe dessus. Je repense au taudis dans lequel je vis, à mon père qui croupit en prison, à ma mère qui arrive à peine à payer la cantine de mon frère et ma sœur...

La claque est rude... brutale. Je redescends de mon nuage à vitesse grand V. Lui et moi n'avons rien en commun.

— Tu sais que je n'ai pas encore accepté, répond Max à sa mère avant de se tourner vers nous. Portons un toast !

On sait tous qu'il tente de détourner la conversation. On s'en fout et nous levons nos verres.

— À ces vacances hautes en couleur !

Son regard coule sur moi. Je me tortille comme une ado. *Merde, ses yeux me rendent folle. On rentre à quelle heure, déjà ?*

L'apéritif est suivi des entrées.

Les entrées sont suivies du plat principal.

J'ai le bide qui va éclater quand Marius sert des cannellonis sauce homard.

— Putain, c'est vachement bon, Marius ! je lâche au cuisinier tant je me régale.

— Mademoiselle Tony, lance la mère de Max, on ne dit pas ces mots à table.

— Oh, pardon ! Désolée, Madame.

— Et on ne répond pas la bouche pleine.

Bon, là, faut pas déconner, Gertrude. Tu me fais chier.

Je hoche la tête en silence de peur de laisser échapper une connerie. La mère de Max me toise et sourit. Elle se fout clairement de ma gueule.

— Maman… dit le pilote qui est à bout de nerfs.

— Quoi, Maxence ? Ce n'est pas parce que ta chérie du moment t'a envoûté avec je ne sais quel sort qu'elle doit se comporter comme un artilleur de l'armée.

Milo pouffe de rire. Cally baisse le regard sur son assiette. Pacha l'imite. Norah écarquille les yeux. Je rumine…

— Pardon, mademoiselle Tony, me lance sa mère d'un air faussement mielleux. Je vous en prie, gavez-vous de ses cannellonis en sauce, mais ayez s'il vous plaît la courtoisie de m'épargner les bruits de votre mastication.

Cette fois, c'en est trop. Je plaque mes couverts sur la table et pivote mon regard sur Gertrude la frigide.

— Tony… m'avertit Max avant de fusiller sa mère des yeux.

— Non, Max, ce n'est pas grave, dis-je, calmement. De toute façon, je n'ai plus faim.

Je me lève et contourne la table. Je me plante alors devant Marius avec un visage souriant.

— Désolée, Marius. C'était succulent, en particulier la sauce homard. Mais j'ai comme qui dirait pris mon petit déjeuner avec la semence du fils de votre patronne, alors j'suis un peu gavée, si vous voyez ce que je veux dire ?

Sur ce, je me tourne vers la patronne en question. Je distingue les visages effarés autour de la table.

— Je vais donc vous épargner mes bruits de mastication. J'ai d'ailleurs assez astiqué pour aujourd'hui. N'est-ce pas, *Maxence* ?

Puis je me casse sous les invectives outrées de l'hôtesse de maison.

J'ai pas fait dix mètres que Pilote me rejoint. Il m'attrape par l'épaule. Je me dégage, énervée.

— Désolée, Air Flight. J'ai essayé, mais...

Sa main enserre fermement mon épaule. Je me retourne vivement, puis remarque son visage souriant, ses yeux avides et sa lèvre inférieure mordillée par ses incisives.

— Putain, tu m'as excité !

Je n'ai pas le temps de dire « *hein ?* » qu'il fonce direct sur ma bouche.

Ce mec est décidément complètement fou.

J'ai peur de penser qu'il est fou de moi. J'ai une putain de trouille. Mais quand ses mains me soulèvent, que son corps se colle au mien et que nous prenons la voiture pour rentrer, je sais que je suis foutue. Car moi, je suis déjà folle de lui.

CHAPITRE 30
CE N'EST PAS UN MATCH DE VOLLEY-BALL, C'EST UNE GUERRE !

MAX

La nuit a répondu à toutes mes attentes. Après être partis de chez ma mère, nous avons regagné la maison de la plage. C'est à peine si j'ai attendu d'être dans la chambre avant de sauter sur Tony. Mon portable a sonné une douzaine de fois durant cette mémorable baise, dans laquelle Brutus s'est invité, mais j'ai ignoré mon téléphone, sachant très bien qui m'appelait.

Après mon réveil, je me décide à écouter le premier message que ma mère m'a laissé :

« ... Enfin, Maxence, cette fille est une nécessiteuse sans le sou, vulgaire et elle n'est même pas jolie ! Je suis certaine qu'elle en a après ton argent ! Quand tu auras repris tes esprits, fais-moi signe, car je suis choquée que tu aies pris le parti de cette pimbêche qui a insulté ta mère. Et ses amis... Enfin, Maxence, l'une d'elles a des revolvers tatoués sur les cuisses ! Tu traînes avec de la racaille, et je devrais ne rien te... »

J'efface le message, fais abstraction des autres et me rallonge aux côtés de Tony, endormie. Les traits de son visage sont adoucis par le sommeil. Sa bouche est entrouverte. Comment ma mère peut-elle penser qu'elle n'est pas jolie ? Ce que j'ai sous les yeux est d'une beauté fascinante. Je me demande pourquoi je ne l'ai pas trouvée belle dès les premières secondes de notre rencontre. Je caresse sa joue et l'enlace, puis m'endors en souriant.

* * *

LE LENDEMAIN, nous décidons d'aller faire les boutiques du front de mer en quête d'une paire de tongs pour Tony. Elle s'est plainte de sentir en permanence du sable dans ses baskets, alors nous l'avons tous accompagnée, munis de nos maillots de bain et de nos planches. Une fois la paire de tongs achetée, nous partons sur la plage, et Tony décide d'y étrenner son achat.

— Merde, c'est super désagréable, ce truc entre les orteils.
— C'est un string pour pied, se moque Milo.

Tony ne sait pas marcher avec des tongs. Encore moins dans le sable. Je me marre en la voyant abandonner au bout de quelques mètres et de continuer pieds nus.

Les filles s'étendent sur leurs serviettes tandis que Milo, Pacha, et moi nous élançons dans l'océan avec nos surfs pour choper quelques vagues.

Je sais que Tony me regarde et je veux bêtement l'impressionner. Je me ramasse la première fois. La seconde est meilleure.

— Wow ! me lance Milo. On voit que t'as de l'entraînement.

Je suis content qu'il me dise ça. Je me suis tapé la honte juste avant. Une vague arrive, mes bras s'agitent dans l'eau, j'attrape les bords de ma planche, m'accroupis et m'élance. *Putain, j'suis bon !* J'arrive même à rester en équilibre à la fin de ma démonstration. Fier de moi, je me tourne vers la plage pour voir si Tony m'a regardé. Je tombe de ma planche comme une merde quand je réalise qu'elle parle avec deux mecs bien foutus qui se dressent devant sa serviette. Cally est à côté d'elle et éclate de rire. Norah se bidonne aussi. *C'est qui, ces mecs ?*

Je retourne sur la plage avec ma planche sous le bras. Juste avant d'arriver près de notre coin, je vois deux belles nanas, une rousse et une blonde, venir se coller aux deux mecs repérés plus tôt. Je suis soulagé, ils sont maqués. *Ouf...* Milo est juste derrière moi et Pacha se fait encore quelques vagues.

— Max, Milo, ça vous tente un match de beach-volley ? nous demande Cally.

Je hoche la tête, bien que ça ne me tente pas du tout. Mais comme les filles sont déjà debout, je ne vais pas y couper. Un des mecs au look de surfeur californien se tourne vers moi et me lance :

— Trois contre trois. On va devoir tourner.

J'ai envie de lui faire bouffer son sourire, à ce connard. Il est échangiste ou quoi ?

— Ouais, dis-je mollement, d'un air *j'en ai rien à foutre*.

Pacha sort de l'eau, dépose sa planche et s'extasie à l'idée de jouer ce match. Milo passe son tour et s'allonge sur sa serviette. Norah l'imite, car, finalement, elle a la flemme. Cally, Pacha, Tony et moi nous dirigeons vers le terrain de beach-volley. Le filet est défoncé, mais la hauteur est parfaite. L'une des filles n'arrête pas de me mater tandis que Pacha dévore la bouche de Cally. Tony se pose sur le côté avec le Californien. Son pote, un blond ressemblant à Brad Pitt, cale ses lunettes aviateur sur le nez et frappe dans ses mains avant de se positionner sur le terrain. La rousse est vraisemblablement sa petite amie, puisqu'elle lui claque une fesse avant de l'embrasser et de l'imiter. Pacha se place, Cally aussi. On est prêts. La balle est dans l'autre camp et Brad Pitt s'apprête à tirer. Un mouvement attire mon regard vers la droite, où le Californien et Tony attendent leur tour. Tony éclate de rire tandis que le surfeur se penche à son oreille. Je serre les poings. La seconde d'après, je ne vois plus rien. Je viens de prendre un ballon de volley en pleine gueule. La douleur est cuisante, ma joue me lance. Heureusement, je ne suis pas tombé, mais putain, ça fait un mal de chien !

— Navré, mec ! Je croyais que t'étais prêt.

Brad Pitt a l'air désolé, mais j'ai envie de le frapper. Tony se rue alors vers moi et observe ma joue.

— Bah, merde, tu bayais aux corneilles ou quoi ?

— 1 – 0 ! balance la rousse.

— Sérieux, Max ? me lance Pacha en haussant un sourcil.

Putain, j'ai mal à la tronche ! J'en veux à Brad Pitt. J'en veux à ce putain de Californien qui flirte avec Tony sous les yeux de sa copine blonde qui me reluque. Puis j'assure à tout le monde que ça va et que je suis prêt à reprendre le match. Ma mâchoire me lance, mais je décide de faire le mec qui n'a rien senti. *En vrai, j'en chie, bordel de merde !*

Brad Pitt s'apprête à servir à nouveau. Je cale mes pieds dans le sable, car je suis chaud, là. La balle arrive directement sur mes avant-bras, j'amortis, et elle part sur Cally qui fait une passe à Pacha. Pacha smatche et marque. *Voilà…*

— 1 – 1 ! annonce Cally qui n'a pas digéré le ton de la rousse, alors que je venais de me faire percuter méchamment la gueule.

Le service est à nous. Je me place derrière la ligne. Tony me regarde et ignore le surfeur qui lui parle. Je tire et marque direct dans le camp adverse. Brad Pitt bloque comme un con devant le trou laissé par l'impact de la balle.

— Putain, Kelly, tu te fais les ongles ou quoi ?

La blonde est furax et demande au Californien de la remplacer. Elle ignore Tony à côté d'elle et s'assoit dans le sable en me matant. J'ai soudain un doute. Même si je l'ai vue bras dessus, bras dessous avec le surfeur, il semble qu'elle ne soit pas sa copine. Leur attitude à tous deux ne renvoie pas celle d'un couple, contrairement à Brad Pitt et la rousse qui s'engueulent parce que cette dernière a loupé mon missile. À l'écouter, je juge que Brad Pitt est un connard. Tony s'avance vers Cally et lui souffle un mot à l'oreille. Pendant ce temps-là, le surfeur reluque le cul de Tony. Je vais le buter.

Je sers à nouveau, et c'est le Californien qui réceptionne. Il balance la balle à Brad Pitt, qui lui fait une passe alors que la rousse est pourtant bien positionnée. Le surfeur balance un smatch sous la tronche enfarinée de Pacha. Je ne sais pas pourquoi, mais ça me fout grave les boules. Je veux les voir mordre le sable. Pas question de les laisser nous battre. J'appelle Pacha et Cally et on convient d'une défense. On est à fond. Enfin, pas vraiment. Tony prend la place de Cally, car Cally décide que ça ne ressemble plus à un jeu. Tony écoute mes instructions et se pince les lèvres pour ne pas sourire.

— C'est pas drôle, Tony, faut gagner !

— OK, OK !

Elle se tourne et je l'attrape par la main avant de la tirer par le bras.

— T'as pas oublié quelque chose ?

Elle regarde le bas de son maillot pour voir s'il n'est pas encore tombé. *Sérieusement ?* Puis elle relève ses yeux noirs et me lance un regard circonspect.

— Bah, quoi ?

Je lève les yeux au ciel. Cette fille n'a absolument aucun sens du lyrisme sportif. Je l'attrape par la nuque et lui roule une grosse pelle devant cet enfoiré de Californien. Quand elle se détache de mes lèvres, ses joues sont rouges et elle rit.

— C'est censé me faire mieux jouer, ça ? lance-t-elle.

— C'est censé m'encourager.

Je crois qu'elle ne réalise pas du tout l'intérêt du surfeur pour elle. Quant à moi, je ne sais *pas du tout* pourquoi ça m'énerve à ce point.

On est ex æquo quand c'est à Tony de servir. Son tir atterrit direct dans les filets. Je soupire. Dix minutes plus tard, on s'est fait laminer. J'suis de mauvais poil.

— Ça vous dit d'aller boire un verre ? demande Brad Pitt.

— Carrément, répondent Cally et Pacha en chœur.

— Non, merci.

Tony m'attrape la main et me glisse à l'oreille.

— C'est quoi ton problème, Air Flight ? Mauvais joueur, peut-être ?

Je grogne et lui passe ma main sur l'épaule avant de planter un baiser sur ses lèvres. Elle sourit contre ma bouche. Contre mauvaise fortune, bon cœur, j'accepte d'aller boire un verre avec ma petite troupe et celle du Californien qui n'arrête pas de mater Tony. Je crois que je ne vais pas tarder à lui en coller une. *Ouais… je l'imagine déjà sans ses dents, ce gros con !*

CHAPITRE 31
JE SUIS UNE SNIPEUSE DE CONNASSES ET J'AIMERAIS BIEN AVOIR UNE PROSTATE !
TONY

Le type au look de surfeur s'appelle Nicolas, l'autre Lucas. La rousse, c'est Nathalie et la blonde, Kelly. *J'aime pas Kelly.* D'ailleurs, qui s'appelle Kelly ? Elle fait tellement cliché, la poupée Barbie, que ça prête à rire. Les autres, j'ai déjà oublié leurs noms.

On s'est posés dans un bar rock du front de mer. Assis sur des tabourets autour de deux tonneaux de vin transformés en table, on se fend la poire en buvant des bières et en parlant lecture, tandis que The Smashing Pumpkins nous chante *Bullet With Butterfly Wings*. Nos nouveaux acolytes ne pipent rien à ce qu'on dit, mais on s'en fout. Milo a décidé d'aller jusqu'au bout du sujet.

— Tous les mecs devraient un jour se caresser la prostate ! Au moins pour la science.

Le surfeur, son pote, et les deux nanas ont bien compris que Milo est à voile et à vapeur. Mais, quand même, parler prostate sur fond de musique rock, c'est singulier. Ils clignent encore des paupières quand Norah demande :

— C'est quoi ? Un genre de point G des mecs ?

— Ouais, dis-je, à part que t'as pas besoin du guide du routard pour le trouver, lui !

— Toujours tout droit et une petite flexion du doigt. Ça rate jamais ! commente Milo en associant ses paroles à un geste de son index.

— La chance ! lance Cally. J'aimerais bien avoir une prostate, moi aussi. Ça a l'air si simple de grimper au plafond pour les gays.

— Hey ! s'insurge Pacha. Je ne te fais pas grimper au plafond, c'est ça que tu veux dire ?

— Mais bien sûr que si, mon chéri, le rassure Cally.

Quelle mytho ! Elle l'embrasse pour détourner son attention. *Bien vu, ma copine !* Je me marre et Max a deviné pourquoi. Il écarquille les yeux et sa main me serre la cuisse. *Les mecs !* Comme s'ils savaient nous faire voltiger à chaque baise. Ils rêvent ou quoi ? Personnellement, j'ai une technique secrète pour atteindre le septième ciel, enfin pas si secrète puisque je suppose que toutes les filles le font. Ou peut-être pas. Faudra que je pose la question à Cally et Norah. Bon, tout ça pour dire que ce n'est pas *toujours* le nirvana et les petits zozios. Je reconnais qu'avec Max, c'est très chaud et que, jusque-là, il n'a eu aucun mal à m'emmener dans son A380 direction Paradise ! Un coup de chance. Plusieurs, même.

— Je suis si heureux d'être un mec ! lâche Milo qui a l'air de se remémorer la dernière fois qu'on lui a tapé la prostate.

La rousse se mêle à la conversation :

— Je vais peut-être avoir l'air conne, mais c'est quoi une prostate ? Ça un rapport avec l'appendicite ?

Ma mâchoire se décroche. *Ouais, t'es conne... Clairement.*

— C'est comme le point G pour les nanas, mais dans l'anus, chez les mecs, balance Cally, normale.

La rousse est éberluée.

— Et alors, ça fait quoi ?

— Ça te fait monter au firmament ! explique Milo en pointant un index vers le ciel.

Personne ne veut savoir où cet index a été fourré pour qu'il en sache autant.

— T'entends, bébé ?

La rousse s'adresse à son mec avec un sourire en coin. On se doute déjà de ce qu'elle suggère pour ce soir. « Bébé » a l'air moins sûr de lui.

— N'empêche, cette saga, elle est incroyable ! Maintenant, on parle de *Thirds*. Une homoromance déjantée en dix tomes. On en est au deuxième. Dex et Sloane sont deux gays. L'un d'eux se transforme en jaguar et est l'archétype parfait du beau gosse viril qui tape des prostates façon bestiale. Ouais... elle est classe, cette saga.

— Pourquoi aimez-vous ce genre de lectures ? Ça vous excite, deux mecs ensemble ? demande Pacha.

— Ouais !

Norah, Cally et moi avons répondu ensemble, limite la bave aux lèvres.

— Je croyais qu'il n'y avait que nous qui...

— Qui fantasmaient sur deux femmes en même temps ? Pfff...

Max a l'air surpris. Le surfeur et son pote se demandent ce qu'ils foutent là. Leurs copines ont l'air plus détente.

— Et deux hommes avec une femme ? demande le surfeur.

— Qui dirait non ? demandé-je aux copines.

Aucune ne lève la main. Max se pointe à côté de mon oreille et me souffle :

— Dans tes rêves !

Je détourne la tête et m'explose de rire. *Il croit que je suis sérieuse ?* J'ai déjà du mal à m'en sortir avec un seul mec, alors avec deux ! Il n'a pas l'air d'apprécier ma réaction. Sans transition, la rousse avec le QI d'une huître demande si on veut jouer aux fléchettes. Cally, Milo, Pacha et moi acceptons. Le surfeur aussi. Max passe son tour en grognant.

Première flèche, je mets dans le mille. J'annonce la couleur. *Bim !* Cally me tape dans la main et enchaîne avec un 500. Pas mal... Le surfeur me sourit et me dit :

— T'as des talents cachés, toi.
— Je suis une snipeuse !
— Tu tires souvent ? demande-t-il avec un sourire salace.

Bordel, c'est quoi cette question ?
— Youhou !

Milo est content, il n'a pas manqué la cible et a fait 10. Je me marre et ignore le surfeur chelou. Du coin de l'œil, je constate que Norah a déserté la table pour je ne sais où, et qu'Air Flight se trouve seul avec Kelly, la Barbie. Elle lui fait du charme, la garce. Ça me picote au niveau du ventre. Je n'aime pas bien voir Max lui répondre avec ce sourire. J'entrevois ensuite qu'il baisse ses lunettes de soleil pour mieux regarder un truc sur son visage. Elle éclate de rire comme une dinde et lui attrape la main. Je serre les poings. *Merde... j'suis jalouse...* Cette conne me rend furax. J'suis à deux doigts d'abandonner le jeu de fléchettes, mais le pilote et Barbie se pointent pour jouer avec nous. Quand elle pose sa main sur son épaule, je vois rouge. Puis elle tire et marque dans le mille. *Connasse !* C'est à mon tour. J'ai mes fléchettes en main. Barbie va extirper les siennes de la cible. Je ne sais pas ce qui me prend, mais je tire. Le bout de ma fléchette tape direct sur sa nuque. Elle pousse un petit cri et se retourne dans ma direction.

— Aïe, mais t'es dingue !
— Pardon, je ne t'ai pas vue.

Je cache mon rictus malfaisant qui pointe sur mes lèvres et pense : « *T'as de la chance que je n'ai pas visé tes yeux, sale pétasse !* »

Voyant que la partie part en couille, Max décide de reprendre une bière. Je le suis. Pas question de jouer avec Barbie. Le surfeur s'apprête à caler son pas sur le mien quand Max me tire par le bras.

— Les plans à trois, c'est pas par ici ! crache-t-il au surfeur.

Ce dernier incurve ses lèvres d'un air nonchalant et fait marche arrière. *Il veut vraiment faire un plan à trois ? Non !* Puis je réalise que Max est vraiment vénère.

— Oh, Oh ! T'es jaloux !

Air Flight m'observe et se met à rougir.

— Pas du tout.

— Si.

— Et toi, tu ne l'es pas peut-être ?

— Pas du tout.

— C'est pour ça que Blondie a un trou dans la nuque ?

— J'ai pas fait exprès.

Ses lèvres esquissent un séduisant sourire. Il me fait craquer.

— On n'est pas mariés, que je sache, dis-je. Tu fais ce que tu veux, après tout !

Je ne crois pas une seule seconde à mes paroles et ne sais absolument pas pourquoi je lui dis une chose pareille. Il s'approche plus près de mon visage, pose ses doigts sur mes joues et me lance :

— Pas mariés, non. Mais t'es ma petite amie.

Le sang déserte mon visage. *Qu... quoi ?* Il se marre et m'embrasse. Les bières sont servies. Nous retournons seuls à notre tonneau de table.

— T'as un problème avec le concept de petite amie ?

— Je n'ai jamais été une « petite amie », avoué-je. Ça fait pas un peu gamine de 4e ?

— J'espère pas ! rétorque-t-il, effaré. Et puis, tu n'es pas la seule pour qui l'idée est novatrice, je n'ai jamais été un petit ami, non plus.

— Mais, ça veut dire quoi, *petite amie*, dans ta bouche, Air Flight ? C'est un plan cul entre deux vols, c'est ça ?

— Non. Un plan cul, c'est un plan cul. Ça se passe de temps en temps et c'est sans attaches. Une petite amie est exclusive.

— Je suis exclusive ?

— Je ne ferai pas de plan à trois avec toi, si c'est ce que tu veux savoir.

— T'en as déjà fait.

— Oui.

Merde... il en a de la chance !

— Mais, toi, je ne te partage pas.

Je ne comprends toujours pas. Air Flight est canon, il est pilote de ligne et possède une maison sur la plage. Mais de quoi il parle ? Il m'a bien regardée, sérieusement ?

— Je ne suis pas certaine que ce soit une bonne idée, Pilote.

— Pourquoi ça ?

— On ne se connaît pas.

— On dort ensemble toutes les nuits, commente-t-il. Je connais chaque centimètre de ton corps. OK, une seule zone reste inexplorée, à cause de ma mère.

— Il vaut mieux qu'on oublie ce moment d'extrême embarras. Vraiment...

— Ce n'est que partie remise. On a le temps. Tu es ma petite amie, désormais.

Il semble être heureux de m'appeler de cette façon. On a l'air d'ados en rut.

— On est en vacances, rappelé-je. Le retour à la réalité va être raide.

— Comment ça ?

— Je...

Putain, j'hésite.

— Je ne suis pas la petite amie qu'il te faut.

— Tu ne crois pas que c'est à moi d'en juger ?

Pas faux. Mais bordel, il ne sait pas où il met les pieds.

— Je crois qu'on devrait y réfléchir tranquillement à notre retour. Pourquoi se prendre la tête là-dessus maintenant, hein ?

— Je ne me prends pas la tête, affirme Air Flight avant de boire une longue gorgée de son demi.

Je ne sais pas quoi dire. Son corps se rapproche, son visage se plante à quelques centimètres du mien.

— Et si tu me disais qui tu es, Antonia ?
— Arrête de péter l'ambiance.
— Ton nom de famille, au moins ?
— Velaro.
— Antonia Velaro. C'est... bandant.
— J'en ferai part à mon père.

Il arrondit ses yeux et manque de cracher sa lampée. Ça me fait rire. Mon père le buterait s'il savait que Max avait trouvé mon nom et le prénom hérité de ma grand-mère bandants.

— Ton père fait quoi dans la vie ?

Merde...

Heureusement, Norah se pointe et se plaint du manque de propreté des toilettes. Pacha et Cally se ramènent aussi. Ils ont entendu parler d'une soirée mousse organisée sur la plage. Ils veulent qu'on s'y rende et nos adversaires de volley se proposent de nous suivre. *Les pots de colle !* Personne n'ose leur dire qu'ils ne sont pas les bienvenus, mais je constate que ça titille Max très sérieusement.

La nuit est tombée. La soirée débute mal : le DJ a balancé de la dance. Les canons à mousse crachent des bulles et ça commence à sentir le produit de vaisselle. Pacha, Max et Milo sont partis à la buvette pour prendre d'autres bières. Le surfeur se tourne vers moi et me demande de le suivre sur la piste sablonneuse et mousseuse. Je lui fais non de la tête. *Sur de la dance ? Sérieusement ?* Il s'en tape et me tire jusqu'au milieu de la piste, nous plaçant à côté de la rousse et de son mec qui lui dévore la bouche. La mousse me chatouille les jambes et je n'aime pas l'odeur qu'elle dégage. Je suis prête à me casser, mais le surfeur m'attrape par la main pour m'en empêcher.

— Tu n'aimes pas t'amuser ?

— Si. Mais de préférence sur du rock et avec un verre dans le nez !

Il éclate de rire.

— Je peux aller demander un morceau au DJ. Tu veux quoi ? Du U2 ?

Cette fois, c'est moi qui éclate de rire. *U2, du rock ? T'es sérieux, mec ?* Puis je me souviens que la première fois où j'ai embrassé Max, c'était sur *Sunday Bloody Sunday*. Ça me fait sourire et me donne envie de le retrouver. Cette fois, je me casse vraiment, mais le surfeur me retient encore.

— Tu peux me lâcher, la glue ? gueulé-je. Je me tire.

— Mais on vient d'arriver, détends-toi.

— Tu me lâches ou tu prends ma main dans la gueule. T'as le choix.

Cette fois, il ne sourit plus.

— Oh, t'es une coincée, alors ! dit-il, avec un rictus insolent aux lèvres. T'en as pas l'air avec ton maillot qui te rentre dans le cul.

Ma main se prépare à lui étaler une baffe monumentale, mais je n'ai pas le temps d'affirmer mon geste que le surfeur se prend un méchant coup de poing dans la tronche.

Max est à bout de souffle. Le surfeur a disparu sous la mousse. J'en reste bouche bée. Quand je reprends mes esprits, je saute sur Air Flight et l'embrasse à pleine bouche.

— Putain, t'es sexy !

— On ne touche pas à ma petite amie ! me lance-t-il avec un sourire, tandis qu'il secoue sa main douloureuse.

— Ouais...

Je souris comme une niaise face à mon chevalier servant mousseux. Ses lèvres se courbent contre les miennes, ses mains se placent sur mes fesses.

— On se casse et je vais te punir d'être aussi excitante !

Oh bah, merde alors...

— Ouais... je répète encore, alors que ma bouche se faufile sur sa nuque.

Il traverse la piste en me portant à califourchon autour de sa taille, et me dit :

— Je ne vais pas avoir besoin du guide du routard pour trouver ton point G, tu vas voler, ma belle !

— Des mots !

Je le provoque exprès. Putain, il m'excite grave. L'avoir vu en colère et aussi jaloux a éveillé un violent sentiment de luxure que je sens déjà couler entre mes jambes. *Bordel...*

On passe devant Pacha et Cally quand Max lance :

— Vous prendrez la Vitara. Nous, on se tire.

Pacha sourit et ne commente pas. Ma position ne laisse aucun doute sur ce que nous allons faire dès que nous serons rentrés.

— Et toi, ma belle...

— Oui, susurrai-je à son oreille que je lèche.

— Pas question de toucher à ma prostate.

— À tes ordres, commandant.

On s'extirpe de la foule. Je suis toujours attachée comme un koala autour du pilote quand je lui dis :

— Air Flight ?

— Hum.

— J'ai perdu mes tongs dans la mousse.

— On s'en fout. T'en as pas besoin pour ce que je vais te faire.

Je l'adore !

CHAPITRE 32
À LA CONQUÊTE D'UNE CONTRÉE INEXPLORÉE !

MAX

La Mercedes roule à toute allure. Je suis chaud comme la braise et je ressens un besoin irrépressible de me glisser dans le corps de Tony. Je souris comme un crétin, tandis qu'elle caresse mon sexe endurci en me susurrant des mots salaces à l'oreille. *Encore deux cents mètres.*

On arrive près de la maison. Je me gare comme un taré, dans un crissement de pneus. Elle n'a presque pas le temps d'enclencher la poignée de la portière que je suis devant, l'ouvre et la tire par le bras. J'ai tellement envie d'elle que je vais exploser.

On passe le seuil de la porte en riant. Je ferme derrière moi en claquant la porte, puis enlace Tony. Elle me retire mon T-shirt qui va voler dans le salon. Je passe sa petite robe au-dessus de sa tête et défais son joli haut de maillot de bain en triangle. Nos fringues tombent les unes après les autres sur le parquet, avant qu'on arrive tous deux nus dans ma chambre. Comme on est encore pleins de sable, pleins de mousse et que notre peau est couverte de sel, je nous emmène directement sous la douche. Le jet diffuse de l'eau au-dessus de nos têtes pendant que je l'embrasse à pleine bouche, lui caresse les seins, le ventre, et que mes mains dérivent sur ses fesses.

— J'ai envie de te prendre là, lui dis-je, alors que mon index lui montre exactement ce que je convoite pour la soirée.

Elle se recule un peu, les joues en feu. Elle a l'air hésitante. Normal, je viens juste de lui dire tout haut ce que je pensais tout bas. *Quel con !* Elle va me prendre pour un pervers… Mais bordel, j'ai tellement envie d'elle, que je veux me perdre en elle de toutes les façons possibles. Mon putain de cerveau est en train de vriller.

— Euh… C'est-à-dire que…

Je la sens gênée et moi, je suis mortifié. Je n'ai pas envie de la forcer à expérimenter ce qu'elle n'a sans doute jamais fait, alors je la tire vers moi et l'embrasse encore. Elle se laisse faire. Ma bourde est oubliée. Je suis si avide de sa bouche que je veux l'avaler. Elle enroule ses bras sur mes épaules. Ma main attrape le gel douche. On se lave et nous prenons un malin plaisir à nous dévorer des yeux. Quand elle se caresse le sexe d'une main et un sein de l'autre, je n'en peux plus. Je bande si fort que je pourrai percer un mur avec mon membre. Elle prend le shampooing, s'en verse sur ses cheveux et sur les miens. Elle entreprend de l'étaler sur mon crâne en me massant avec ses doigts, alors j'en fais tout autant. Nous rions. Sourions. Avons envie l'un de l'autre. On est bien. Heureux. Manque plus que la formidable partie de jambes en l'air qui s'annonce juste après que Tony se sera rincé les cheveux.

Je suis sur le lit, allongé. Ma queue pointe juste en dessous de mon nombril. J'ai mal d'être si dur, alors je me caresse et attends que Tony passe la porte. Quand elle le fait, ses yeux restent figés sur ma main qui s'enroule autour de mon sexe et qui fait de lents va-et-vient, destinés à me faire patienter. Sa bouche s'entrouvre. Elle aime ce qu'elle voit, et ça m'excite encore plus. Nue, sa peau humide scintille un peu à la faible lumière de la lampe de chevet que je viens d'allumer. Ses mamelons pointent, la petite brioche sur son ventre me donne envie de la croquer, sa toison en forme de ticket de métro m'amène à me mordiller la lèvre. *Bordel…*

— T'es tellement… merde, Air Flight, c'que t'es sexy !

Je souris à ces mots et soulève le haut du corps pour que mon bras atteigne le sien. Je l'attire pour qu'elle s'allonge au-dessus de moi, peau contre peau, sa chaleur faisant grimper la température de la mienne. Je la veux, maintenant. Alors je plaque une main sur ses fesses, tandis que l'autre attrape sa nuque. On s'embrasse fougueusement. Je suis insatiable quand je la fais basculer sur le dos. Ma bouche dévore son cou, ses seins, son ventre et s'aventure entre ses jambes. Son goût mélangé à celui du gel douche me rend dingue. Elle gémit quand je caresse son clitoris avec mon pouce, tandis que ma langue s'affaire sur ses lèvres. *Putain…* Je ne tiens plus, mais je continue, car je veux la rendre folle. Elle enfouit ses doigts dans mes cheveux et crie mon nom lorsqu'un orgasme la frappe. Son corps se cambre et ses jambes tremblent. Je souris contre son sexe, heureux de lui avoir procuré cet instant de plaisir. Et ce n'est que le début…

Je remonte en direction de son visage, ma bouche faisant le chemin inverse qu'un peu plus tôt.

— Max, tu… Oh… C'était…

Elle n'a plus les idées claires. Je lui dis :

— Je te désire, Antonia… Je te désire tant…

Ses yeux se plantent dans les miens. Ses joues sont rouges, ses pupilles dilatées. Elle me lance :

— Montre-le-moi, alors.

Elle n'a pas à me le dire deux fois. Je tends le bras vers le tiroir de la table de chevet et chope un préservatif. Elle me l'arrache des mains et pose ses doigts sur mon torse. Je me recule et l'observe, tandis qu'elle glisse la capote sur mon sexe. À peine atteint-elle sa base que je la pousse en arrière et me faufile entre ses jambes. Nos lèvres se soudent alors que je la pénètre. C'est fougueux, haletant. On est fous de désir et je ressens une vraie fournaise entre ses cuisses. Ses gémissements deviennent des cris. C'est ce que j'aime chez Tony. Elle est libérée. Candide dans sa façon d'appréhender le sexe, activité pour laquelle elle est pourtant superbement douée. Je rue en elle, de plus en plus ardent. Ses cheveux humides glissent entre mes doigts.

— Antonia, tu me rends fou…

Elle sourit contre ma bouche. J'en veux plus, mais je suis stoppé en plein élan quand elle m'attrape le visage entre ses mains.

— Vas-y ! me dit-elle.
— Vas-y quoi ? Plus fort ?
— Euh, non, là, t'es déjà pas mal !

Mes lèvres se retroussent. C'est vrai, que je n'y suis pas allé mollo.

— Fais-moi ce dont tu m'as parlé sous la douche, m'annonce Tony.

Mes yeux s'arrondissent. Je n'y pensais déjà plus. J'avais même plutôt l'intention de continuer dans cette position, et d'oublier ce que je me suis maladroitement permis de lui suggérer. Je doute d'ailleurs que Tony soit prête, si elle n'a jamais testé la… chose.

— T'as déjà été…
— T'as du mal à le dire ?
— Toi aussi, on dirait.

Elle éclate de rire.

— So-do-mi-sée, énonce-t-elle, hilare. Oh, ça va Air Flight, j'suis une grande fille ! Du moment que tu ne pensais pas à l'*autre* mot !

Je me mords les lèvres.

— Je pensais à l'*autre* mot…
— Y a pas de mot pour décrire ce mot.
— Il n'y a pas pire mot.
— Même pas en rêve tu le prononces, Air Flight ! Sinon ta queue, tu la fourres dans le coussin pour te finir.

Je m'esclaffe.

— Finalement, je préférais être bien au chaud niché où il te plaira.
— C'est bizarre.
— On peut ne pas le faire, lâché-je en secouant la tête.
— Tu as mentionné deux ou trois fois que tu aimerais découvrir cette partie-là de moi.
— Je crois ne l'avoir dit qu'une fois.
— Ah oui, la première, tu t'es servi de ta langue différemment pour énoncer cette requête, et ta mère nous a surpris. Ça hante encore mes cauchemars.
— T'as conscience que je suis encore en toi, Tony ? Si tu parles de ma mère, je ne suis pas certain de finir de te baiser, insolente !
— Oh… Insolente ? Je vais être punie pour… mon insolence ?

Elle m'a susurré ces derniers mots à l'oreille. Ma queue devient encore plus dure, si c'est possible. Mes lèvres se courbent. OK… elle a l'air sûre d'elle, et je suis impatient de lui faire découvrir un plaisir qu'elle ne connaît pas. Elle a vingt-huit ans, et je suis conscient que ça doit sans doute être une des seules expériences qu'elle n'a jamais vécues avec un homme. Et ça me réjouit. Je veux être le premier à posséder cet endroit. Je veux être le premier à connaître une partie d'elle que personne d'autre n'aura connue avant moi. Un acte primal de possession qui me tourmente depuis que nous avons baisé dans les vestiaires. Je veux tout connaître d'elle, et je ne sais pas pourquoi je suis si impatient de m'y appliquer. Puis je me mets à penser qu'elle a peut-être ressenti une certaine pression de ma part, et je m'en veux une nouvelle fois d'avoir évoqué ce désir sous la douche.

— Tu es sûre de toi ?

Elle hoche la tête en souriant. Ce sourire est sincère. Elle a confiance en moi. On peut se demander ce que me vaut cette confiance, alors que je la connais depuis si peu de temps. Mais Tony n'a connu que des coups d'un soir, et je dois être le seul qui soit resté plus de quelques heures auprès d'elle. Je comprends qu'elle me fait un honneur. Alors, je me dois d'être l'amant qu'elle mérite. Je tends à nouveau le bras vers le tiroir et en sors un tube de lubrifiant.

— Eh bien, t'as tout ce qu'il faut ! remarque-t-elle.
— Je fondais de grands espoirs sur ces vacances !

Elle se marre. Je me glisse en dehors de son corps et enfonce mes genoux dans le matelas, avant de mettre du lubrifiant sur mes doigts. Elle m'observe faire, comme fascinée quand j'en étale sur mon sexe au garde-à-vous. Sa curiosité se manifeste à travers cette lèvre qu'elle mordille et son regard pétillant d'excitation. Elle s'apprête à se tourner sur le ventre, mais je l'en empêche. Ses yeux s'écarquillent d'incompréhension. Je me penche alors au-dessus d'elle et lui dis :

— Je te veux te voir pendant que je te prends, Antonia. Et je veux que tu m'alertes si je te fais mal. Quand je te ferai du bien – parce que je vais te faire du bien, sois-en certaine –, je veux voir le plaisir déferler sur ton visage et me perdre avec toi.

Du moins si je tiens jusque-là, car rien que d'y penser, je suis prêt à exploser.

CHAPITRE 33
C'EST LE MOMENT OU JAMAIS ! COURAGE TONY !

TONY

Mes yeux s'ancrent dans les siens. J'ai carrément hoqueté et hoche la tête comme une débile. *Bordel, ça y est ! Je me lance.* Quand Cally va savoir ça ! Jusqu'à maintenant, je n'ai jamais eu l'occasion de faire l'expérience du sexe anal. D'ailleurs, je n'aime pas ce mot ni tout ce qui a trait à ce mot. Mais je ne veux pas mourir conne ! Milo et Cally me chambrent souvent sur mon inexpérience ; même Norah a testé, bordel ! Je n'allais pas le proposer à mes coups d'un soir, puisque j'avais moi-même quelques coups dans le nez. Air Flight est ce qui se rapproche le plus d'une relation longue durée et il est chaud comme la braise. C'est le moment ! Soudain, une foule de questions m'assaillent. Des questions d'ordre hygiénique et au sujet de la douleur. *Bordel... il a une grosse queue, quand on y pense. Qu'est-ce que je fous ?! Je vais mourir d'une sodomie !*

Je n'ai pas le temps de m'étaler sur mon introspection que je sens les doigts du pilote, enduits de lubrifiant, me caresser la zone sensible. Ce n'est pas désagréable, comme la dernière fois. L'image de la mère de Max déferle dans mon esprit. *Merde !* Je me demande soudain s'il a bien fermé la porte quand un doigt se glisse dans mon antre. Je gémis à cette intrusion, mais c'est agréable. Très agréable. Air Flight se penche au-dessus de moi et m'embrasse. Il commence à remuer son doigt et j'apprécie la lenteur de son exécution. Ma langue s'enroule autour de la sienne. Le feu me monte aux joues. Un nouveau gémissement le décide à en introduire un autre. Cette fois, je me détends, tandis que le visage de Max sinue jusqu'à ma poitrine. Il lèche un téton, le mordille. Je suis une vraie fournaise. Il relève son visage et murmure :

— Encore un ?

J'acquiesce et il s'exécute. C'est un peu douloureux au début, mais ça passe. *Ouf !* Je me laisse aller et hoquette quand il démarre un mouvement de va-et-vient langoureux.

— Antonia… chuchote-t-il à mon oreille.

Ça m'excite. Je le veux. Je n'en peux plus. Le plaisir m'écrase littéralement. Il coule dans ma poitrine, s'empare de mon ventre et se répand dans mon entre-jambes.

— Vas-y, lancé-je.

Il me sourit. D'un sourire scintillant que j'imprime dans mon esprit. Il est superbe, sexy et tout à moi. Il a même dit que j'étais sa petite amie. Dans ses bras, je me sens bien, j'ai confiance, je le veux. *Max…*

Ses genoux s'enfoncent dans le matelas. Il retire ses doigts et se colle à mon bassin. Je sens son sexe pousser mon entrée. Je retiens mon souffle. Il me pénètre très lentement. Je respire. Je respire. Je respire ! L'intrusion est douloureuse. Je me sens étirée. *Putain, ça fait mal !*

— Ça va ? me demande-t-il.

Pas du tout !

— Nickel, mens-je.

Je serre les dents et peu à peu, mon corps s'habitue. Il s'enfonce encore un peu. Je déglutis, mais ça passe. Ouais, ça passe. Je n'ai presque plus mal.

— Tu vas me tuer, Antonia. Je ne sais pas si je vais tenir.

— T'as intérêt, putain, on n'est pas allés jusque-là pour rien !

Il s'esclaffe. Je sens son corps se coller à mes fesses. Il est entré jusqu'à la base de son sexe. Nous restons ainsi quelques instants. Il me dévisage et m'embrasse, puis il entreprend de se mouvoir très lentement. Je n'ai plus mal et souris contre ses lèvres. C'est tellement inédit comme sensation que je ne la comprends pas. D'autres mouvements, et je commence à ressentir un feu ardent couver sous ma chair. Il recommence, me dévore le cou.

— Tu me rends dingue...

Je peux en dire autant, bordel ! Je veux qu'il accélère maintenant, alors je place mes mains sur ses fesses et l'invite à y aller plus vite. Son visage se dresse au-dessus du mien. Ses yeux fixent mes prunelles. Une veine saille sur son front. Il s'active plus vite et je me cabre tant je me sens exposée, fébrile, avide, inondée par mon désir de lui. La sensation est électrisante. Des picotements me parcourent le corps.

— Plus fort !

— Tony...

— Plus fort !

Il se mord la lèvre et m'obéit. Je lâche un cri, il s'arrête. Ma main attrape sa nuque et tire sa tête vers mon visage. Je l'embrasse fougueusement.

— Plus fort, te dis-je !

Il rit contre mes lèvres.

— Tu l'auras voulu !

Il me pilonne brusquement et je ne peux refouler la plainte qui s'échappe de ma bouche. Mais cette fois, il a compris. Je prends du plaisir. Un plaisir dingue, inédit, excitant. J'ai les joues en feu, tandis qu'il continue de me marteler en poussant des grondements rauques qui m'envoient tout droit au paradis. Il aime ce qu'il me fait. Ses yeux fiévreux braqués dans les miens me retournent toute la lasciveté de son état. *Oh merde... ce qu'il est canon.* J'en peux plus, j'en veux encore, plus, encore, plus !

Je me caresse un sein d'une main, tandis que l'autre descend lentement sur mon sexe. Je commence à me masturber. Le regard de Max vrille sur ce que je suis en train de me faire et gronde un peu plus.

— Putain ! crie-t-il.

Il me martèle. Il rue en moi. Je suis en ébullition. Je vais exploser. Ma main accélère sur mon clitoris. Max est inarrêtable. Je crie, je hurle, je feule, me cabre et clame son nom tandis qu'un formidable orgasme me terrasse. Des spasmes frénétiques secouent mes jambes. Max devient fou et ses coups de boutoir se font endiablés quand il se perd dans un cri. Il se déverse dans le préservatif et se plie presque en deux avant de s'étaler de tout son long au-dessus de mon corps.

Je souris comme une niaise. Mes doigts lui caressent le dos.

Putain... c'était MAGNIFIQUE !

* * *

IL EST huit heures du matin quand je me réveille. La lumière de l'écran de mon téléphone a percé le voile de mes paupières. J'aurais pu râler et m'en vouloir d'avoir oublié de mettre le mode avion, mais je suis encore sur mon nuage. Cette nuit a été incroyable. Après la baise, le pilote et moi on s'est douchés. Encore... On a baisé... Encore. L'expérience de la sodomie se fait encore ressentir, mais je n'ai pas vraiment mal. J'ai pris un pied d'enfer, mais doute de réitérer de sitôt. C'est quand même vachement long, cette préparation ! Je réalise que les gays sont des mecs patients. Faut que je félicite Milo, car, avant la nuit dernière, j'étais loin de lui prêter cette qualité.

Je prends le téléphone qui se trouve à côté de celui de Max, et observe le numéro qui m'a appelée à une heure aussi indue. Numéro inconnu. J'ai un message. Je sors du lit, vêtue d'un T-shirt appartenant à mon amant, et me rends au salon pour l'écouter.

« Bonjour, mademoiselle Velaro, je suis l'assistante du directeur de la prison de Fresnes. J'ai le regret de vous informer que votre père a été mêlé à une rixe et que nous avons dû le transférer à l'hôpital pour quelques côtes brisées. Il va mieux, mais souffre de quelques factures. Si vous souhaitez le voir, il vous faudra vous rendre à... »

J'éteins le téléphone, livide. Ma bulle de bonheur vient d'éclater. Je prends une méchante patate dans la gueule quand ma vie me revient en pleine poire. *Vie de merde !* Inquiète pour mon père, je rappelle l'assistante et conviens de l'heure à laquelle je peux lui rendre visite. Elle révèle froidement qu'il retournera à la prison dans une quinzaine de jours et ne s'étend pas sur les circonstances de la baston qui lui vaut d'être blessé. Elle s'en tape et ça se ressent. *La pute !*

Je m'écroule sur le canapé et réfléchis. Mes yeux parcourent la pièce et s'arrêtent sur un bloc-notes. Je me lève et le prends, ainsi que le stylo posé à côté.

Air Flight,

Tu es de loin le petit ami le plus insatiable que j'ai jamais connu.

En même temps, tu es le seul

Merci pour ces vacances.

Je dois partir, mais il me tarde d'encore m'envoyer en l'air avec mon pilote !

Je t'appelle.

Tony

Je plie le papier en deux et me rends dans la chambre. Max dort à poings fermés. Je souris et lui dépose un baiser sur une joue. Je prends ma valise et y glisse silencieusement mes affaires. Une fois que j'ai terminé, je vais chercher mon vanity. Je m'approche de la table de chevet dans le but de débrancher le chargeur de mon téléphone. C'est à ce moment précis que je vois une notification s'afficher sur celui de Max. Il est sous mes yeux, et je ne peux faire autrement que de lire le message.

> Hello my dear, I'm in Paris for shootings until the end of the month. I can't wait for you to fuck me in any way you can. Let me know when you put your foot on french soil. I want you and quickly. Priscilla

Je ne comprends rien à ce qui est écrit, mais j'ai lu les mots « *fuck* » et « *I want you* ». Même si je suis une pine en anglais, je comprends ce que ça veut dire. Dans le doute pour le reste, je me connecte à Google Traduction, tape exactement ce qui est écrit et lis :

Salut mon chéri, Je suis à Paris pour des shootings jusqu'à la fin du mois. J'ai hâte que tu me baises de toutes les façons possibles. Préviens-moi quand tu poses un pied sur le sol français. J'ai envie de toi et vite. Priscilla

Ah ouais, quand même ! J'ai une sensation désagréable qui me remonte la gorge. Mon cœur se serre. Ma vie merdique me rattrape définitivement. Qui suis-je pour espérer une suite heureuse à cette histoire ? Max peut avoir une Priscilla qui fait des shootings et une Sunshine actrice à Broadway. Moi, je suis Tony. Juste Tony. La caissière-barmaid. Mes yeux se dirigent vers Max dont le visage est éclairé par le fin rai de lumière qui traverse les persiennes. Je soupire et m'en vais.

CHAPITRE 34
TOMBER DES NUES, C'EST COMME DÉBANDER D'UN SEUL COUP SANS PRÉAVIS ! CE N'EST PAS AGRÉABLE...

MAX

Mes paupières se lèvent et, déjà, je souris en me réveillant. Le soleil perce à travers les volets, il doit être tard. Je m'étire et ma main cherche Tony à mes côtés. Elle ne rencontre qu'un oreiller froid. Je fronce les sourcils et m'assois en tournant mon visage vers sa place dans le lit. Un bout de papier est plié en deux sur la base de l'oreiller. Je l'ouvre et lis :

> Je dois retourner à Paris.
> Merci pour ces quelques jours.
> C'était bien d'être ta petite amie durant ces vacances.
> À +
> Tony

Mes yeux s'écarquillent. « *C'était* » ?, « *À +* »… C'est quoi, *ce bordel ?* Cette nuit, je l'ai sentie confiante, proche de moi comme jamais. Nous avons ri, nous nous sommes câlinés, avons pris un pied monumental, et je récolte un « *À +* » ? Mon humeur change aussitôt. Je suis en rogne. Je me lève et me dirige dans le salon. J'aperçois Norah en train de fumer une clope sur la terrasse, son portable sur la table devant elle.

— Salut, Max. Ça va ? demande-t-elle en crispant les lèvres.

Je devine qu'elle est au courant du départ de Tony.

— Ça pourrait aller mieux.

— Je viens de l'avoir au téléphone. Elle est à deux heures de Paris. Tout va bien.

— Elle aurait pu me réveiller pour me prévenir, lâché-je, de mauvais poil.

Norah se mord les lèvres.

— C'est Tony, elle... Enfin, elle a eu une urgence et a dû partir fissa.

— Une urgence. Quelle sorte d'urgence ?

— Familiale.

— Tu ne me diras rien de plus. C'est ça ?

— Désolée...

Je retourne dans le salon me servir un café, puis dans ma chambre prendre mon portable. Tony m'a peut-être envoyé un message. Pas de message de Tony, mais un de Priscilla, mon plan cul australien. Je lui réponds que je ne serai pas disponible ce mois-ci et ne conclus pas ma phrase avec une cajolerie qui pourrait lui laisser un doute. J'appelle Tony. Je tombe sur la messagerie. En même temps, elle conduit, c'est plus sûr pour elle de ne pas répondre. Je me décide à envoyer un texto.

> Dur, ce lit vide au réveil.
>
> Quand est-ce qu'on se revoit ?

C'est tout. Je suis en colère contre elle. Je ne comprends pas les mots qu'elle a laissés sur son bout de papier. Sous la douche, j'essaie de me calmer, mais j'ai les nerfs en pelote. Plus tard, quand tout le monde décide d'aller à la plage, je ne les suis pas.

Je squatte un transat sur ma terrasse en écoutant The Doors. *The End* me torture. Mon esprit est accaparé par Tony et par cette nuit sensationnelle. Non, en fait, *toutes* les nuits sensationnelles que j'ai passées avec elle. *Merde…* Alors elle est partie. Comme ça. Je ne mérite pas un baiser, un *« au revoir »*, un message ?!

À vingt heures, toujours aucune nouvelle. J'suis furax et décide de m'isoler dans ma chambre. Les amis de Tony ont essayé de me distraire, mais leurs efforts sont vains. J'ai les boules et j'suis une merde, car je ne peux résister à envoyer un nouveau texto :

> Bien arrivée ?

J'attends. Longtemps. Trop longtemps. Puis mon téléphone s'illumine et j'ouvre immédiatement le message. Ce n'est *pas* Tony.

De Priscilla :

> Let me convince you

Une photo de Priscilla à poil en train de se caresser s'affiche sur mon écran. *Bordel…* Son corps est parfait. Elle est mannequin pour une grande agence, et mon plan cul depuis trois ans. Ses seins sont ronds, ses hanches fines, son teint hâlé et ses cheveux blonds, d'une longueur impressionnante. Elle est bandante sur cette photo, c'est certain, mais je l'éjecte de mon écran pour voir si Tony m'a répondu. Je bloque ma respiration quand je vois des petits pointillés me signifier qu'elle est en train d'écrire. Quand je lis enfin le message, ma déception est à son comble.

De Bloody Black Pearl :

> Nickel.

Je jette mon portable à travers la pièce tant je suis à bout. J'ai dû le péter, mais je m'en fous. *Je ne suis qu'un con. Un putain d'abruti !*

Le lendemain, je laisse Pacha et sa clique à la maison. Plus aucune envie de lézarder en vacances.

J'ai besoin d'un avion.

J'ai besoin de voler.

Et vite.

CHAPITRE 35
LE MEILLEUR POTE DE MON PÈRE S'APPELLE CINDY, ET IL N'AIME PAS LE FROMAGE ! C'EST MIEUX QU'UN CLIENT QUI N'AIME PAS LA BIÈRE...

TONY

Deux semaines plus tard

Demain, Richard Velaro retourne en taule. Dans son regard, je devine son inquiétude. Une procédure de libération anticipée est en cours et sa baston risque de tout faire capoter. À cause de mes horaires à Intersection, j'ai dû demander à Gilou de prolonger mon congé au Bloody Black Pearl. Je ne peux rendre visite à mon père que le matin, alors je finis trop tard à ma caisse pour prendre mon service. Gilou a accepté mon congé supplémentaire sans demander d'explications. J'ai presque épuisé les jours qu'il me restait. J'en aurais bien pris un ou deux en plus, mais il a refusé, car ça signifiait pour moi de renoncer au Hellfest qui doit avoir lieu dans trois semaines. Or toute la bande du Bloody Black Pearl a participé à mon cadeau d'anniversaire. Même Boob's, m'a-t-il signifié. Il n'est donc pas question que je loupe cet événement. Mon père, lui, n'a pas conscience de mes difficultés, car je ne les évoque jamais.

— Toujours avec ton pilote bourge ? demande-t-il en posant une main sur ses côtes douloureuses.

Je soupire.

— Na. T'avais raison. Lui et moi, on n'a rien en commun.
— J'te l'avais dit.
Ouais. Il l'avait dit.
— Il t'a jeté ou c'est toi ?
— Ni l'un ni l'autre. On s'est amusés.
— Ce connard s'est amusé avec ma fille ?!
— T'emballe pas, Papa ! Il est super. Vraiment.
— Pas si *super* s'il n'a pas vu la fille sublime que tu es.

Il va tomber de la merde ! Richard Velaro qui fait un compliment, c'est comme si le pape ouvrait l'église aux homosexuels. C'est un putain de miracle et ça fait du bien. On se sent en paix et soulagé face à l'injustice. Et être face à mon daron de cinquante-deux ans, cloué dans un lit d'hôpital pour prisonnier, alors qu'il a un bleu qui vire au jaunâtre sur l'arcade sourcilière et des côtes en miette, c'est une putain d'injustice ! Soudain, je me sens lasse. Si lasse. Mais si heureuse d'entendre ces mots sortir de la bouche de mon père.

— Merci, Papa.
— Hey, va pas rougir, hein ! C'est quand même un petit enculé s'il t'a laissée tomber.
— Puisque je te dis qu'il ne m'a pas laissée tomber.
— Bah alors, pourquoi tu n'es pas avec lui ?
— On ne joue pas dans la même catégorie. Voilà.
— Aux chiottes, les catégories !
— Mais tu as dit toi-même qu'il n'était pas fait pour moi !
— Depuis quand tu m'écoutes, toi ?!

Il se marre et c'est douloureux. Ses lèvres se crispent, mais il sourit encore.

— Quand tu étais petite et que je regardais un film d'action bien sanglant, tu venais toujours me faire chier pour le voir avec moi. Je te jartais dans ta chambre, mais tu le matais dans mon dos. Quand je t'ai demandé de ne pas te maquiller au lycée, car tu me faisais penser à un travelo, tu partais de la maison et tu te peinturlurais la tronche dans le bus.

— Je connais des travelos bien plus sexy que moi, tu sais !

— Pas faux. Un de mes codétenus est un travelo. Il s'appelle Cindy.

Je le sais, mais je le laisse continuer. L'horloge de sa chambre affiche midi et je dois partir.

— Cindy est un abruti, mais c'est un de mes meilleurs potes à la zonz. Il me file toujours son fromage au self.

— Du fromage coulant ?

Mon père arrondit ses yeux et éclate de rire. Moi aussi.

— Putain, t'es dégueu ! lâche-t-il.

— Oh, ça va !

Je me lève et m'empare de mon sac. Je dois aller bosser. Mon père renifle et se rallonge en faisant une moue contrite. Je sais ce qui lui traverse l'esprit, alors je m'empresse de lui déposer un baiser sur sa joue sans ecchymose.

— Je te vois samedi prochain, Papa.

— Ouais, ça marche.

* * *

L'APRÈS-MIDI à Intersection est interminable. Il fait beau dehors, même chaud. Les gens ont les bras à l'air et se promènent dans les rayons. *Ils n'ont que ça à foutre, sérieusement.* Je rêve d'aller me prélasser au jardin du Luxembourg et de donner à bouffer aux pigeons. On dit que ça les fait proliférer, mais je m'en branle. J'aime bien donner à manger aux oiseaux. À Paris, à part les pigeons, y en a pas pléthore. Ça fait longtemps que je n'y suis pas allée. Avec mon planning, c'est quand même compliqué de trouver des créneaux « *rien branler* ». Une femme accompagnée de sa fille me sort de ma rêverie aussi sèchement qu'on arrache un pansement sur les poils d'un bras :

— Tu vois, ma fille, si tu ne travailles pas à l'école, tu deviendras comme la dame.

La conne… Si seulement c'était la première fois que j'entendais cette remarque pourrie. La fille a l'air désolée pour moi. Je soupire et ne dis pas bonjour. Faut pas déconner.

— Et aimable, en plus ! renchérit la connasse.

Je passe ses quatre putains d'articles et attends sa carte bleue en silence. Si je l'ouvre, ça va mal tourner. Elle paie et se casse avec sa progéniture que je plains sérieusement d'avoir une mère pareille. D'autres clients se pointent ; peu me disent bonjour. Pourtant, le soleil rend les gens plus aimables d'habitude. Ça doit être à cause de la lune…

Il me reste un quart d'heure à tirer quand une magnifique blondasse se présente à ma caisse avec un paquet de serviettes hygiéniques maxi format. Je me fais la réflexion que ses Anglaises doivent provoquer un torrent dans sa culotte avec une taille pareille. *C'est pas pour les vieux, ça ?* Ça me fait sourire et elle s'en aperçoit :

— J'ai fait quelque chose de drôle ?

— Pas du tout.

Elle plante son regard vert dans le mien, passe sa main dans sa chevelure pour la projeter en arrière et courbe ses lèvres. Elle est si belle que j'ai l'impression qu'elle a fait tout ça au ralenti. Puis un cri derrière moi m'arrache à mon observation. Je fais volte-face et aperçois ma collègue Janine se faire engueuler par un client.

— J'm'en branle ! Passe les articles et ferme ta bouche !

Je me raidis. Janine est en caisse « *Moins de dix articles* ». Caisse qu'on ouvre quand ça devient la cohue et que les automatiques dégueulent. Caisse à embrouilles. Elle a dû faire remarquer au client qu'il a un caddie rempli et qu'il doit aller voir ailleurs. Ce n'est pas la première fois que ça provoque un esclandre. J'ai déjà fait les frais de la fameuse phrase « *Pardon, mais c'est une caisse moins de dix articles, ici* ».

Le mec a une trentaine de trucs dans son putain de chariot et souffle comme un bœuf. Il est de mauvais poil et a envie de passer ses nerfs sur quelqu'un. Je détaille le caddie et détecte direct qu'il s'agit d'un vieux célib' aigri.

Je peux deviner ce que recèle la vie d'un client rien qu'au contenu de ses achats. Bière, vin, saucisson, rillettes, pain de mie, pizzas surgelées, PQ, yaourts, cacahuètes et plats à réchauffer : t'es célibataire et tu te fais chier sévère. C'est le cas de ce connard. Ce qu'en revanche je ne devine pas à l'avance, c'est quand il prend un de ses putains de yaourt, enlève tranquillement l'opercule et le déverse sur la tête de ma copine Janine. Je reste plantée comme une couillonne. Mes yeux vrillent vers la sortie des caisses, mais aucun agent de sécurité n'y est présent. Cet enculé de Momo a encore bien fait son planning. Mon regard se reporte sur Janine qui pleure. Et c'est là que je vrille.

J'ai déjà tout vu.

Un client qui met une gifle à une caissière : vu.

Un client qui menace de mort une caissière parce qu'elle a passé deux fois un article sans faire exprès : vu.

Un client qui va chercher des cailloux et revient les balancer à la gueule d'une caissière : vu.

Bref… Je n'énumère pas tout, car, là, c'est la goutte d'eau. Je craque. Le liquide qui se répand sur le visage de ma collègue, mère de quatre enfants, qui se fait chier à bosser ici pour les nourrir, me fait hurler. Ni une ni deux, je me lève, j'enjambe ma caisse et me dirige vers le client. Le mec m'aperçoit et fait un pas en arrière. J'suis *déter*[1] et ça se voit. Je ne suis peut-être pas grande, mais mon bras n'a aucun mal à attraper le pack de bières dans son caddie. La seconde d'après, je le propulse sur la gueule de cet enfoiré. L'impact le désarçonne. Il trébuche et tombe en arrière. Je prends un yaourt et lui verse sur sa tronche, tandis qu'il m'insulte en se tenant la joue. Furax, il se relève et est prêt

---

1. *J'suis déter :* Je suis déterminée. La base du langage de la street.

à m'en coller une, mais Momo et deux agents de sécu arrivent pour le retenir. Ma cheffe se rue dans ma direction, effarée. Les yeux de Nadine Chaplin sortent de leurs orbites en comprenant ce qu'il vient de se passer. Elle m'observe, puis son regard passe de Janine à moi. Je ne trouve rien de mieux à dire que :
— C'est bon, j'ai même pas pété une bouteille.

CHAPITRE 36
UNE AIDE BIENVENUE PEUT ARRIVER PAR SURPRISE OU PAR DES PERSONNES SURPRENANTES

MAX

On atterrit à une heure du matin. Je suis KO. J'ai cru que mes vacances seraient suffisamment reposantes pour que je sois requinqué, et que je n'ai plus à souffrir du décalage horaire, du moins pendant un temps. J'ai l'impression que c'est pire. Et comme, contrairement à la plupart de mes collègues, je refuse de me mettre aux somnifères, je me traîne comme une merde.

— Tu viens avec moi au Bloody Black Pearl, demain ? me demande Pacha, alors qu'on se rend au parking.

— Non, merci.

Je n'ai aucune envie de voir Tony. Elle m'a pris pour un con. J'en suis venu à penser qu'après lui avoir fait découvrir l'expérience de la sodomie, je ne lui suis plus d'aucune utilité. Cette nana a quand même oublié notre première baise, a fait exploser ma vie bien rangée, et s'est servie de moi. Tout cela en l'espace de quelques semaines. J'suis un foutu célibataire de trente-deux ans qui n'a qu'une envie : rejoindre mon lit.

— Si c'est Tony qui t'inquiète, rassure-toi, on ne l'a pas vue depuis quinze jours.

Je me fige. *Quinze jours ?*

— Elle… euh… est où ? Cally t'en a parlé ?
— Non, pas vraiment. Elle m'a juste dit qu'elle était occupée en ce moment.
— Elle ne travaille pas au Bloody Black Pearl ?
— Apparemment, elle a prolongé ses congés.

Je suis dubitatif et reprends ma marche, perdu dans mes pensées. C'est étrange. Tony a besoin de son job et de ses pourboires. Je me demande ce qui l'empêche de travailler, vu la difficulté que ses amis ont eue pour la faire venir ne serait-ce qu'une semaine à Contis Plage. Elle est forcément dans la merde.

Ça me travaille durant tout le trajet jusqu'à chez moi. Je file sous la douche et pense à elle. Faut être lucide, Tony me manque atrocement. Je lui en veux, mais ça ne m'empêche pas de me branler tous les jours en me remémorant nos ébats. D'ailleurs, c'est ce que je suis en train de faire. Les souvenirs de son visage et de ses yeux fiévreux, tandis qu'elle s'abandonne à son plaisir. Ses si jolies fesses quand je la prends par-derrière et qu'elle m'ordonne de ruer plus vite, son sourire trop rare qui joue sur ses lèvres… Tout ça me revient, ma main accélère ses va-et-vient sur ma queue dure comme de l'acier. *Antonia…*

Soulagé par l'exercice, je sors de la douche et hésite à lui envoyer un message. Je suis un peu inquiet de savoir qu'elle n'a pas bossé au pub depuis deux semaines. J'espère que ses ennuis ne sont pas trop graves. Quand je m'apprête à lui envoyer un message, mon doigt reste figé au-dessus de la touche d'envoi. Je me ravise en repensant à son dernier texto. « *Nickel* ».

Finalement, je ne dors pas beaucoup. Le lendemain matin, je me décide à me rendre dans les bureaux de la compagnie de mon père pour signer quelques papiers. Ça me prend la journée. En sortant, j'appelle Pacha et décide de l'accompagner au Bloody Black Pearl. J'ai besoin d'un verre et Tony n'y sera pas. J'aimerais me convaincre que c'est ça qui me pousse à y aller, mais une petite voix dans ma tête me traite de menteur. En réalité, j'y vais en espérant la revoir sans passer pour un tocard qui la harcèle de SMS.

Dès mon arrivée, mes espoirs sont déçus. Elle n'est *vraiment* pas là.

— J'ai trop trop hâte ! lance Cally à Milo.
— On partagera notre tente ?
— Carrément.

Ils parlent du prochain Hellfest, le festival de rock métal qui se déroule dans quelques semaines à Clisson, en Loire-Atlantique. Cally me lance que tout homme devrait aller une fois au Hellfest avant de mourir. Je grogne un « *ouais* » et observe la piste. Les clients se déhanchent comme des dingues sur *Smooth Criminal*, la version de Alien Ant Farm. Mes yeux vrillent vers le bar. Le barman surnommé Rim-K discute avec Norah. Plastic Girl se dandine devant des clients. Je me lève en quête d'un nouveau whisky et me place à côté d'un hippie sur le retour. Il est scotché à côté de la caisse, le regard dans le vide. Je devine que c'est le patron.

— Excusez-moi, lancé-je.

Sa tête pivote lentement vers moi. Un sourire se dessine sur ses lèvres. *Il plane ou quoi ?*

— Vous savez quand revient Tony ?

Il fronce les sourcils.

– Pourquoi ?

Normal qu'il se méfie. Son instinct de protection envers ses employés se réveille. Il grimpe dans mon estime, même s'il a l'air sérieusement bizarre, ce type.

— J'aimerais la voir.
— Si t'as pas son numéro, mon gars, c'est qu'elle n'a pas envie de te voir, la Tony.

Il n'a pas tort. Je hoche la tête et commande mon verre à Rim-K. Norah se rapproche et me dit :

— Normalement, la semaine prochaine.
— Quoi ?

— Tony devrait revenir la semaine prochaine.
— Ah ! Oh, je demandais ça comme ça.

Elle sirote son verre avec sa paille tout en reluquant Rim-K de dos. J'ai comme dans l'idée qu'il ne lui est pas indifférent.

— Tu l'as vue depuis Contis ? demandé-je.
— Non. On a juste communiqué via notre groupe WhatsApp.
— Oh.
— Elle est dans la merde.

Mon sang se glace.

— Comment ça ?
— Elle s'est fait virer d'Intersection.
— Virer ?
— Ouais. Pour faute lourde, en plus. Elle n'a même pas droit au chômage.
— Que s'est-il passé ?
— Je ne sais pas. Elle nous a dit qu'elle avait eu un malentendu avec sa cheffe. Et comme elle a été très prise ces derniers temps, on ne l'a pas vue.

J'avale mon verre et réfléchis. Savoir que Tony est dans la panade me désarçonne. Elle était déjà en galère avant, mais alors là, je me doute que c'est la catastrophe. Je sens le regard de son patron sur moi, mais l'ignore. Je siffle le reste de mon verre d'un seul trait.

— Où puis-je la trouver ?

Norah se fige et écarquille les yeux.

— Je ne peux pas te le dire !
— S'il te plaît, Norah. Il faut que je la voie.
— Elle ne va pas vouloir te voir chez elle.
— Elle est chez elle ?

Norah s'empourpre. Elle a bu et a lâché l'info sans le vouloir. Seulement, elle ne m'en dit pas assez.

— Je veux la voir, Norah. Si elle ne veut pas m'ouvrir, je n'insisterai pas.

Elle se mord les lèvres et tourne sa tête vers moi. L'expression dans ses yeux me fait deviner qu'elle pèse le pour et le contre.

— Max, dit-elle, Tony habite dans une cité et, vraiment, je te déconseille d'aller la voir. Elle ne va pas apprécier.

— Je me fous d'où elle habite et de ce qu'elle pense. Je veux la voir. C'est silence radio depuis les vacances, et je ne comprends pas ce qui lui arrive. Si elle s'est fait virer, elle ne doit pas être au mieux et je suis peut-être en mesure de l'aider. Donne-moi son adresse, putain !

— Elle me tuerait, pas question.

— Norah.

Elle hésite. Soudain, je sens une main sur mon épaule. C'est le patron du Bloody Black Pearl.

— Hey, beau brun, c'est quoi ton numéro ?

Je le regarde, perplexe.

— Pour… quoi ?

— Tu veux l'adresse de Tony ?

— Gilou, t'as pas le droit ! s'insurge Norah.

— Je suis son patron. Et, désormais, son *seul* patron. J'ai tous les droits et je ressens de bonnes ondes chez ce jeune homme.

Je lui souris et lui file direct mon numéro. Il m'envoie un message. J'y lis l'adresse ainsi qu'un mot : *« Dis-lui que je peux rajouter le mardi sur son contrat »*.

Je le salue de la tête, lui tape sur l'épaule et me casse.

CHAPITRE 37
COUPER UN ÉPISODE D'OUTLANDER POUR UNE VISITE DE COURTOISIE, C'EST SACRILÈGE ! À MOINS QUE...

TONY

Je fume un joint devant un épisode de *Outlander*[1]. Bordel, ce qu'il est sexy, Jamie Fraser. Depuis la découverte de cette série, j'ai développé une passion pour les Écossais. Par contre, Claire, j'ai envie de la baffer. Ça fait six épisodes que j'attends qu'elle saute sur Jamie, mais elle fait sa mijaurée. Je tire une taffe et m'allonge sur le flanc. Je regrette de ne pas être plus défoncée. Après la semaine de merde que je viens de passer, j'aimerais m'évanouir dans la fumée de mon joint. Ou dormir vingt-quatre heures sur vingt-quatre. Ça me permettrait de ne pas penser à ma vie déplorable.

J'ai été virée sans préavis pour agression sur un client. Je ne regrette pas mon geste, mais mon salaire. Certes, j'aurais pu me montrer plus réfléchie, plus mesurée. J'aurais même pu carrément la fermer et ne pas coller un pack de bières dans la gueule de ce connard, mais je n'ai pas pu. C'était la goutte d'eau après quinze jours à veiller mon père, et après lui avoir dit au revoir

---

1. *Outlander* : série diffusée depuis 2014 mettant en scène une histoire d'amour entre un guerrier des Highlands canonissime et une femme qui remonte dans le temps.

alors qu'il partait rejoindre la prison, le visage las et marqué par ses années d'enfermement. La seule lueur d'espoir émane du rendez-vous que ma mère et moi devons avoir lundi avec l'assistante judiciaire qui vient poser des questions avant d'envisager sa remise de peine. Mais avec la bagarre à laquelle il a été mêlé, je me demande si cette rencontre sera utile. On verra bien. Je tire une autre taffe.

Claire se retrouve enfin avec Jamie dans une chambre d'auberge, et on sent tout de suite que ça va être LE moment. *Putain !* Je me redresse, prête à enfin m'émerveiller devant le corps de l'Écossais à poil. Mais ça traîne en longueur et mon exaltation fond comme neige au soleil. J'espère au moins que la scène de cul en vaudra le détour, car ça devient relou d'attendre. Des bruits dehors attirent mon attention. Je me lève, mets pause sur ma série et ouvre la fenêtre. Dans le calme de la nuit, j'entends des mecs depuis le quatorzième ! *Il est presque minuit, bordel !*

Mon regard parcourt le parking bondé face à mon entrée d'où proviennent les voix qui se mettent à gueuler.

— Dans tes rêves ! hurle celle de Mohamedou, que je reconnais entre toutes.

— Putain, mais je veux seulement connaître son étage, l'interphone est pété.

Mais… mais c'est la voix de Max que j'entends, là ?

— Il est pété pour que des mecs comme toi ne viennent pas la faire chier ! Barre-toi de chez nous, le bourge !

— Ou tu vas faire quoi ? Me taper sur la gueule ?

— Y a des chances !

Un silence s'abat sur la cité. Je suis livide et n'arrive pas à y croire. Ça ne peut pas être Max. Il ne connaît pas mon adresse. Cally, Milo et Norah ne m'auraient pas vendue. Alors comment est-ce que…

— TONY ! TONY !

Meeeeeerde… Meeeeerde ! MERDE ! C'est bien lui ! Qu'est-ce qu'il fout là ?

Il s'égosille en bas des escaliers du porche d'entrée. J'enfile mes baskets et me rue vers l'ascenseur qui met des plombes à descendre. Quand j'arrive enfin à l'entrée du bâtiment, Mohamedou est prêt à en découdre et Air Flight serre les poings. Je cours et attrape l'épaule du premier.

— C'est bon, mec, je le connais !

Mohamedou se détend. Je souffle d'exaspération. Voilà pourquoi je ne veux pas qu'on vienne me rendre visite à la cité. En général, à part ma mère, Cally et Norah, personne ne veut venir ici. Ça craint trop. Le quartier fait peur. Il ne m'est pourtant jamais rien arrivé. Mohamedou et sa bande veillent au grain.

Je déroule mon bras et attrape la main d'Air Flight. Son contact provoque une décharge électrique dans la mienne, mais je fais comme si cela ne m'affectait pas de ressentir sa peau sous mes doigts. Je suis devenue spécialiste dans l'art de *« faire comme si cela ne m'affectait pas »*. Je refoule mes pensées pour le pilote depuis mon départ de Contis en buvant du vin et fumant des joints. Cocktail idéal pour embrumer mes pensées, mais pas assez efficace, ces derniers temps.

Max me suit dans l'ascenseur. Je le vois froncer le nez en sentant l'odeur de pisse dans la cabine. Il n'ose pas me regarder et fait silencieusement face à mon quotidien. Je ne dis pas un mot non plus. Je ne comprends pas sa présence ici. Je réalise que je suis habillée en schlag. Jogging large. T-shirt large. Pupilles larges. On arrive au quatorzième et je pousse la porte de chez moi. Mon lit est en vrac, mais le studio est propre. Je ferme la porte derrière moi tandis que les yeux de Max parcourent l'appartement. On n'a pas encore fait un pas. Pas besoin pour la visite des lieux.

— La salle de bain est là. Mon placard est là. Ma cuisine est là et t'es dans ma pièce.

Je fais la gueule. J'avais envie de tout, sauf de voir Air Flight découvrir la misère de mon logement. Je branche mon enceinte et mets du son. La reprise de *Smell Like Teen Spirit* de Shaka Ponk résonne faiblement dans la pièce.

— Tu en as fait quelque chose de mignon, affirme-t-il, après une visite oculaire du studio.

Je soupire d'amusement. Dire qu'avoir fait de ce taudis quelque chose de mignon est un sacré compliment.

— Mouais…

Il n'y a pas de fauteuil. Un silence gênant s'installe entre nous. Il s'assoit à côté de moi sur le lit. Je reprends mon joint et inhale un coup.

— Qu'est-ce que tu fous là ? demandé-je d'une voix nasale, après avoir expulsé la fumée de mes poumons.

— Je suis venu voir comment tu allais.

— J'aurais préféré que tu t'abstiennes.

C'est net et précis. Je m'attends à ce qu'il se lève et se casse. Mais non, il reste là. Je me renfrogne. La honte me submerge. Comment lui faire comprendre que je ne veux pas qu'il me voie ici ? Dans ma déchéance. Dans ma vie.

— Arrête, Tony.

— Arrête quoi ?

— Ce que tu fais.

— Je ne comprends pas que tu t'accroches, Air Flight. Je ne suis pas…

— Pas quoi ? Pas facile à vivre ? Clairement ! Pas facile à comprendre ? On peut difficilement faire plus indéchiffrable. Chiante ? Assurément.

— Alors qu'est-ce que tu fous là ? Chez moi ? Dans mon quartier pourri, alors que t'habites Panam et que tu fréquentes des mannequins, actrices et divas d'la haute. Qu'est-ce que tu me veux ?

Il se lève et plante ses mains dans ses poches. Je mate son cul moulé dans son jean sans pouvoir m'en empêcher. Soudain, je pense à autre chose et me fige en demandant :

— T'es venu comment ?
— En voiture, pourquoi ?
— En Mercedes ?
— Ouais.
— Bordel !

Je me rue vers la fenêtre et ouvre la vitre.

— MOHAMEDOU !
— OUAIS !
— Dis donc, on entend vachement bien du quatorzième, me lance Max.
— Je ne te le fais pas dire, commenté-je, avant d'interpeller de nouveau Mohamedou. DIS AUX AUTRES DE NE PAS TOUCHER À LA MERCO IMMATRICULÉE 75 OU JE LEUR COUPE LES COUILLES.
— C'EST LA VOITURE DU MEC CHEZ TOI ?
— QU'EST-CE QUE ÇA PEUT TE FOUTRE ?
— JE SAVAIS QUE C'ÉTAIT UN BOURGE !
— LA FERME ET PASSE LE MOT !
— D'ACCORD ! J'ENVOIE UN WHATSAPP AUX GUETTEURS !
— OUAIS ! FAIS ÇA !
— TU M'EN DOIS UNE, TONY !
— SI ON RETROUVE LA CAISSE EN BON ÉTAT, PROMIS !
— PUTAIN, MAIS VOUS ALLEZ FERMER VOS GUEULES ! hurle un voisin mal luné qu'on a dû réveiller.
— VOS GUEULES ! braille un autre.
— ON VOUS EMMERDE ! crié-je.

Je ferme la fenêtre et me retourne vers le pilote qui sourit.

— Quoi ?
— J'ai toujours apprécié ton mode de communication.
— Vraiment ?
— Ouais. Enfin, sauf avec moi.

Il s'avance d'un pas.

— C'est pour cette raison que je suis ici, explique-t-il. Pour te parler de ton mode de communication. Avec *moi*.

J'ai envie de lui dire de partir.

J'ai pas envie qu'il me voie ici, dans cet endroit.

C'est un peu ma planque, qu'il a découverte. Mon jardin secret, sauf qu'il n'y a pas un seul arbre à deux cents mètres à la ronde.

J'ai pas envie qu'il m'approche.

J'ai pas envie qu'il me quitte.

J'ai envie de lui.

Il est beau, intelligent, charmant, et ne serait pas dans ma piaule s'il ne ressentait rien pour moi. Je ne comprends pas son intérêt et je suis certaine qu'il ne le comprend pas lui-même.

J'ai pas envie qu'il se réveille un jour en se disant qu'il a fait une connerie.

Je reste silencieuse.

Mes pensées se bousculent.

« *Va-t'en* », « *Reste* ».

Je ne sais pas, je suis perdue.

Alors je dis :

— Qu'est-ce que tu veux, Max ?

Il penche la tête et courbe le coin de ses lèvres.

— Et toi, qu'est-ce que tu veux, Antonia ?

Lui aussi a capté le truc de poser des questions par une autre question pour éviter d'avoir à répondre à une question. *Merde...*

Je suis piégée et pense :

Dis-lui que tu es accroc à lui, et que tu te noies dans l'alcool et le shit pour ne plus y penser.

Dis-lui que tu vas le bousiller s'il entre dans ta vie, car tout ce que tu fais, tu le dézingues.

Dis-lui qu'il perd son temps avec une tocarde telle que toi.

Dis-lui que t'es qu'une merde qui a réussi à se faire virer d'un boulot de caissière.

Que ton compte en banque est un trou noir.

Que ton cœur palpite à chaque fois que tu penses à tes moments passés avec lui.

Que ton daron est en taule et que tous tes samedis sont indisponibles.

Que tu le désires.

Que tu l'ai...

Non. Non. Non.

Ne pas lui dire ça.

Il va fuir en courant.

Le penses-tu vraiment ?

Alors je dis :

— Je ne sais pas.

Un silence. Il réplique :

— Moi, je sais ce que je veux.

Mon regard se plante dans le sien. Je respire un peu plus vite.

— Tu veux quoi ?

Il me sourit. D'un sourire qui dévoile ses dents. D'un sourire qui plisse ses yeux. D'un sourire étincelant. Il répond :

— Toi, Antonia. Je te veux, *toi*.

Mon cœur tombe dans ma poitrine. Quelque chose se brise en moi. J'ai les yeux qui picotent. Sa voix est rauque et me charme. Je vois des rougeurs atteindre ses joues, mais ses yeux ne cillent pas. Ils m'observent, bleu incandescent. Shaka Ponk commence à gueuler dans les enceintes. *Putain...*

— T'es un dingue, Air Flight. T'as fondu un plomb, t'es au courant ? dis-je, tentant de ravaler le sanglot qui m'étreint la gorge.

— Je l'ai réalisé quand je t'ai rencontré. Ou alors c'est la téquila.

Mes lèvres se retroussent.

— C'est forcément la téquila.

Il avance d'un autre pas et se tient maintenant tout près de moi. Je sens son souffle sur mon visage que je suis obligée de lever pour contempler le sien.

— J'ai envie d'être avec toi, Tony.

Mon sourire s'efface. Ses mots me touchent tant que, cette fois, mes larmes débordent de mes yeux. Je n'ai pas chialé depuis des années, alors je veux les essuyer d'un geste. Comme si c'était honteux que je montre une telle faiblesse. Il retient mon bras, enroule le sien derrière ma taille et m'attire contre lui. Sa main desserre sa prise et se dirige vers ma joue. Il essuie cette larme traîtresse en me disant :

— Je ne plaisantais pas quand je te disais que je voulais être ton mec, Tony. J'ai trente-deux ans, j'ai passé l'âge de courir à droite à gauche.

— Mon mec ? répétai-je.

— Ton mec. Ton homme. Ton compagnon. Peu importe. Je suis à toi.

Je baisse les yeux. J'ai la trouille et je ne sais pas pourquoi. Ce qu'il dit me fait peur et je suis prête à reculer, mais il reste soudé à moi.

— Tu veux bien me faire confiance ?

— Je te fais déjà confiance, Air Flight. Je t'ai laissé me sodomiser.

Il rit. *Oui, je suis une grande romantique…*

— Un souvenir qui me tourmente toutes les nuits.

Il passe sa langue sur ses lèvres. C'est tellement sexy que ma mâchoire manque de se décrocher. Puis je me reprends et mords la mienne. Je me dois d'être honnête avec lui s'il veut vraiment être mon mec. J'ai peur. Je crève de peur de lui dire à quel point ma vie est merdique. Peur de le perdre. Peur qu'il ne me regarde plus avec ces yeux-là. Ces yeux contemplatifs qui percent mon âme. Au moins, sans nouvelles de moi, je restais la Tony qu'il a sautée au Bloody Black Pearl. La Tony qui a passé des vacances de rêve à ses côtés. Si je lui dis tout, je ne le serai plus. Mais je le dois et je me lance :

— Max, je… je suis un aimant à problèmes.

— Ça, je le sais.

— Non, tu ne comprends pas. J'ai une vie compliquée. Des responsabilités compliquées.
— Je m'en doute, figure-toi.
— Ce que je vais te dire va te faire fuir.
— Aucune chance.
— Max.
— Non. Arrête ! lance-t-il. N'essaie pas de trouver des excuses pour que je m'en aille. Je ne partirai nulle part.
— C'est le contraire, que je fais !
— Tu vas encore me dire que ta vie est merdique, mais ça ne marche pas.
— Je veux être honnête avec toi. J'ai tellement de casseroles que…
— Arrête.
— … on pourrait nourrir un régiment avec mes emmerdes.
— Arrête !
— Et je ne suis clairement pas celle qu'…
— Je t'aime comme tu es, Tony ! Je me fous du reste.
— … il te faut.
Il a dit quoi ?
— T'as dit quoi ?
Il semble aussi surpris que moi. Puis son visage s'illumine et ses lèvres s'approchent à quelques millimètres des miennes.
— Je t'aime, Antonia.
Je n'ai pas le temps de dire « *ouf* » que ses mains se plaquent sur mon visage et sa bouche s'abat sur la mienne. Mes yeux sont toujours ronds comme des billes.
Il…
Il… m'aime ?

CHAPITRE 38
MALGRÉ SES CONFIDENCES, LE MEC EST CHAUD COMME UNE BARAQUE À FRITES

MAX

Je l'embrasse. Ma langue s'enroule autour de la sienne. Je lui ai dit. Je lui ai vraiment dit. Je l'aime. J'aime cette fille qui me rend fou, que j'ai dans la peau qui me brûle. Depuis notre rencontre, je ne suis plus le même. Depuis cette fameuse séance de baise phénoménale dans les vestiaires du Bloody Black Pearl, j'ai changé. À trente-deux ans, je me sens libéré de mes entraves, de toute la routine et du rythme de vie que je m'imposais. Je perds le contrôle et j'aime ça. Elle a tout chamboulé, tout explosé, et je suis heureux. Heureux contre ses lèvres que je dévore.

Ses bras se glissent sous mon T-shirt. Ses doigts me caressent le dos. Mes mains plaquées sur son visage, je le presse. J'invite Tony à se rendre vers le lit. Elle bascule sur le dos. Je m'allonge au-dessus d'elle. Ses larmes coulent encore. Elle est touchante. Je me demande si quelqu'un lui a déjà dit qu'il l'aimait. À en croire sa réaction, je doute qu'elle ait déjà entendu ces mots. Pourtant, elle les mérite tant. J'attrape la taille de son jogging trop grand pour elle et le fais glisser à ses pieds. Je m'attaque à son haut que je passe au-dessus de sa tête, avant de vite retrouver sa bouche enfiévrée. Je lèche ses lèvres, son cou. Ma langue bifurque vers sa clavicule tandis que je tente de retirer mon jean avec empressement. Son corps m'a tant manqué. *Elle* m'a tant manqué. Elle hoquette, gémit, s'abandonne. Ses doigts se posent sur mon visage. Elle veut encore m'embrasser et je ris. Je suis si heureux de l'avoir dans mes bras. De lui avoir dit que je suis amoureux d'elle. Elle ne m'a pas répondu, mais je n'ai pas besoin qu'elle le fasse. Je commence à la connaître et je devine sa pudeur cachée derrière sa carapace en béton armé. Pleurer était une réponse muette.

— Max… dit-elle en soupirant.

Je lui souris et me redresse. J'enlève mon T-shirt avant de le faire voler à travers la pièce.

— Je vais te faire l'amour, Tony.

Ses lèvres se courbent. Son visage marque une soudaine timidité. Ses joues rougissent. C'est adorable et j'en veux plus. Tellement plus.

— Tu as ce qu'il faut ? je demande.

Elle acquiesce et serpente jusqu'au bord du matelas pour attraper une boîte posée sur sa bibliothèque. Elle en extirpe une capote et me la tend. Je passe ma langue sur ma lèvre tandis que je déroule le préservatif sur mon sexe. Je suis en feu. Un feu qui consume mon cœur. Ce cœur qui est tout à elle. Je me rallonge sur elle et plante mes coudes dans le matelas, juste au-dessus de ses épaules. Elle respire vite et fort. Ses yeux coulent dans les miens.

— Redis-le, s'il te plaît.

— Je vais te faire l'amour, Tony.

— Non… Pas ça, même si… j'aime te l'entendre dire.

Elle se mord les lèvres et rougit de plus belle. Je sais ce qu'elle veut entendre et je n'ai aucun problème à le répéter.

— Je t'aime.

Ses yeux s'illuminent. Elle me sourit tandis que ses mains s'invitent sur mes fesses. Je la pénètre lentement. Mes mouvements sont à l'image des émotions que je ressens. Langoureux, patients, exaltants. Mon regard ne quitte pas le sien. Mes hanches s'agitent sans que je cligne des paupières tant je suis captivée par la confiance que je lis dans son expression béate. Elle a capitulé et s'abandonne à moi. Je l'éprouve dans ses yeux, son souffle, son corps dans lequel je me rue désormais. Je suis insatiable d'elle. Mon bassin claque contre le sien, puis ralentit. Quand je n'en peux plus, je la pilonne, la martèle et deviens fou alors que mon visage s'enfouit dans ses cheveux qui sentent la vanille. Elle crie mon nom. Je susurre le sien. *Antonia... Que m'as-tu fait ?* Je me sens tellement bien que ma poitrine va exploser. Et quand l'orgasme me frappe, je suis à terre. À genoux devant ce que mon cœur ressent pour elle.

Cette nuit était d'une sensualité enivrante. J'en ai encore le sourire aux lèvres. Lorsque je me suis réveillé, Tony dormait à poings fermés, arborant ce même sourire. Quand elle a enfin ouvert ses yeux, ils étaient un peu bouffis par son éveil. Adorables. Puis elle a filé directe dans la salle de bain pour se laver les dents. Ce qui m'a fait rire. Pendant qu'elle s'attelle à cette tâche, je me retrouve seul avec mes pensées. Mes yeux parcourent son studio. Une sensation désagréable me remonte la colonne vertébrale et je n'ai aucun moyen de la refouler. On a dormi dans son lit. Enfin, ce n'est pas vraiment un lit, c'est un clic-clac de récup. Je ne peux pas m'enrouler contre elle au risque de sentir une barre en métal s'enfoncer sous mon flanc. Je n'aime pas savoir qu'elle dort sur un matelas qui a servi à quelqu'un d'autre et qui se coupe en deux. Je n'y suis pas à l'aise non plus. Je me sens comme un con en réalisant ce que j'éprouve. Je suis immergé dans la vie de Tony et je comprends ce qu'est sa réalité. Et je ne sais pas encore tout… Ce qui est certain, c'est que je l'aime ; de cela, je ne doute pas. Quand elle sort de la salle de bain, l'haleine chargée d'un goût de menthe fraîche, mes réflexions s'estompent. Je suis assis, adossé à l'oreiller. Tony s'allonge en travers du lit et pose sa tête sur mon ventre. Je lui caresse les cheveux. Mon regard continue d'examiner son appartement à la lumière du jour. Même si elle a tenté de rendre son studio plus accueillant, l'endroit ne me plaît pas. Il n'est pas pour elle. Ça me fend le cœur quand je vois des traces de moisi aux coins des murs. Je manque de sursauter quand je vois un cafard s'aventurer sous sa bibliothèque. Je me maîtrise, car je ne veux pas que Tony ait honte. Or je devine déjà sa réaction si elle découvre le cancrelat se promenant gentiment sur le parquet de son F1. Pourtant, son appart est propre. Mais dans une cité de vingt étages, les canalisations ne laissent aucune chance aux locataires, et la vermine prolifère. Je dois reconnaître que je me sens de moins en moins détendu chez elle. Autant cette nuit, je m'en moquais foutrement, autant ce matin, la tristesse de sa situation me saute aux yeux. Loin de savoir où m'emmènent mes pensées, Tony gémit contre mon ventre, relève son visage et me dit :

— T'as faim ?
— Non, ça va.

C'est faux, mais je veux la garder contre moi. Pieux mensonge.

— Ton ventre gargouille. C'est un vrai cirque là-dedans !

Elle se lève et part en direction de sa cuisine minuscule. Je me lève à mon tour et la suis, entièrement nu. Dans l'espace de sa cuisine, il y a une machine à laver qui fait office de plan de travail, un évier, un placard et un frigo. Point.

— Reste dans le lit, dit-elle, je vais te préparer un petit déjeuner.
— Je vais t'aider.
— Non, non. C'est bon.

Je sens une certaine panique dans ses propos que je ne comprends pas tout de suite, jusqu'à ce que j'ouvre le frigo en secouant la tête. Il est presque entièrement vide. Une bouteille de lait végète seule dans la porte. Du beurre et des œufs sont esseulés sur une tablette.

— J'ai plutôt envie de salé, lancé-je avec un clin d'œil, pour masquer ce que cette découverte m'inspire.

Tony m'observe quand je lève le bras pour ouvrir le placard. Je ne vois que des pâtes premier prix et des pots de sauce tomate. Mon cœur se serre, mais je refoule ma peine en attrapant un paquet de pâtes et un pot de sauce.

— Ça sera parfait, dis-je.

Elle est silencieuse. J'aimerais deviner ce qu'elle pense. Et pour une fois, elle va me le dire.

— C'est ça, ma vie, Air Flight. Un frigo vide, des pâtes et de la sauce. J'ai un budget très serré, et je ne me suis rien mis d'autre sous la dent depuis des années, à part quand on était chez toi, à Contis Plage, ou quand je bouffe les cacahuètes du Bloody Black Pearl. Ça craint, hein ?

Je crispe les lèvres. Ouais, ça craint, et je ne suis pas sûr d'afficher la bonne réaction, alors je l'attrape par la taille et l'embrasse.

— Ta vie va changer, désormais. Je suis avec toi.

Elle se recule subitement. Ses sourcils se froncent.

— Je ne vois pas pourquoi elle changerait parce que *je* suis avec *toi*, rétorque Tony, une once de colère transperçant sa voix. Je ne veux pas que tu m'entretiennes ou je ne sais quoi !

— Ce n'est pas ce que je voulais dire. Je veux juste... laisse tomber. Mangeons et parlons-en plus tard, tu veux bien ?

Et c'est ce que nous faisons après nous être rapidement habillés. La préparation du repas et le repas en lui-même se passent dans un silence religieux. On mange sur des plateaux au-dessus de son lit. Elle n'a ni table ni chaises. Tony est gênée. Je ressens sa frustration à travers cette tension qui est apparue dès l'épisode de la cuisine. Nous devons parler, alors je me lance :

— Je savais que tu vivais dans une situation précaire. Je ne suis pas surpris.

— Le savoir et le voir sont deux choses différentes.

— Tu crois que je vais retirer mes paroles et m'enfuir en courant ?

— Quand je te dirai le reste, c'est une possibilité, oui.

— Je ne veux plus que tu aies le moindre doute, alors explique-moi.

Elle me dévisage, pose sa fourchette sur son plateau et se cale sur l'oreiller. Ses yeux se baissent quand elle m'explique ce que j'attends depuis si longtemps de découvrir.

— Mon père est en taule depuis neuf ans. Il en a pris pour quinze.

Je reconnais que je ne m'étais pas attendu à une révélation pareille et une boule me remonte la gorge en l'apprenant. *Quinze ans !*

— Il a été mêlé à une attaque de fourgon blindé qui a mal tourné. Un type est mort. Mon père avait déjà un casier judiciaire long comme le bras quand c'est arrivé, alors, même s'il n'a tué personne, il a pris une grosse peine. Ça lui pendait au nez depuis longtemps. Mes parents ont divorcé lorsque j'ai eu dix ans à cause de ses conneries. Ma mère ne supportait plus de le voir prendre des risques, ou de le voir ramener à la maison des objets tombés du camion. Un jour qu'elle était seule avec moi, la police l'a contactée. Nous avons dû aller le chercher à la sortie du commissariat. Ma mère n'a pas trouvé le moyen de me faire garder, alors je l'ai accompagnée. Il avait les yeux rouges à cause de la lacrymo que les flics avaient utilisée pour le maîtriser. J'étais jeune, mais c'est une image qui m'a marquée. Ça a été la goutte d'eau pour ma mère, elle a décidé de se séparer de lui. Maintenant, elle vit avec Gaspard et a deux enfants d'un second mariage. Ils n'ont pas beaucoup d'argent, mais ça se passe bien. Elle est heureuse. Mon père, en revanche…

Elle inspire profondément. Je suis chamboulé par ses confidences, mais le masque. Ma main attrape la sienne, l'invitant à continuer de se confier.

— C'est pour ça que je vais au Bloody Black Pearl tous les

samedis soir pour me mettre sur le toit. Le samedi, c'est jour de visite, et c'est la merde. Mon père a besoin d'argent et je ne gagne pas beaucoup, je fais ce que je peux. Si tu vas dans mon placard, tu trouveras des fringues d'homme. Ce sont les siennes. Je lui fais ses lessives chaque semaine. C'est presque la seule chose que je peux faire pour lui. Sauf à Noël. Là, tu peux ramener de la bouffe dans des sachets de congélation transparents. C'est étonnamment la visite la plus dure. Mon père n'a eu que deux permissions depuis tout ce temps. Il fait trop de conneries, et la dernière en date est une bagarre qui a éclaté quand nous étions à Contis Plage. Il a été blessé et j'ai dû partir le voir à l'hôpital. C'est mal tombé, puisqu'il y a une procédure de libération anticipée en cours, mais, pour une fois, je suis fier de lui. Il s'est battu avec des mecs qui ont voulu tabasser un travesti de la prison. C'est Cindy, son ami. Mon père est un sac à emmerdes, mais il est loyal. On ne touche pas à ses amis.

 Je ne sais pas quoi dire. La vie de Tony me tombe dessus et mes mots restent bloqués dans ma gorge. J'ai mal pour elle tandis qu'elle poursuit :

 — Lundi, une assistante judiciaire va venir nous interroger ma mère et moi afin de déterminer si mon père peut sortir. Elle va me poser toute une série de questions gênantes comme *« Vous a-t-il déjà battue ? » « A-t-il déjà consommé de la drogue devant vous ? »*... Ce genre de conneries. Ma mère l'a toujours soutenu. Mais après sa dernière baston, je doute qu'il sorte. Et s'il ne sort pas, il en aura encore pour six ans. Et moi, aussi.

 Je réalise, quand elle me dit cela, qu'un prisonnier n'est pas seul à être enfermé. Sa famille aussi. D'une façon différente, certes, mais elle l'est quand même, car elle n'est plus libre de mener sa vie. Je comprends que Tony n'a pas vécu *pour elle* depuis neuf ans. Ça me glace le sang.

 — Il n'y a que Cally et Norah qui sont au courant, poursuit-elle. Milo, aussi. Je lui ai parlé de ça trois ans après l'avoir rencontré. Cally et Norah vivaient dans cette cité, avant, et elles connaissent mon père. Je suis la seule à être restée. C'est pathétique, non ?

Ma réponse est un regard de compassion. Moi aussi je me trouve pathétique de ne pas trouver les mots. Elle n'a pas l'air de le penser, décidée à tout me déballer, et me dit :

— Les parents de Norah ont trouvé mieux ailleurs, et Cally est partie quand son mari est mort.

— Le mari de Cally est… quoi ?

— Il y a six ans. Une rupture d'anévrisme. Stéphane et Cally étaient ensemble depuis le lycée. Ils se sont mariés à l'âge de vingt ans. Elle a été veuve à vingt-deux.

— Oh, je… je ne savais pas.

— Pacha ne doit pas le savoir non plus, affirme-t-elle. Elle n'en parle jamais.

— Un peu comme toi.

— Oui, un peu… mais elle reprend du poil de la bête.

Elle sourit.

— Elle est devenue une queutarde finie, ma Cally. Pendant cinq ans. Rien. RAS. Je désespérais de la voir tourner la page. Elle vivotait et avait l'air de se foutre de tout. Après tout, comment avancer quand l'amour de votre vie disparaît en un claquement de doigts ?! Cally a morflé, bien plus que moi. Maintenant, elle va mieux. Du moins, depuis qu'elle est une adepte de « Tinder Surprise ».

— C'est une bonne nouvelle, commenté-je. Elle semble aller de l'avant.

— Pas tout à fait. Je la connais bien. Mais elle essaie, et ça me rend heureuse pour elle. Pacha est sympa et je suis contente qu'elle ait rencontré un type comme lui plutôt que le connard échangiste qu'elle nous a ramené une fois.

— Ah, oui… d'accord.

— Ouais, le mec était vraiment chelou. Quant à Norah, c'est autre chose. Elle craque pour Rim-K, le barman du Bloody Black Pearl, depuis des années. Mais Rim-K est un rebeu et Norah est juive. Sa famille n'acceptera jamais qu'elle ramène un Arabe chez elle, et vice-versa. Le père de Rim-K ferait une attaque s'il ramenait une feuj. Alors ils se regardent dans le blanc des yeux et c'est tout. Comme je le dis souvent à Norah, elle pourrait argumenter en disant que Rim-K est circoncis, mais ça ne suffit pas, apparemment. Alors, elle l'aime de loin.

— Je ne savais pas tout ça.

— Personne ne le sait. On n'en parle pas. Chacun nos emmerdes, c'est comme ça.

— Je suis content que tu me fasses suffisamment confiance pour me parler de tout ça, Tony.

— Et c'est pas tout, Air Flight ! Pour couronner le tout, je viens de me faire virer d'Intersection parce que j'ai pété un plomb contre un client. Il ne l'a pas volé, et… moi non plus. En général, j'arrive à me maîtriser. Pas là. J'étais à bout, fatiguée. Mon père était à l'hosto et… et tu… tu me manquais horriblement.

Je lui souris.

— Tu m'as énormément manqué, aussi.

Elle se mord les lèvres, c'est mignon. Elle constate que je ne la juge pas et que l'impact de ses paroles ne me fait pas fuir. Je suis horrifié pour elle, évidemment, mais je le dissimule derrière un visage avenant. De plus, comment ne pas admirer ce petit bout de femme qui fait face à une vie qui ne l'a pas gâtée ? Ma main se resserre sur la sienne.

— T'as pensé à moi comment ? me dit-elle.

— J'ai été en colère que tu me plantes à Contis. Le « $À +$ » sur le mot que tu as laissé m'a rendu fou de rage. Tu n'envoyais pas de messages et tu ne répondais pas au téléphone. Je t'ai *un peu* détestée.

— Détestée ? Oh, désolée… Je ne voulais pas. Enfin, c'était trop…

— Ne t'inquiète pas pour ça. Ça ne m'a pas empêché de me branler tous les soirs en pensant à toi.

— Tu t'es branlé tous les soirs ?!

Quel plaisir de revoir son visage s'illuminer ! Je n'aurais pas parié sur ce sujet pour y réussir, mais bon… C'est Tony.

— Ouais, confirmé-je.

— Tu te branles vachement souvent !

— Pas toi ?

— Euh… Si. En particulier ces derniers temps.

J'éclate de rire, puis mon expression devient lascive en l'imaginant s'exécuter. Les émotions que j'ai ressenties en apprenant sa situation se dissipent et laissent place à d'autres. J'admire Tony, et je veux l'admirer autrement. Je pose nos plateaux sur le sol et me poste face à elle.

— Caresse-toi devant moi.

Elle cligne des yeux.

— Quoi ?

— Allonge-toi et caresse-toi devant moi.

— T'es toujours chaud patate, Air Flight ?

Elle a l'air surprise. Croit-elle vraiment que je vais me tirer après ses révélations ? Je réponds avec un sourire salace :

— Je suis chaud comme une baraque à frites, ma belle. Caresse-toi.

— La baraque à frites, c'est pas du tout sexy.

— Ma frite va te prouver le contraire très bientôt.

— Je les aime longues et fines. La tienne est épaisse et…

— On s'en fout de la taille de ma frite, Tony. Caresse-toi, j'te dis.

Tony intègre enfin ma requête, puis semble réfléchir un moment avant de s'allonger. Mes lèvres dessinent un sourire devant cette abdication. Je veux qu'elle oublie. Je veux qu'à chaque fois que nous faisons l'amour, elle laisse de côté sa vie et ne se concentre que sur nous. J'ai besoin qu'elle se concentre sur nous. J'ai envie d'elle et je veux lui montrer à quel point.

Elle retire son T-shirt et sa culotte. Sa tête se pose sur l'oreiller. Je reste assis en tailleur à côté de son corps nu. Je vois sa main caresser un sein tandis que l'autre s'aventure sur son ventre, puis sur son sexe. Elle le masse lentement au début et j'observe ses gestes, fasciné. C'est si érotique que je manque déglutir.

— Va plus vite.

Elle s'exécute et laisse échapper un gémissement. Je sais que Tony aime se masturber, car elle le fait régulièrement quand on fait l'amour. Elle s'assure qu'elle arrivera à l'orgasme, et moi ça m'excite grave de la voir faire. Cette fois, elle le fait seule, sous mes yeux. Ce que je vois m'hypnotise. Ma queue est dure dans mon pantalon, alors je la libère et entreprends de me caresser tout en la regardant. Elle gémit. Je gronde. Mon regard contemple son corps se tortiller.

— Fais-toi jouir, Antonia.

Elle gémit encore et moi, je n'en peux plus. Je m'agenouille sur le matelas devant son visage qui pivote en direction de mon sexe. Elle le prend dans sa bouche tout en se caressant. *Bordel...*

Je palpite dans sa bouche tandis qu'elle accélère encore la cadence de sa main que je fixe des yeux. Ça m'excite tellement que j'accélère à mon tour entre ses lèvres. De petites plaintes s'en échappent. Elle arrive au point culminant et je ne vais pas tarder aussi. Quand elle jouit, elle se cabre et tremble. Sa bouche relâche mon sexe qui repose sur son visage. C'est une vision chimérique, selon moi. Je la laisse reprendre son souffle et suis prêt à reculer, mais elle n'en a pas fini et me le prouve. Elle a l'intention de me terminer et je ne dis pas non. Alors je me lâche et m'active entre ses lèvres jusqu'à ce que je m'y répande dans un cri. Et ce cri hurle *Tony*...

CHAPITRE 39
SORTEZ L'OUZO, TONY A UN MEC !

TONY

Et voilà, j'ai vidé mon sac et Max sait tout. Il ne s'est pas barré en courant avec sa bite sous le bras et ça me réjouit. J'arbore un sourire jusqu'aux oreilles tandis que j'enfile mes vêtements après la douche. Max se rhabille avec ceux de la veille. Nous partons tous deux rejoindre Pacha, Cally et Norah chez Mama. Ils vont tomber de leurs chaises quand ils vont voir qui je leur ramène. Je suis impatiente de découvrir leurs tronches. Lorsqu'on toque à la porte, je les imagine déjà.

Je ne suis pas déçue. Quand Cally aperçoit Air Flight avec moi, sa mâchoire manque de se décrocher. Puis elle sourit, avant de pousser un cri strident.

— Mama ! Tu ne vas pas en revenir ! Fais péter l'ouzo !

— Qu'est-ce que tu racontes, Callista ? Il est quinze heures ! rétorque Mama qu'on entend depuis la cuisine. T'as un sérieux problème avec l'alcool, ma petite fille !

J'entends les pas de Mama qui s'approchent de l'entrée. Elle est accompagnée de Milo et de Norah. Mama se fige en apercevant Max. Ses yeux s'arrondissent sous sa chevelure noire tirée en arrière, et couverte d'un voile bleu dont les bords sont tissés de fleurs rouges et blanches. Norah et Milo ont la bouche ouverte comme un four, puis lentement leurs visages se parent d'une expression ébahie.

— Seigneur ! braille Mama.

Elle lève ses mains vers les joues de Max, puis y dépose deux baisers francs et sonores.

— Putain, Tony ! lâche Norah dans un éclat de rire.

Elle se rue dans mes bras et je devine que ses yeux lui picotent. Cally la rejoint. Ces effusions m'embarrassent, mais ça me touche de découvrir leur réaction. Je ne pensais pas que ça serait à ce point.

— Cally, sors des verres, je vais chercher l'ouzo et le gâteau ! s'écrie Mama.

— Ah, tu vois ! réplique sa petite fille.

Mes yeux dérivent vers Max dont l'expression trahit l'amusement. Nous nous rendons tous au salon tandis que Cally ramène la bouteille et des verres. Mama fixe Max des yeux comme s'il était un mirage. Quand sa petite-fille lui tend son verre, elle s'en empare sans même lui jeter un regard et l'avale d'un trait.

— Mama, on allait trinquer.

— Sers-en un autre et ne me bouscule pas, lâche cette dernière à Cally.

Cally s'exécute.

— Vous arrivez d'où comme ça ? demande Milo.

— De chez moi, je réponds.

Les yeux de mes amis s'écarquillent et vrillent en direction de Max. Lui se tortille un peu, visiblement gêné par ces multiples attentions. Il ignore que je n'ai jamais ramené qui que ce soit chez moi, à part les personnes présentes dans cette maison, ni présenté un mec à Mama. Pour cela, il aurait fallu que mes relations durent davantage qu'une soirée.

— Bon, lance Norah qui ne peut plus cacher son allégresse, on trinque à cette journée !

Nos verres s'entrechoquent et on avale l'ouzo cul sec.

Bordel, ça brûle. Mama pose le verre sur la table en le faisant claquer.
— Tu t'appelles comment, jeune homme ?
— Max.
— Max, tu m'aiderais dans la cuisine ?
Merde… Mama va le cuisiner…
Max se lève volontiers et suit Mama. Un silence s'abat dans le salon jusqu'à ce que Cally me lance :
— Bordel, Tony ! T'es amoureuse !
— Pfff… n'importe quoi.
— Quelle répartie foireuse… commente Milo.
— Y a pas de honte à être amoureuse, Tony, remarque Norah.
— Tu ne l'aurais jamais ramené ici si tu ne l'étais pas, renchérit Cally.
Je baisse la tête et hausse les épaules avec un petit sourire stupide.
— Bon, peut-être.
Des cris accueillent ma déclaration.
— Bordel, fermez-la ! crié-je, de peur que Max déboule durant cette conversation.
— Raconte !
Cally pose ses coudes sur les genoux et ses paumes sous le menton. Norah me fixe. Milo se cale dans le fauteuil et croise les jambes. Tous trois attendent que je déballe ce qu'il se passe avec Max, mes sentiments et tout ce que je peux bien ressentir à l'instant T. *Ils sont sérieux ?* Je n'ai pas le chic pour exprimer mes pensées profondes. Je trouve soudain la parade pour dévier la conversation sur un sujet plus… trivial.
— Il m'a sodomisée.
J'ai fait mouche. Leurs yeux et leurs bouches sont grands ouverts à cette annonce.
— Bordel ! T'as été dépucelée du cul ! balance Cally.
— C'est tellement dommage que tu n'aies pas de prostate, commente Milo.

— Oh, Tony, c'est génial que tu aies eu suffisamment confiance en lui pour te lancer, s'extasie Norah, le regard pétillant.

Je secoue la tête. Mes amis sont dingues. Je décide d'être plus honnête avec eux. Ils le méritent.

— Il a dit qu'il m'aimait.
— Putain ! beuglent-ils en chœur.
— Ouais. C'est fou, hein ?
— Pas si fou, Tony, tu es géniale ! me lance Cally.

Norah et Milo acquiescent. Je glousse.

— Je me demande surtout quand il va se réveiller et prendre les jambes à son cou. Je lui ai tout révélé hier, et il est quand même là. C'est pas bizarre ?

— T'es tellement chiante ! lâche Cally. Bordel, Tony, s'il est là maintenant, c'est qu'il en rien à carrer du reste. Arrête de te poser douze mille questions et profite du moment présent.

Elle a raison. Elle sait de quoi elle parle. Le bonheur peut disparaître en une fraction de seconde. Je reconnais qu'en cet instant, je suis heureuse. Une flopée de papillons s'envole dans ma poitrine dès que je repense à ce que m'a dit Max. Mes lèvres esquissent un sourire en me remémorant ses mots.

— Oh, Tony…

Norah va chialer. Milo est attendri. Cally me serre dans ses bras. Je les aime. Je ne leur dis jamais, mais je les aime follement. Ils sont ma famille.

CHAPITRE 40
TOO FAST, TOO FURIOUS
MAX

Je suis dans la cuisine avec Mama qui sort une assiette rectangulaire sur laquelle est posé un gâteau qui, à vue de nez, doit contenir un million de calories.
— C'est un *galaktoboureko*, mon p'tit. Une spécialité de chez moi. T'as déjà goûté ?
— Non, Madame.
— Tu vas adorer.
— J'en suis certain.
— Appelle-moi Mama, s'il te plaît.
Je hoche la tête tandis qu'elle coupe les parts.
— Il faut que ce soit froid pour en apprécier le goût.
J'observe Mama concentrée sur sa tâche. Le silence s'éternise entre nous.
— C'est un peu comme Tony.
— Pardon ?
Mon regard se relève sur la vieille dame. Un sourire se dessine sur ses lèvres minces.
— Au premier abord, Tony ne paraît pas chaleureuse.
C'est le moins qu'on puisse dire. Quand je pense à nos

premiers échanges, je souris. On ne fait pas plus brute de décoffrage que Tony.

— Mais en réalité, poursuit Mama, c'est la jeune femme la plus généreuse que je connaisse.

— J'ai cru comprendre que vous la connaissez depuis longtemps.

— Je l'ai connue quand elle était petite. Avant que son père et sa mère ne divorcent. Cally et elle ont presque toujours été dans les mêmes classes depuis la maternelle jusqu'au lycée. Puis Tony a dû arrêter ses études quand…

Elle s'arrête de parler. Je devine qu'elle redoute que je ne sois pas au courant de la situation de Tony.

— Quand son père a été enfermé en prison, c'est ça ?

— C'est ça, confirme-t-elle, soulagée et un peu surprise que j'en sache autant. Quand ma petite-fille a perdu son mari, elle a été là. Chaque jour auprès d'elle, des années durant. Elle avait pourtant déjà fort à faire.

— C'est toujours le cas.

— En effet.

Mama se tourne vers moi et plante ses yeux sombres dans les miens. Sur ses traits, je lis tout l'amour qu'elle porte à Cally et Tony. Je vois à quel point leur bonheur la préoccupe et comprends les responsabilités que ça implique pour moi. Ce visage me dit *« Ne déconne pas, elle en a assez chié comme ça »*. Je déglutis.

— Ma petite-fille a fait une grosse dépression, poursuit-elle. Une dépression qui a failli nous l'arracher. Si Tony n'avait pas été là…

Sa voix se tord. Elle pivote et prend le plat dans ses mains avant de revenir à moi, le regard plus déterminé encore.

— J'aime Tony comme ma propre chair. Si tu es ici, c'est qu'elle a confiance en toi et qu'elle t'aime éperdument. Ne lui fais pas de mal.

J'inspire profondément. Dans ces mots, je lis toute la crainte qu'elle éprouve à l'idée que je puisse rendre Tony malheureuse. Malgré moi, je ressens une certaine panique. Non pas que je ne sois pas certain de mes sentiments pour elle, mais suis-je vraiment à la hauteur ? Suis-je vraiment prêt à vivre cette aventure au risque de lui faire du mal un jour, justement ? Suis-je vraiment prêt à m'engager dans cette voie ? Cette dernière journée me tombe dessus, et les mots de Mama résonnent dans ma tête. Ne me suis-je pas emballé ? Être venu ici sonne comme si nous étions liés au regard de sa famille. Pourquoi ai-je la trouille, subitement ? N'était-ce pas ce que je voulais ?

Mama détecte mes appréhensions et me sourit.

— Je te le répète : si elle t'a amené ici, c'est qu'elle a confiance en toi. Alors j'ai confiance, moi aussi.

Puis elle se dirige vers le salon et houspille Cally au sujet du haut moulant qu'elle porte aujourd'hui. Tony la défend tandis que Milo rejoint l'avis de Mama, juste pour enfoncer Cally et se marrer. Norah se jette sur les gâteaux et Tony m'observe. Je lui lance un regard aimant et un sourire. Mes craintes disparaissent. La voir au milieu de ses amis et de cette ambiance familiale que je n'ai jamais connue me renvoie à mes sentiments pour elle. Je suis amoureux, et tant pis pour le reste.

Je rentre chez moi à dix-neuf heures. Tony n'a pas voulu venir à cause du rendez-vous avec l'assistante judiciaire qui doit se dérouler demain chez sa mère. Je n'ai pas insisté, car j'ai besoin de réfléchir. En présence de Tony, de ses amis et de Mama, j'ai passé un moment formidable, baignant dans une atmosphère chaleureuse qui m'est étrangère. Élevé dans le confort, je n'ai jamais eu à souffrir du manque matériel. Ce qui m'a manqué, en revanche, c'est l'attention de mes parents. Le *paraître* était le plus important à leurs yeux. Mes parents s'aimaient et *m'aimaient*. Je n'en ai jamais douté. Mais nous n'avions pas pour coutume de nous épancher. Petit, j'ai connu plus de câlins de la part de ma nounou que de ma mère. Notre vie était réglée au millimètre, et remplie de réceptions, de faste et de voyages coûteux. Je devais toujours être habillé avec des vêtements de marque, être coiffé à la dernière mode et savoir me tenir auprès des invités. La bienséance est la règle numéro un à adopter, dans la famille Delaunay. Ce n'est que lorsque je suis devenu adulte que je me suis rebellé contre cette forme de dictature morale prônée par mes parents. Je me suis inscrit à des cours de pilotage et ai pris mon envol, au sens propre comme au figuré. Je n'ai jamais regretté cette initiative.

Lorsque j'ai rencontré Tony, j'ai ressenti la même chose que lorsque j'ai volé pour la première fois en solo : un sentiment de liberté, d'excitation, une impression d'envoyer se faire foutre le reste du monde. Sauf qu'avec le temps, et malgré ma soif d'indépendance, je suis de nouveau parvenu à m'astreindre à une routine bien huilée, à un comportement que j'estimais convenable, et à une manière égoïste de vivre ma vie, tout en éjectant ce qui pourrait court-circuiter mes habitudes. C'est arrivé sans que je le veuille vraiment, et Tony a tout balayé en une soirée. Seulement, ces dernières vingt-quatre heures me donnent la désagréable impression d'avoir marqué un tournant dans ma vie. Je devrais m'en réjouir, mais je n'y arrive pas. J'ai le sentiment de me tenir debout face à un précipice et je m'en veux de l'éprouver. J'aime Tony. J'en suis certain. Pourtant, je ressens une inquiétude qui ne m'avait jamais effleuré avant que je ne lui avoue mes sentiments et que je ne découvre *son* monde. Ce monde hostile et dur. Un monde dont elle connaît les codes, alors que moi, je les ignore. Je n'avais jamais mis les pieds dans une cité avant hier soir. Je n'avais jamais rencontré la famille de cœur d'une femme non plus. De surcroît, une famille ébranlée par des tragédies, dont Tony qui en a tellement chié qu'elle en est devenue aussi résistante qu'un roc. Mais elle m'a ouvert les portes de son cœur, de sa vie, et moi je suis là à paniquer, car je ne sais pas si je suis prêt à me confronter à ça.

Tony a des responsabilités. Je connais maintenant sa situation, sa famille de cœur, et je pense que je ne vais pas tarder à rencontrer sa famille de sang. J'ai l'impression que ça m'engage bien plus que je ne l'ai cru jusqu'alors et putain, ça me file une de ces pétoches. Est-ce parce que j'ai trente-deux ans et que je ne me suis jamais lancé dans l'aventure d'une romance à long terme ? Tony est-elle le bon choix pour démarrer une telle relation ? Je me fais honte de penser à elle de cette manière, alors qu'elle vient de m'ouvrir les portes de son existence. *Je ne suis qu'un connard...*

Je me rends sous la douche, espérant que mes pensées se dissolvent dans l'eau qui s'écoule par les conduits de mon immeuble. J'en sors tout aussi confus, et ça m'énerve. Je décide de mater un film à la con sur Netflix, mais l'arrête au bout d'un quart d'heure. Dans l'impossibilité de me concentrer, j'ouvre un livre de Jussi Adler Olsen et me plonge dans son thriller, *Délivrance*. Je me fais la réflexion que j'aimerais bien me sentir délivré de mes doutes, moi aussi. Mon portable émet un bip. Je l'attrape et soupire en voyant le message de Priscilla.

De Priscilla :

> Great news ! I was chosen to become the face of your business. What a happy way to see you again my dear Max. If only we had sex to celebrate![1]

Merde...

Priscilla joue les pots de colle et ce n'est vraiment pas le moment. Je repense à nos ébats la dernière fois que je l'ai vue. C'était à Sydney. Bordel, cette partie de jambes en l'air n'était pas pour me déplaire. Le visage de Tony déferle dans mon esprit

---

1. « *Super nouvelle ! J'ai été retenue pour devenir le visage de ton entreprise. Quelle heureuse manière de te revoir mon cher Max. Si seulement nous baisions pour fêter ça!* »

et je comprends que Priscilla est peut-être géniale au lit, mais qu'elle n'arrive pas à la cheville de Tony. Elle est… sans consistance. Peut-être est-ce cela qui m'a attiré chez elle ? Qu'elle soit simplement un élément de ma vie vers lequel je peux me tourner quand cela me plaît sans que ça dérange outre mesure mes habitudes bien établies. Avec Tony, c'est tout le contraire. Elle est le feu. Elle s'emporte. Elle a morflé et ses cicatrices se lisent dans sa féminité. Un côté écorché vif qui m'a subjugué aux premiers abords, et qui me fait flipper aujourd'hui. J'ai tellement la trouille de m'engager dans cette voie que j'ai la soudaine envie de retrouver ma vie d'avant. Une vie où je ne me pose pas de questions. Une vie qui ne me confronte pas à des événements que je ne maîtrise pas. Une vie simple, rangée, contrôlée, dont Priscilla ferait encore partie. Inconsistante et tempérée.

Je réponds à Priscilla que ça me fait plaisir pour elle, mais qu'il y a peu de chance pour que je la croise à la compagnie. Je suis prêt à envoyer le texto quand soudain je me ravise et transforme mon message :

> They made the right choice. Can't wait to see you.[2]

J'appuie sur *envoyer* et le regrette aussitôt. Qu'est-ce qu'il me prend ? Je me foutrais des baffes, et la situation empire encore quand je reçois un SMS de Tony.

> Tu me manques déjà. Je t'aime.

Mon cœur se serre. Je me hais. J'suis qu'une merde. Je sais qu'elle n'a pas osé me dire *« Je t'aime »* de vive voix, et je devine ce qu'elle a dû endurer avant de cliquer sur l'envoi de ce message. Et moi, je suis là, tout en flippe à l'idée que ça aille plus loin avec Tony, car j'ai peur. Peur de ne pas être à la

---

2. *« Ils ont fait le bon choix. Hâte de te revoir. »*

hauteur. Peur de lui faire du mal. Je veux qu'elle bouffe à sa faim. Qu'elle soit heureuse. Qu'elle ait un job digne de ce nom. Que l'on s'aime sans tous ses problèmes qui sont comme des chaînes attachées à ses chevilles, comme des boulets qui l'empêchent d'avancer. Alors, je réponds :

> Moi aussi.

Réponse à la con d'un crétin fini. Je reviens sur le message que j'ai envoyé à Priscilla pour le rappeler, mais la mention *Lu* s'affiche en dessous. Je fourre ma tête dans l'oreiller et me retiens de pousser un cri. Je ne comprends pas ce qui m'arrive et je me déteste.

Pourtant je l'aime.

Je sais que je l'aime…

Alors, pourquoi ça me fait tant flipper ?

CHAPITRE 41
MÊME AVEC LES ORTEILS, ON PEUT GÂCHER UNE SOIRÉE

TONY

J'arrive chez ma mère et engueule ma sœur à peine arrivée. Je viens de la surprendre à fumer une clope devant l'entrée. OK, je ne suis pas un modèle de sainteté, mais j'ai commencé à fumer à dix-huit ans, pas quinze. Elle n'a pas le droit d'être pire que moi à son âge.

Ma mère m'embrasse et me demande comment je vais. Mon sourire en dit long.

— Oh, qu'est-ce qu'il se passe, ma fille ? demande-t-elle, intriguée.

— J'ai un mec.

Ouais, pas besoin de tourner autour du pot. D'autant que je ne compte pas m'éterniser sur la question.

— C'est pas vrai ! crie ma mère. Gaspard ! Gaspard !

Mon beau-père lève le cul de son fauteuil et nous rejoint dans la cuisine.

— Tony a un chéri !

— Il va tomber de la merde ! lâche-t-il en se marrant.

Il vient me prendre dans ses bras. Pour mon entourage, il est évident que c'est un putain de miracle que je sois maquée. *Bah merde, alors ! Si j'avais su que ça les rendrait tous aussi heureux…*

— Ça va, toi ? m'enquiers-je auprès de Gaspard, sachant qu'il souffre d'un lumbago depuis un mois.

— Bof.

— Comment ça, bof ? T'as encore mal ?

— Non, ce n'est pas ça. Neymar est blessé pour le match de demi-finale. À tous les coups, on va perdre. C'était pourtant notre année.

— Chaque année, on dit que c'est notre année, et le PSG se ramasse comme des merdes à l'approche de la coupe. Fais-toi une raison, Gasp.

Il grogne et retourne à son fauteuil. Je pouffe.

— Comment s'appelle-t-il ? demande ma mère, qui n'est pas prête à changer de sujet.

— Max.

— Il fait quoi dans la vie ?

— Pilote d'avion.

— Bordel !

Je m'attendais à cette exclamation et au grand sourire qui l'accompagne.

— Tu me le présentes quand ?

Ça n'a pas fait long feu.

— Je viens de le présenter à Mama. On va peut-être attendre un peu avant de lui montrer le reste de la smala.

— Tu l'as présenté à Mama avant moi ?!

Elle est outrée. Mes lèvres se crispent. Je m'y attendais aussi.

— Il était avec moi hier, et c'est le rendez-vous dominical. J'allais pas le virer alors qu'il est venu dormir au studio.

— Vous avez dormi ensemble ? relève-t-elle. Oh la la…

— Maman, j'ai vingt-huit ans. Ça ne devrait pas te mettre dans cet état.

— Je suis juste heureuse que ma fille entretienne une vie sexuelle active. Je me faisais du souci pour ça.

— On ne va pas parler de ça, Maman. Vraiment.
— On devrait pourtant. J'aimerais être grand-mère un jour !
— Je viens de le rencontrer. Je vais peut-être attendre avant de lui soumettre l'idée de faire des mioches. D'ailleurs, je ne suis absolument pas certaine d'en vouloir.
— Quoi ?! Tu dis des bêtises, Tony.
— Non, Maman. J'aimerais vivre pour moi et moi seule, un jour. Un enfant ne fait pas partie de l'équation, alors compte plutôt sur Jenny et Arthur sur ce coup.

Elle est horrifiée, mais je ne lui laisse pas le temps de contre-argumenter, m'empare d'une bière et allume une clope, tandis que Gaspard gueule sur l'action d'une rediff d'un match de foot anglais. Il est onze heures du mat' et je constate que l'assistante judiciaire a du retard.

***

LE SOIR MÊME, je me rends au resto cubain où Max m'a donné rendez-vous. J'ai mis une robe prêtée par Cally pour l'occasion, les escarpins noirs de Norah, et j'ai relevé mes cheveux dans un chignon pas trop mal travaillé. J'ai dû forcer sur l'anticerne, car l'entretien avec l'assistante judiciaire a été aussi éprouvant que je m'y attendais. Je suis fatiguée.

Alors que je m'apprête à entrer dans le restaurant huppé du neuvième arrondissement, j'arrange ma coiffure et remonte mes collants. C'est pas très glam, mais ils n'arrêtent pas de glisser sous mon ventre. J'aurais dû écouter Cally et ne pas en mettre.

Le serveur m'accompagne à la table réservée au nom de Delaunay. Je suis un peu déçue de constater que Max n'est pas encore arrivé. Puis je regarde ma montre et réalise que je suis en avance de cinq minutes. Je commande un mojito en l'attendant et consulte mon portable. J'ai un message.

De Air Flight :

> Je vais avoir quelques minutes de retard. Ne commande pas de téquila. Je veux que tu te souviennes de cette nuit ;-)

Je souris en lisant ces mots. Je pense à ma mère qui s'inquiète de ma vie sexuelle. Si elle savait à quel point je suis active sur la question avec ce dieu de la luxure ! Je me marre toute seule.

Le mojito est servi et je remercie le serveur qui me tend les cartes. Je parcours le restaurant du regard. J'observe les clients un peu plus loin sur ma droite ; ils font un boucan d'enfer. Ce sont tous des cadres sup, à en croire leur allure. Trois femmes les accompagnent. Une se tient de dos, de belles boucles blondes cascadant le long de son échine. Elles sont toutes élégantes, leurs gestes sont gracieux. Je tente bêtement de les reproduire, car je ne suis pas à l'aise dans ma tenue ni derrière le maquillage qui recouvre mon visage. Ce n'est que lorsque Max arrive que je comprends avoir bien fait de changer de style pour la soirée.

Il est sublime dans son costume sur mesure et sa chemise blanche légèrement ouverte au col. Je le contemple limite la bave aux lèvres. Son sourire m'éblouit tandis qu'il m'observe. Je me tortille un peu, gênée par son inspection.

— Puis-je te demander de te lever ?

Mes joues s'enflamment. On est en plein milieu du resto et il veut que je me tape l'affiche ?

— Max, tu verras tout à l'heure comment je suis…

— Lève-toi, Tony. Je veux te voir.

Je lève les yeux au ciel, m'exécute et m'approche de lui. Son bras se tend et il m'attire à lui, tout en me détaillant de la tête aux pieds. Ses lèvres se courbent, avant de fondre sur les miennes.

— Tu es si sexy que James Bond me hurle de partir en mission, chuchote-t-il contre ma bouche.

Je glousse.

— Laisse James dans ton pantalon, Air Flight. J'ai faim !

Il s'esclaffe et s'assoit. Son regard ne cesse de m'examiner. Je reconnais que ce n'est pas désagréable de se sentir sexy. Mes efforts paient, si j'en crois son air libidineux. Il me vient l'idée d'extirper mon pied de mon escarpin et de le glisser entre ses jambes. J'ai déjà vu ça dans un film. À ce contact, les yeux de Max se font avides au-dessus de son sourire.

— Tu me chauffes déjà ?

— S'il y a bien une chose dont je suis certaine, c'est que tu es toujours chaud, pilote.

Il attrape mon pied et le colle contre son sexe. Je le sens déjà dur, et ça m'excite grave de savoir que je lui fais cet effet. Je glousse et entreprends de le caresser avec mes orteils. C'est chelou, dit comme ça, mais bordel, je trouve cet acte purement érotique.

Le serveur vient prendre nos commandes. Je replie ma jambe aussi sec de peur d'être surprise, et renfile mon escarpin. Max pouffe et m'accompagne sur mon choix de mojito.

Il est en train de touiller son cocktail à la cuillère quand il me lance :

— Alors, ce rendez-vous avec l'assistante judiciaire ?

— Comme je l'avais craint.

Je n'en dis pas plus. Il ne renchérit pas, comprenant sans doute que je n'aie pas envie de m'étendre sur le sujet, alors qu'une bonne soirée nous tend les bras.

— Tu dors chez moi, ce soir ?

Celle-là, je ne l'ai pas vue venir.

— Euh… Ouais, si tu veux.

Il a l'air heureux que j'y consente.

— Pardon d'avoir été en retard, me dit-il.

— Je croyais que tu ne volais pas avant vendredi.

— En effet. Mais j'avais des affaires à régler à la compagnie.

— La compagnie ?

Je me souviens du jour où nous avons dîné chez sa mère. Elle lui a dit : « Comment se passe ta prise de fonction dans la *compagnie ?* ». Il lui a répondu : « *Je n'ai pas encore accepté* ». Je n'ai pas posé de questions, attendant qu'il se sente en confiance pour m'en parler. Un peu comme moi quand je lui ai avoué à quel point ma vie était merdique. Le moment semble venu puisqu'il me dit :

— Mon père est mort d'un cancer il y a deux ans. J'ai hérité de son entreprise parapharmaceutique, la compagnie Delaunay. Aujourd'hui, j'ai signé les derniers documents qui font de moi le nouveau PDG.

J'écarquille les yeux.

— Désolée pour ton père, dis-je, sincèrement navrée pour lui.

Un petit sourire triste atteint ses lèvres. Ça me peine, alors je pose ma main sur la sienne avant de demander :

— Donc, si je comprends bien, tu laisses tomber les avions ?

— Non, Tony. Je ne laisserai jamais tomber les avions. Je suis né pour voler. Mais je n'ai pas réussi à me résoudre à vendre la compagnie que mon père a créée. Je vais seulement arrêter les longs courriers et me concentrer sur les vols européens. J'ai délégué une partie de mes pouvoirs au conseil d'administration qui gère très bien l'entreprise depuis le décès de mon père. Je n'aurais qu'à m'y rendre pour les décisions cruciales et je gérerai le reste à distance.

— Oh, d'accord.

— D'ailleurs…

Il semble gêné et baisse les yeux sur son mojito.

— … le numéro deux de la boîte cherche une hôtesse d'accueil et je me suis dit que… que ça serait bien que tu postules.

Je me raidis. *Il est sérieux ?*

— Tu veux me pistonner pour un poste dans ta compagnie ?

Il ne relève pas la tête et répond « *oui* ».

— Même pas en rêve !

Cette fois, son regard se plante dans le mien et ses sourcils se froncent.

— Pourquoi tu refuses cette opportunité ? Il est OK pour que tu ne travailles pas le samedi.

Mon cœur bat la chamade. Sa proposition ne me plaît pas du tout. *Putain, je lui fais pitié !* Je suis tellement honteuse que j'ai envie de me barrer. Mes yeux vrillent vers l'entrée du restaurant. J'hésite à me lever, puis je me reprends et lui adresse un regard façon lance-flammes.

— Tu penses sans doute me faire une fleur, Air Flight, et je te remercie de penser à moi et mes soucis de fric. Mais me proposer d'être une hôtesse d'accueil dans la boîte où tu es le patron me semble une très mauvaise idée. Je n'ai pas besoin de ta charité !

— Ce n'est pas de la charité ! s'énerve-t-il. Tu as besoin d'un job, et je t'en trouve un. Je ne vois pas où est le problème. Si tu possédais plus de compétences, j'aurais même pu te proposer un poste mieux payé.

Mes yeux s'arrondissent. *Il en sait quoi de mes compétences ?!*

— Tu te fous de ma gueule ?

— Tony…

— Comment ça va se passer quand Monsieur-le-PDG-Delaunay va passer à la compagnie Delaunay ? Tu vas leur dire : *« Oh, salut les gars, où on en est avec nos millions de dollars investis dans la crème solaire indice trente mille. Ah, au fait, l'hôtesse qui répond au téléphone de mon bras droit, je la baise toutes les nuits ! ».*

Ses lèvres se crispent. J'ai marqué un point.

— Je n'ai pas besoin de leur dire.

— Oui, ce serait tellement honteux d'avoir à l'avouer, n'est-ce pas ?

Avoir dit cela tout haut me serre le cœur. Je me sens comme une merde. Je veux partir, mais mon cul reste vissé à ma chaise.

— J'ai cru que…

Il inspire profondément.

— … Je veux juste t'aider, Tony.

— On se connaît depuis un mois, Max. Je m'en suis sortie jusque-là et je m'en sortirai encore. T'as pas à t'en faire. Gilou m'accorde un jour de plus au Bloody Black Pearl, alors ça sera moins la merde que prévu. Je cherche un boulot de vendeuse et je vais trouver.

— Mais j'aimerais que tu te sortes de cette galère… sauf que je ne peux pas te donner un poste pour lequel tu n'as pas les études ni la formation requise. On ne dira rien au début et après… Eh bien, on verra après.

Mon sang ne fait qu'un tour. Cette fois, je me lève. Je prends une bouffée d'oxygène avant de dire calmement.

— T'es adorable, Air Flight, et je comprends ce que tu veux faire. Mais la vérité est que tu as découvert ce qu'était ma vie et que tu veux la changer.

Il se lève à son tour, pas content du tour que prend la conversation.

— Car te sortir de tes ennuis, c'est mal à tes yeux, Tony ?

— Tu ne veux pas me sortir de mes ennuis, Max. Tu veux qu'ils n'existent pas, car tu n'as aucune envie que cette vie de merde se glisse dans la tienne. Je comprends, ne t'inquiète pas. C'est… normal.

Je fais un pas pour partir, mais il me retient par le bras.

— Tony, je…

— Maxence Delaunay en personne ! lance soudain un bel homme, accompagné d'une trop splendide jeune femme.

Je reconnais la blonde qui était de dos à la table des clients bruyants de tout à l'heure. Pire, je réalise qu'elle est la fille qui est passée à ma caisse d'Intersection quand j'ai balancé un pack de bières à la gueule d'un client. Max a l'air profondément gêné et bafouille un bonsoir.

— Tu ne nous présentes pas ? demande la beauté blonde, avec un accent anglo-saxon à couper au couteau.

— Euh… si, dit Max. Didier est un cadre de la compagnie.

Priscilla vient d'être engagée comme modèle pour une marque de crème hydratante que nous lançons bientôt. Didier, Priscilla, je vous présente Tony.

Priscilla. La fille du texto « *I want to fuck you* » de Contis Plage. Je déglutis. Cette dernière plisse les yeux, comme si elle était sur le point de me reconnaître.

— Tony ? répète la mannequin aux jambes d'un mètre quarante. On ne s'est pas déjà vues quelque part ?

Je secoue la tête et les salue avec un petit geste ridicule de la main.

— Tony, je suis enchanté, me lance le mec qui s'appelle Didier. Vous êtes en rendez-vous amoureux, apparemment, nous n'allons pas vous déranger.

— Amoureux ? Tu fais dans l'amoureux maintenant, Max ?

La blonde éclate de rire. J'ai envie de lui faire bouffer ses dents parfaitement alignées. Mais la réaction de Max m'ôte toute envie de m'énerver. Il se dandine comme un ado pris en faute et bafouille un :

— On est juste en train de dîner.

Putain !

La fille me dévisage encore après cette éclatante esquive de Max.

— Mais, ce n'est pas vous qui… Vous êtes la caissière !

Elle éclate encore de rire et enfonce le clou :

— C'est vous, la fille qui a balancé un pack de bières à la tête d'un client !

Max est pâle comme un linge. Didier hausse les sourcils. Priscilla, reine des connasses, se marre comme une dinde. Je suis mortifiée.

— Je… Euh… Vous vous trompez…

La honte !

— Si, si, je vous reconnais. Il ne l'avait pas volé, dit-elle avant de se diriger vers Max avec un regard captivé. Alors, quand est-ce qu'on se voit, beau brun ?

Max est rouge comme une pivoine. La fille se penche au-dessus de son oreille et chuchote :

— Je n'ai pas oublié ton texto d'hier soir. Moi aussi, j'ai hâte de te revoir en privé.

J'ai entendu et reste comme une conne, figée dans ma robe pas faite pour moi, dans des escarpins trop hauts qui me niquent les pieds, et le cœur en mille morceaux.

— Je ne me souviens pas d'avoir écrit « *en privé* », rétorque Max, très embarrassé, le regard vrillant vers moi.

— Oh, Max, c'était tout comme, tu le sais.

J'attrape mon sac et passe la bandoulière sur mon épaule. Max est tétanisé et ne fait rien pour m'en empêcher. Je devine à ses yeux qu'il ne souhaite pas que je fasse un esclandre. Je m'adresse à l'homme et dis :

— Moi aussi, j'ai été enchanté de vous connaître, Didier.

Puis je me tourne vers la pétasse et lance :

— Ouais, c'est moi la caissière, Blondie. D'ailleurs, je me demande, tes fuites urinaires, ça va mieux ? Je sais que lorsqu'on achète des serviettes hygiéniques de ce format, c'est qu'on a soit quatre-vingts piges, soit qu'on se pisse dessus quand on éternue. Vu ton âge, je penche pour la deuxième option. Si j'étais toi, je tenterais une bonne rééducation du périnée. Paraît qu'ça fait des miracles.

Priscilla écarquille des yeux horrifiés.

— Elle… elle a dit quoi, la caissière ?

Max me toise, interloqué.

Ma poitrine se serre.

Je me tire.

Et il ne me suit pas.

C'est à peine si je respire sur le trajet de l'Uber trop cher pour moi.

Je m'effondre en pleurant dès que la porte de chez moi se referme.

C'était beau de rêver.

CHAPITRE 42
DIFFICILE D'ÉCRIRE UN TEXTO APRÈS AVOIR FRAPPÉ UN MUR...

J'suis rentré au pas de course du resto, si énervé que j'ai tapé du poing sur un mur en chemin. J'ai la main qui me lance et mes yeux me piquent atrocement. *Qu'est-ce que j'ai foutu ?* À peine arrivé chez moi, je fais voler ma veste, déboutonne ma chemise, retire mon futal, me pose sur le lit, et chope mon portable. Pourquoi je ne l'ai pas suivie ? Pourquoi a-t-elle réagi comme ça après que je lui ai proposé du boulot ? Je veux l'aider. Je ne vois pas où est le mal ! Pour le reste, je m'en veux à mort. J'ai été un con fini. « *On est juste en train de dîner* ». *J'ai vraiment dit ça ?*

Je tape le message, mais ma main me fait un mal de chien. Je galère et écris difficilement :

> T'es bien rentrée ?

Pas de réponses. Forcément.

> Pardon, Tony.

Toujours rien, même une heure après. Mes yeux restent fixés sur le portable.

À trois heures du matin, j'attends encore un message qui ne vient pas.

> Je t'aime, Tony.

À quatre heures, je pose le téléphone sur la table de chevet et je chiale comme un bébé. J'ai tout foutu en l'air en une putain de soirée. Mes pensées s'entrechoquent tellement je suis incapable de réfléchir.

Je fais nuit blanche, mais végète dans le lit comme une larve passée sous un bus. Vers onze heures du matin, je l'appelle. Ça sonne, mais elle ne répond pas. Je trouve la force de me lever et vais me servir un café. Mon portable vibre sur la table de chevet. Je pose ma tasse si brusquement que le liquide se renverse sur ma main déjà douloureuse. *Putain, ça brûle* ! Je tente d'ignorer ma souffrance et cours en direction du téléphone. Je me tape le petit orteil contre le pied du lit et hurle avant de choper ce putain de portable ! Je n'ai pas le temps de voir le numéro qui s'affiche de peur que ça raccroche. Ce n'est *pas* Tony.

— Bonjour, Maxence !

Manquait plus que ma mère…

— Bonjour, Maman.

— Comment vas-tu ? Toujours avec cette paysanne ?

Je respire fort derrière mon smartphone. Ce n'est pas le jour pour m'emmerder et les mots de ma mère m'agacent grandement. Je suis énervé, mais je comprends que c'est contre moi que je le suis. C'est moi qui l'ai traitée comme une paysanne…

— Tony, Maman… Elle s'appelle Tony, et j'ose espérer que je suis toujours avec elle.

— Maxence, reviens sur terre. Cette fille ne va t'attirer que des problèmes et tu ne peux pas te permettre de trimballer quelqu'un comme elle, alors que tu viens de prendre la direction de la compagnie. Et il y a la réception qui aura lieu dans quelques mois, tu ne vas pas l'inviter, n'est-ce pas ? Ce serait honteux que tu…

— Je te souhaite une bonne journée, Maman.

Je raccroche si je ne veux pas regretter mes paroles. Puis je réalise qu'inconsciemment, j'ai déjà traité Tony comme ma mère vient de si froidement le suggérer. Je m'en veux encore plus, si c'est possible. Le téléphone sonne à nouveau et une lueur d'espoir illumine mon visage. Cette lueur disparaît au moment où je lis *Pacha* sur l'écran de mon téléphone. Je décroche.

— Bordel, Max, qu'est-ce que t'as foutu ?

— Salut, Pacha.

— Ouais. Salut, mec. Putain, t'as grave merdé.

Il est au courant.

— Je m'en suis rendu compte tout seul, Pacha.

— Cally m'a appelé tout à l'heure. Elle est furax contre toi ! T'as fait quoi ?

— Elle ne t'a rien dit ?

— Non, elle a juste dit qu'elle te boufferait les couilles si elle te croisait, après ce que tu as fait à Tony.

Ça me remonte le moral… Génial…

— Alors, raconte, t'as fait quoi à Tony ?

Je lui raconte et plus j'avance dans les souvenirs de cette soirée, plus je me sens comme une merde.

— T'es un gros connard.

— Merci, Pacha. J'en suis conscient.

— Faut que tu rattrapes le coup.

— Elle ne me répond pas.

— Laisse passer quelques jours. Elle va se détendre.

On parle de Tony. Je n'y crois pas une seule seconde, mais dis :

— Ouais, je vais faire ça. Salut, Pacha.

Je raccroche, retourne dans mon lit et fixe le plafond. Tout ce que je vois, c'est Tony.

CHAPITRE 43
OUVRIR LES YEUX, C'EST SE CONFRONTER À LA RÉALITÉ. C'EST TROP NAZE ! J'VOUS REMERCIE PAS, LES AMIS...

TONY

Je viens d'expliquer à mes amis les circonstances exactes de la soirée catastrophique avec Max, et tout ce qu'il s'est passé entre notre nuit mémorable où il m'a avoué ses sentiments et ma fuite du resto. J'omets volontairement de dire que j'ai chialé comme une madeleine en rentrant chez moi. Bizarrement, je préfère nettement leurs éclats de voix de ce matin, lors de notre discussion en webcam via WhatsApp, que le silence qui suit mon monologue.

— On est d'accord, c'est un gros connard ?

J'ai besoin qu'ils valident.

— Il ne s'est pas bien comporté, c'est certain, me dit Norah sans être aussi affirmative que je le voudrais.

— Il a bien merdé, balance Milo.

Satisfaite, je hoche la tête. Mais Cally reste muette et ça m'énerve. J'attends d'elle qu'elle me soutienne. Son manque d'empathie en cet instant me gave, alors je lui lance :

— Tu trouves que j'ai eu tort de me barrer ? T'es sérieuse, Cally ?

Elle m'observe quelques secondes, puis redresse son buste et me dit :

— Non. Tu as bien fait. Mais à la lumière de ce que tu viens de nous raconter, je pense comprendre Max.

— Quoi ?!

Putain, la traîtresse !

— Ma poule, je t'adore, continue-t-elle, mais soyons lucides. Il est venu chez toi…

— À cause de Gilou ! remarque Norah, qui ne veut pas prendre à la place de mon patron que je vais enguirlander ce soir.

— … et tu lui as tout balancé, poursuit Cally. Ton père, ta vie, ton appart, nous, tu l'as même emmené chez Mama. En vingt-quatre heures, tu lui en as dit plus qu'à Milo en cinq ans. Le mec vient d'une famille bourgeoise, et rien qu'à voir Gertrude la frigide, on peut facilement se douter qu'il n'a pas connu l'éducation que toi et moi avons reçue. Réfléchis, Tony. Même s'il t'aime, le type est PDG d'une grosse boîte et doit faire face à des responsabilités qui impliquent de réfléchir un peu avant de s'engager avec une fille qui vit dans une cité, qui a son père en zonz et qui parle comme une fille de la street ! T'es pas d'accord ?

Mes yeux s'arrondissent comme des billes.

— J't'emmerde, putain !

— Tu viens de confirmer d'un trait mes propos.

— Et alors, quoi ? Je dois accepter qu'il ait honte de moi ?

— Il t'a proposé un job, Tony. Il a voulu t'aider. Je comprends que tu l'aies envoyé bouler, mais mets-toi à sa place, putain. S'il prend ses fonctions de PDG dans son entreprise, il ne va pas annoncer que tu es sa meuf, à peine arrivé.

— Je ne veux pas de sa charité !

— Il veut t'aider, bordel de merde ! Pour la première fois de ta vie, un mec tient suffisamment à toi pour te tendre la main. Combien de personnes l'ont fait avant lui ?

Je croise les bras sur ma poitrine. Réponse : *personne*.

— Voilà ! lâche Cally qui s'énerve.

— C'est vrai que sur le principe, c'est sympa de sa part, Tony.

— Toi aussi, Norah ?

Elle hausse les épaules et se tourne vers Milo.

— Il t'a dit qu'il t'aimait, Tony, remarque ce dernier, et rien que pour ça, je dis chapeau, le mec. Je t'adore, ma chérie, mais on sait toi et moi que t'as de sacrées casseroles au cul. Puis je te rappelle que t'as baisé avec lui et que tu l'as oublié ! Dans le genre *je fais des boulettes*, tu te poses là.

— C'est de l'histoire ancienne.

— Ouais, mais malgré tout ça, Max s'accroche.

— Pas tant que ça, puisqu'il n'a même pas cherché à me rattraper.

— T'as combien de SMS de sa part ?

— Dix, répliqué-je sans même réfléchir, car je les ai déjà comptés.

— Et ils disent quoi ?

— *Pardon*, *Je t'aime*, et toutes ces conneries.

Les trois me toisent en silence. *Fait chier !* Je me lève et m'apprête à partir de chez Milo. Je dois trouver un job et ce n'est pas en racontant mes peines d'amour à mes amis que je vais y arriver. Ils ne comprennent rien, de toute façon.

Alors que je m'approche de la porte, Cally me lance :

— Laisse-lui le temps de s'adapter à ton monde, Tony.

— Ouais…

— Il ne doit pas être le seul à faire des efforts.

Je claque la porte et entends Norah crier « *On t'aime, Tony !* ».

Tu parles, bande de traîtres !

CHAPITRE 44
JE SUIS LE PLUS GROS CONNARD DE CETTE PLANÈTE ET GILOU ENFONCE LE CLOU !

J'ai trop bu. Vraiment trop bu. Ça fait près de deux semaines que je me sens comme une merde. J'ai beau lui envoyer des messages, Tony fait silence radio. Je me suis même rendu à sa cité, mais j'ai été agressé physiquement. Son univers est brutal et sans concessions. Comme Tony. Elle a demandé à son pote Mohamedou de me barrer l'entrée de son bâtiment. Une charge dont cet enfoiré s'est fait un plaisir de s'acquitter quand je me suis pointé. J'ai voulu tenter une percée, ce qui m'a valu un poing dans le ventre et des pneus crevés. J'ai plus insisté. Un autre soir, je me suis rendu au Bloody Black Pearl quand elle bossait. Elle m'a ignoré toute la soirée, ainsi que la soirée suivante. Je suis resté comme un con au bar, servi par Rim-K ou Plastic Girl. Ça m'a fait chier, mais je ne l'ai pas volé.

Comment ai-je pu être aussi con ?!

Non seulement je lui ai proposé un job en lui signifiant clairement ma honte d'assumer notre relation au grand jour, mais en plus je lui ai prouvé à quel point je doutais qu'elle sache faire autre chose que passer des articles devant une caisse ou de servir des verres derrière un bar. Par-dessus le marché, je n'ai même pas osé la présenter comme la femme que je fréquente à un plan cul dont je n'ai strictement rien à foutre. Sur le moment, je me suis dit que ce serait une erreur de le dire à Didier si Tony venait bosser à la compagnie. Mais à la réflexion, j'ai juste démontré que je n'étais simplement pas prêt, et que j'avais peur qu'elle se montre sous son vrai jour avec son langage familier et ses manières parfois vulgaires. Tout ce qui fait que je suis fou amoureux de cette fille, qui assume ce qu'elle est, sans le moindre artifice. Je m'en veux à tel point que je bois pour oublier le manque. Le manque d'*elle*. De tous ses défauts qui sont devenus des qualités à mes yeux. L'authenticité de Tony me charme, et j'ai voulu l'étouffer. Je suis le plus gros connard de cette planète.

J'insiste en me rendant de nouveau au Bloody Black Pearl. Je me dirige vers le bar où Tony est occupée. Son regard vrille vers moi. Ma vue lui provoque un soupir.

— Tony, allez, s'il te plaît.

J'suis qu'une merde…

Elle plisse les yeux et verse la bière dans un Monaco pour le mec à côté de moi. *Qui boit encore du Monaco, sérieusement ?*

— Tony, excuse-moi.

Elle sert le type, jette un coup d'œil à la clientèle qui ne se bouscule pas ce soir et se plante devant moi. *Bulletproof* de Godsmack résonne dans le pub à moitié vide.

— T'as pas à t'excuser, Max, lâche-t-elle. Tout est OK.

J'ai bu et qu'elle me refoule m'énerve. Ceci dit, je réalise qu'elle m'adresse quelques mots, ce soir. C'est déjà un pas. J'affirme mollement :

— Tout n'est pas OK.

— Si, ça l'est, insiste-t-elle. J'ai été conne de croire qu'on avait des choses en commun. On n'a *rien* en commun, monsieur le PDG.

— Comment va ma fifille ?

C'est Gilou, le patron. Il claque la fesse de Tony qui lui sourit en retour. Je trouve ça étrange comme relation patron/employée, mais qui suis-je pour juger ? *Un connard…*

— Oh, mais c'est le jeune homme aux bonnes vibes ! lance le patron en me découvrant derrière le comptoir.

— Laisse tomber ses vibes, Gilou, lâche Tony en retournant vers les bouteilles qui habillent le mur, demande plutôt à Paulux de commander des fûts de bière, on va être à court.

— T'as entendu, Paulux ?

Le mec appelé Paulux se pointe à côté de Gilou et répond :

— Ouais, mec.

— Très bien, mon pote, car dans deux jours, y a la demi-finale du PSG. Il va y avoir du monde et s'ils gagnent, on va écouler le stock fissa.

— Ouais, mais y a peu de chances qu'ils gagnent, t'emballe pas, Gilou. Souviens-toi de la remontada[1].

— Je préfère l'oublier. J'ai failli perdre mon bar ce soir-là.

Je décide d'ignorer leur conversation et m'adresse à Tony :

— On se voit samedi ?

Elle me toise et secoue la tête.

— Non.

— Écoute, Tony, laisse-moi une chance de te montrer que je ne suis pas l'abruti que tu as vu l'autre soir.

— Je ne pense pas que tu sois un abruti, Max.

— Y a de l'eau dans le gaz, on dirait… dit Gilou à l'oreille de Paulux, sans faire d'efforts pour que je ne l'entende pas.

— On dirait, ouais.

— Tony, continué-je. On peut parler dehors ?

— Je bosse.

— Elle bosse, remarque Gilou en clignant des yeux.

---

1. *Remontada* est un mot espagnol signifiant « remontée », « retour » ou « come-back ». Le terme se popularise en France, surtout depuis 2017 et la victoire écrasante du FC Barcelone face au Paris Saint Germain, avec un score de 6 – 1 en Ligue des champions. À savoir que pour Paris, c'était, « logiquement », du tout cuit. Un traumatisme encore bien présent dans l'esprit de tous les supporters du PSG dont je suis. Pardon pour l'émotion qui transpire dans cette putain de référence !

Je soupire.

— OK, je t'attendrai à la fin de ton service.

— Ne te donne pas cette peine, Pilote.

— Bordel, tu ne peux pas me virer comme ça de ta vie !

— Ta vie et la mienne sont comme les pôles nord et sud, ça ne va pas ensemble. Ça se touche jamais !

— Y a pas une partie de ton corps que je n'ai pas touchée !

— Oh, oh ! T'entends ça, Paulux ?

— Ouais.

Mes yeux fusillent nos spectateurs pas du tout gênés, avant de revenir à elle.

— Alors, c'est tout ?

— T'as tout compris, Air Flight !

— Je ne suis pas d'accord.

— Dommage pour toi.

Durant cet échange, les yeux de Gilou et Paulux passent de droite à gauche, comme s'ils assistaient à un putain de match de tennis. Si le premier n'avait pas été le patron de Tony, je lui aurais crié d'aller se faire foutre. Mais je la ferme et prends mon mal en patience.

— À ton tour de m'écouter, Max, me lance Tony. C'était cool, toi et moi. Vraiment. Mais soyons lucides, on n'est pas du même monde. Si on n'avait pas baisé dans le vestiaire…

— Vous avez baisé dans le vestiaire ?! braille Paulux. Alors c'était vous la capote ! Putain, vous ne pouviez pas la jeter, bordel !

— On était torchés, Paulux. Ah, et pardon d'avoir baisé dans le vestiaire, Gilou. Je n'étais pas en service, si ça peut te rassurer.

— C'est une bonne chose, commente ce dernier en hochant lentement la tête.

— Bref, reprend Tony en redirigeant ses yeux vers moi, ça n'aurait jamais dû arriver. T'as pas de comptes à me rendre, Max, alors restons amis.

Ça fait mal. Très mal. Le « *restons amis* », c'est la clé de la rupture correcte. J'apprécie ses efforts pour ne pas m'envoyer chier plus méchamment que ça.

Je secoue la tête, recule et pars en traînant les pieds.

Dans la rue, je n'ai pas les idées claires et je suis malheureux. Putain, je suis si malheureux. Je repense à la nuit que nous avons passée chez elle, à elle se caressant, à moi lui disant *« Je t'aime »*, à ses yeux humides qui me crient qu'elle m'aime aussi. J'ai tout gâché. *TOUT !*

J'suis qu'une merde.

— Hey, *Bonnes Vibes* !

Je me retourne et découvre Gilou, le patron du Bloody Black Pearl juste derrière moi.

— Ça va ? me demande-t-il, un air béat plaqué sur le visage.

Il se fout de ma gueule ?

— Non, ça ne va pas.

— Je sens que t'es chamboulé.

Sérieusement ?

— Sans déc'.

— Et que tu as bu.

— Je sors de votre bar.

— T'es un bon client.

— Et vous suivez tous vos bons clients dans la rue ?

— Non.

OK... putain il me veut quoi ?

— T'es love de Tony, hein ?

Qui dit ça ?

— C'est ma démonstration pathétique de tout à l'heure qui vous l'a fait deviner ? Wouah, vous êtes plus perspicace que ce que je pensais.

— T'es con.

— Je sais, merci.

Il sourit d'un air niais et plante sa main sur mon épaule d'un geste solennel.

— Dans les années 70, on n'avait pas toutes ces conneries de smartphones, d'emails, et les chaînes télé ne nous chiaient pas des infos en continu. Ce temps me manque.

Ce type a une araignée au plafond. *Qu'est-ce qu'il veut ?*

— Alors tu sais ce qu'on faisait pour se faire pardonner d'une fille avec qui on avait grave merdé ? demande-t-il.

— Non.

— On écrivait une lettre et on patientait pour avoir la réponse. Pas brusquer. C'est ta pénitence, mec.

— C'est ça, votre conseil ? Je lui ai envoyé une vingtaine de messages ! Elle ne me répond pas.

— T'as tapoté une machine du fond de ton pieu, mec ! Y a pas de gloire à ça ! Coucher ses mots sur le papier, c'est un autre effort. Les femmes ne résistent pas à une lettre d'amour. Fais-moi rêver, *Bonnes Vibes*. Je sais que tu peux le faire.

Ce mec est perché. Il détache sa main de mon épaule, la glisse dans sa poche arrière et me sort une enveloppe qu'il me tend.

— Tu vas écrire cette putain de lettre pour ma petite chérie, Tony. Puis tu vas la retrouver là.

Il pointe l'enveloppe de son index.

— Paulux et moi, on est trop vieux pour ces conneries. Ramène un pote et kiffez. On s'occupera des formalités pour changer les noms quand tu me diras avec qui tu y vas. Ça ne sera pas Woodstock, mec, mais ça va être le feu. Silence radio jusqu'à l'événement, et ta petite Tony va te courir dans les bras. C'est ça le rock, mon frère.

Je prends l'enveloppe, l'air ahuri, puis vois Gilou faire demi-tour et se barrer aussi soudainement qu'il est arrivé. Mes doigts extirpent les documents contenus dans l'enveloppe. Mon regard se baisse sur les billets que je tiens en main. *Des places pour le Hellfest !*

CHAPITRE 45
SUMMERTIME... ON SE FAIT CHIER SANS LUI
TONY

Comme ça m'a manqué le samedi soir au Bloody Black Pearl ! *Hysteria* de Muse pulse dans les enceintes. Mon cocktail s'écoule dans ma gorge et me brûle l'estomac. *Ouais…*

Cally, Norah et Milo ne sont jamais revenus sur notre discussion post-rupture avec Max, et la vie reprend son cours. Mon trou dans le cœur est béant, mais je fais semblant de gérer la situation. Je ne chiale presque plus dans mon lit la nuit. Faut dire que les joints de Mohamedou font le taf.

Je n'ai plus de nouvelles de Max depuis quelques jours. Je devrais m'en sentir soulagée, mais c'est tout le contraire. J'ai presque failli lui envoyer un texto du genre « *Comment ça va ?* », juste pour avoir de ses nouvelles. Non pas que j'appréciais qu'il me coure après, mais quand même, je préférais ça au silence radio de cette dernière semaine.

— Bon, on part avec le Vitara, vendredi pro. Faut rien oublier avant de partir, lance Milo.

On parle du Hellfest qui approche à grands pas.

— Faudra faire le plein de bières et penser aux tentes.

— J'ai les matelas gonflables ! lance Norah.

— Et moi, des lumières solaires et des chargeurs portables.
— Cool.
Je ne la ramène pas. Moi, j'ai rien et je n'ai jamais fait de camping de toute ma vie.
— Putain, ça va être un truc de dingue !
— J'ai trop hâte !
— On va voir Iggy Pop ! s'extasie Norah.
— Et Rammstein ! balance Milo.

Je souris, mais ne suis pas aussi enthousiaste qu'eux. Faut être honnête, je n'ai pas digéré la casse avec Max et ne fais que penser à lui. Mes yeux se tournent sur la piste quand Teddy le DJ balance *Summertime* de Janis Joplin. Ça y est, c'est le quart d'heure slow music et ça me fout les boules. La voix de Janis coule en moi et m'étreint la gorge. Je bloque sur les corps qui se déhanchent les uns contre les autres sans vraiment les voir. Un flou danse devant mes prunelles, mes pensées s'estompent. La musique fond dans mon esprit hanté par Max. Le temps s'écoule lentement quand, soudain, je suis arrachée à ma transe par deux paires de jambes qui se calent devant moi. Mes yeux se lèvent et je découvre Pacha et Max qui s'apprêtent à s'installer dans notre box. Mon cœur fait un bond, mais je tente de dissimuler cette émotion derrière un visage placide. Je ne manque pas de remarquer le clin d'œil de Milo, le sourire béat de Norah et le regard appuyé de Cally. Cette dernière attrape Pacha par la main et l'embrasse goulûment. Max salue tout le monde avant de tourner son visage vers moi. Ce que je lis dans ses yeux est indéchiffrable. Ce que mon cœur ressent est un tsunami. Je déglutis et me décale quand je constate que la dernière place qu'il reste est à côté de moi. Il pose ses fesses sublimement enveloppées dans son jean sur la banquette, sans dire un mot. La voix de Janis emporte ce moment. Je ne lui ai encore rien dit, mais je sais que ma colère est passée. J'ai réfléchi à ce que mes amis m'ont dit et je reconnais que même si Max a été maladroit, il ne mérite pas une froideur éternelle, alors je me lance :

— Ça va ?

Ouais... faut pas déconner non plus. Je ne vais pas lui chanter une sérénade.

Il me sourit, et cette expression sur son visage fait naître une envolée de papillons dans ma poitrine. *Putain !*

— Mieux depuis que je te vois.

— Oh.

Trop bien ! Non... Tranquille, Tony... Tranquille...

— Et le boulot ?

Ouais, c'est pathétique... j'en ai conscience.

— Ça va aussi.

— Très bien.

Plus gênant comme ambiance, tu meurs.

— Alors, dit-il, on est des amis, maintenant ?

Même pas en rêve !

— Ouais. Je crois que c'est mieux, je réponds.

— Hum...

Cally s'esclaffe sur une vanne de Pacha. Norah sert un verre à Max. Milo siffle le sien cul sec. Je termine mon cocktail et comme je me sens mal à l'aise, je décide d'aller en chercher un autre et de ne pas attendre Rim-K déjà fort occupé.

Je m'accoude au comptoir et vois Boob's se diriger vers moi.

— Bloody Black Pearl ?

— Ouais, ma poule.

Ses lèvres s'incurvent. Merde, j'ai appelé Boob's, *ma poule*. À voir son air satisfait, j'ai l'impression de l'avoir couronnée reine de beauté. Je suis peut-être un peu dure avec Boob's. *Mais putain, elle n'a qu'à partager ses pourboires, merde !*

— Ça sera un whisky pour moi, lance Max, juste derrière moi.

Je me retourne et le rouge me monte direct aux oreilles. *Il est super près !* Je peux presque sentir son cœur battre contre le mien. Un client le pousse en tentant de se faufiler jusqu'au comptoir. Max se retient sur mes épaules pour ne pas trébucher.

À son contact, le feu se met à courir dans mes veines. Il remarque l'effet que ça me fait. Ses lèvres esquissent un sourire irrésistible. Teddy le DJ balance *Still Loving You* de Scorpions. Manquait plus que ça ! Max interpelle Boob's et lui dit :

— Ça ne te dérange pas de poser nos commandes sur notre table, là-bas ?

— Pas de problème, beau brun.

J'ai pas le temps de dire « *ouf* » que Max m'attrape le bras et me tire jusqu'à la piste de danse.

— Tu fous quoi, putain ? lâché-je, tentant à peine de le retenir.

Arrivé au milieu de la piste, il me répond :

— Les amis, ça danse des slows, non ? Et puis, c'est… Scorpions.

Je le dévisage un instant, contemple ses traits que je trouve encore plus agréables que la dernière fois où mes yeux se sont posés dessus. Je me mords la lèvre inférieure avant de lâcher :

— Ouais, c'est Scorpions.

Sa main se glisse sur ma hanche. L'autre s'enroule autour de mes épaules. Ma tête se pose sur son torse. Ses battements de cœur sont rapides. Je me sens bien. La chaleur de tout son être m'a manqué, et je suis là, à ma place, tout contre lui, à m'en imprégner. Si j'avais encore du ressentiment, il a disparu au rythme de la musique et de son palpitant tout contre mon oreille. *Max…*

La chanson de Scorpions se déroule et j'en profite chaque seconde. On ne dit pas un mot. J'aimerais engager la conversation, mais je suis trop pudique et pince les lèvres pour m'empêcher de dire une connerie et rompre ce moment.

Il m'a manqué.

Beaucoup manqué.

Je l'aime, putain.

CHAPITRE 46
CONSTRUIRE UN PONT ENTRE ELLE ET MOI, CE N'EST PAS SI DIFFICILE... BALANCE DU SCORPIONS ET IL SE DRESSE TOUT SEUL !
MAX

Elle est dans mes bras et je la sens s'abandonner. Le chanteur de Scorpions s'égosille et je n'ai jamais été aussi bien de toute ma vie. Gilou avait raison. Je devais la laisser respirer. Je n'ai pas eu la patience d'attendre le Hellfest, mais je ne regrette pas d'être venu, rien que pour cet instant. Quand je sens ses bras resserrer leur étreinte, je prends sur moi pour ne pas attraper son visage et l'embrasser jusqu'à en crever. Je ne veux pas brusquer les choses et la faire fuir. Je me sens suspendu au-dessus du vide comme un putain de funambule. Si je fais un faux pas, je vais tout perdre. Et je refuse de la perdre.

Elle porte cette jupe en jean. La même que la fois où je l'ai rencontrée. Ses cheveux sont relevés en queue de cheval. Leur odeur de vanille me rappelle chacune des fois où nous avons fait l'amour. Les coutures de mon pantalon s'étirent en y repensant. La réaction de Tony ne se fait pas attendre quand elle me sent me raidir contre ses hanches.

— Ta queue n'a pas bien compris le concept d'amitié, on dirait, remarque-t-elle.

Ses lèvres se retroussent, ce qui me soulage.

— Laisse-lui le temps de s'y habituer, répliqué-je. Elle n'a

aucun principe. Ses pensées sont aussi immorales que le mec qui la porte.
— Le mec qui la porte a des pensées immorales ? soulève-t-elle en haussant les sourcils.
— En toute amitié.
Elle pouffe. La voir avec ce sourire aux lèvres m'envoie tout droit au paradis. Je ne perçois plus la colère dans son regard. Je ne perçois plus les traits durs qui m'ont accueilli les fois où je suis venu ramper comme un con au bar du Bloody Black Pearl, alors qu'elle bossait et qu'elle n'était pas prête à me parler. M'aurait-elle pardonné ? Je ne dois pas tenter le diable, mais il me semble que je suis sur la bonne voie, et ça me rend heureux, *putain*.
— Et en toute amitié, dit-elle, tu veux bien reculer ton sexe qui se caresse sur ma hanche, Air Flight ?
— Ah, je ne m'étais pas aperçu qu'il faisait ça, dis-je sans bouger d'un pouce, il a sa propre identité. N'est-ce pas toi qui l'as appelé James Bond ?
— Eh bien, ce soir, on peut dire qu'il a sorti l'artillerie lourde, 007, car je suis à deux doigts de me plier en deux. Fais-lui la morale, ça ne se fait pas, entre amis.
— James n'a pas d'amis. Il n'a que des missions.
— Et c'est quoi sa mission ce soir, construire un pont entre toi et moi ?
— C'est un grand bâtisseur.
Je ris. Imaginer ma bite comme un pont me rend ridiculement fier. Ouais… c'est con. Je suis si euphorique de voir Tony aussi détendue que j'en oublie que je dois rester maître de moi, et glisse ma main à la base de sa nuque. Elle sursaute à ce geste, mais ne la repousse pas. Nos yeux se soudent. *Still Loving You* touche à sa fin et je suis à deux doigts d'interpeller le DJ pour qu'il appuie sur la touche *Repeat*. Mais comme je sais qu'il ne le fera pas et que je refuse que mon regard échappe à celui de Tony, je lui dis seulement :

— Tu me manques.

Ce à quoi elle répond par un sourire. Et avant que la chanson de Scorpions ne se termine, je glisse subtilement la lettre dans la poche arrière de sa jupe. Elle n'a rien senti. Ou alors elle a cru que je lui mettais la main au cul et n'a pas relevé.

Nous rejoignons le box où sont tous les autres. La chaleur du corps de Tony me manque et je ressens un vide. Je ne reste pas longtemps et devine presque sur son visage un air déçu quand je lui fais signe que je m'en vais.

Je n'ai plus qu'à espérer qu'elle trouvera rapidement la lettre dans la poche arrière de sa jupe, et attendre…

Mon cœur fait des bonds quand je rentre chez moi et découvre sur mon portable un message de Tony.

Ça m'a fait plaisir de te voir

Je serre le poing et le brandis en un geste puéril de victoire. J'suis heureux et souris comme un crétin, jusqu'à ce que je me glisse dans les draps !

Ça sent bon, Max ! Ça sent bon !

CHAPITRE 47
UNE PETITE CUITE DE RIEN DU TOUT ET SIX JOURS DE PERDUS...

TONY

— Magne-toi le fion, Tony ! me crie Cally, qui en a marre d'attendre près de l'entrée. Je suis à la bourre. On part pour le Hellfest et je n'ai rien préparé. Toute la semaine, j'ai été à la rue. Depuis que Max est parti du Bloody Black Pearl samedi dernier, je ne pense plus qu'à lui et à la monumentale erreur que j'ai commise en le laissant partir. Après tout, il bandait pendant notre slow sur Scorpions. J'aimerais me dire que ce n'est pas la voix de Klaus Maine qui l'excitait. Ou alors, Max apprécie le rock encore plus que moi. Je tente de refouler une pensée : si ça se trouve, depuis que je l'ai envoyé chier en lui disant qu'on allait rester amis, ses sentiments ont changé et il s'est rendu compte qu'on est davantage des potes qu'un couple. Ça se peut. *Merde...* J'suis dégoûtée.

Toute la semaine, je me suis traînée comme une limace bonne à rien. J'ai même foiré mon entretien d'embauche dans le magasin K&N. Quand la nana m'a présenté son poste de vendeuse, on aurait dit qu'elle me faisait la fleur de l'année alors que le salaire est misérable. Elle m'a posé *la* question : « *Pourquoi postulez-vous à ce poste ?* ». Ce à quoi j'ai répondu :

« *J'aime bien les fringues. Vous faites des prix pour les employés ?* ». Elle n'a pas apprécié et m'a presque engueulée, comme si elle s'adressait à une adolescente. À la fin, je lui ai balancé que son magasin, c'était d'la merde et que c'était une honte de faire bosser des enfants chinois. Je n'ai aucune preuve de ce que j'avance, bien sûr, mais vu le prix des sapes et le salaire proposé, on ne va pas me faire croire que cette boîte prône le *made in France* et la qualité, au détriment du profit. *Enfoirés !* C'est l'agent de sécurité du magasin qui m'a jetée dehors. Je suppute donc que la réponse sera négative.

— Tony, je veux ce barbecue et je veux voir la course de chariots, bordel ! Dé-pê-che-toi !

La course de chariots du Hellfest, ça se passe au camping où nous allons squatter tout le week-end. Une bande de mecs bourrés s'affrontent dans une course de caddies piqués au supermarché du coin. Paraît qu'faut pas louper ça.

— Mais je ne sais pas où j'ai mis ma putain de jupe ! beuglé-je, parce que j'en ai marre de la chercher.

— Tu la portes sur toi, connasse !

Je baisse les yeux. *Ah bah, ouais.*

Je ferme le sac à dos qui contient mes fringues et ferme la porte à clé. C'est parti pour le Hellfest !

Mohamedou et sa bande nous saluent, puis le premier me file une enveloppe qui sent la beuh, avant qu'on monte dans la Vitara où Milo et Norah nous attendent. Ils me passent un savon, puis Milo démarre en trombe. Y a plus de quatre heures de route avant d'arriver à bon port. Ça va être long s'ils me font la gueule.

Au bout d'une heure, les enceintes du 4X4 crachent du métal. On se prépare mentalement pour le Hellfest. Les paysages défilent devant mes yeux et la musique coule dans mes oreilles. Je pense à Max, mais d'après la réaction de Cally, je ne participe pas suffisamment à l'engouement collectif.

— Bordel, Tony, chante sur Slipknot ou je te colle contre la vitre !

Mes yeux s'arrondissent ; les siens m'envoient des éclairs. Bon, OK… Et me voilà à gueuler *Before I Forget* à tue-tête dans un anglais plus qu'approximatif. Cally se marre à l'arrière, Milo a enfilé ses plus belles lunettes de soleil et Norah se déchaîne. Ses cheveux sont dans le vent, pourtant la Vitara n'est pas décapotable. Je rigole et me tourne vers Cally en chantant en chœur. Puis ça y est, je m'emballe, gigote sur mon siège et gueule comme un putois. Milo me lance que je lui casse les oreilles ; Norah me suit dans mon délire. Je défais ma ceinture de sécurité et vais planter un baiser sur la joue de Milo qui râle qu'on a des voix horribles. C'est à ce moment-là que Cally me touche le cul.

— C'est quoi ça ?

Elle extirpe un papier plié en quatre de la poche de ma jupe. Je me rassois, rattache ma ceinture et lui prends des mains, perplexe. Dessus est écrit : *Antonia*. Je la déplie et mes yeux descendent aussitôt sur la fin de la lettre, signée *Max*.

— Bordel, c'est une lettre d'Air Flight !

Cally gueule à Milo de baisser le son. Il s'exécute ; ce con cherche un rock langoureux pour accompagner ma lecture et balance *Don't Cry* de Gun's N' Roses. *Sérieusement ?*

— Depuis quand t'as pas lavé ta jupe, Tony ? me demande Cally.

— Samedi dernier.

— T'es dégueu ! Je t'ai aidée à vomir sur le trottoir du Bloody Black Pearl, samedi dernier !

— Bah, faut croire que je n'ai pas taché ma jupe !

Elle lève les yeux au ciel et les miens se posent sur la feuille A4 sur laquelle Max a écrit. Mon cœur bat la chamade, ma gorge se serre. Je lis :

Tony,

Je me sens comme un con. Un con pathétique qui t'aime tellement qu'il n'arrive plus à mener sa vie sans te voir partout. Un abruti qui écoute du rock en boucle pour que chaque souvenir en ta compagnie s'imprègne de la musique de notre rencontre.

Ce retour à celui que j'étais avant de te rencontrer est brutal. Je n'ai aucune envie de le retrouver.

Je veux auprès de moi cette personne solaire et un peu dingue, cette fille courageuse et admirable qui sait m'envoyer chier quand je fous tout en l'air, et qui fait de moi un homme vivant.

Cette fille, c'est toi, Tony.

Je ne vais pas te mentir. La dernière fois, au resto, je n'étais pas prêt à imaginer un avenir entre nous. Je croyais l'être, mais c'était faux. J'ai pensé pouvoir vivre le moment présent sans me soucier du reste. Mais j'ai eu peur, Tony. J'ai eu la trouille et je m'en veux, si tu savais. Maintenant, tu n'es plus là, et mon seul souhait est que tu reviennes, comme un gamin capricieux qui vient de réaliser ce qu'il a perdu. Tu me manques tellement que je passe mes journées à penser à ce que pourraient être nos vies si tu revenais.

J'ai trente-deux ans et maintenant, je n'ai plus peur. Alors j'ai bien réfléchi, et voici comment j'imagine ce que pourrait être « nous deux », si tu l'acceptes.

J'aimerais que tu viennes vivre avec moi. Ne va pas croire que c'est pour te sortir de la cité dans laquelle tu vis, même si je ne serais pas mécontent que tu la quittes. Tu mérites mieux que ces bâtiments lugubres. Ma première motivation est que je te veux chaque jour auprès de moi. Te retrouver quand je rentre du boulot et rire de tes sourires et de tes vannes foireuses, te faire l'amour jusqu'à en perdre la raison, sortir avec toi au Bloody Black Pearl avant de rentrer nous réfugier dans notre lit après une nuit arrosée.

J'aimerais que tu me laisses une chance de t'aider. Pas parce que j'ai pitié, car je sais que tu vas le penser. Non, Tony. Parce que je t'aime et que je serais un bel enfoiré si je laissais ma petite amie dans cette situation, alors que j'ai les moyens de l'épauler. Ne le prends pas mal. Je veux juste le meilleur pour toi. Je n'ai d'autres raisons à t'apporter que celle de vouloir ton bonheur.

Alors, laisse-moi revenir dans ta vie et je te promets de faire en sorte de te rendre heureuse. Je veux te rendre heureuse, car s'il y a bien une chose que je ne veux pas, c'est être ton ami.

Je serai ton amant, ton mec, ton homme, et rien d'autre. Quand bien même tu m'enverrais bouler

après la lecture de cette lettre, mes sentiments ne changeront pas.
Je t'ai dans la peau, Antonia...
Je t'admire et je t'aime.
Je te veux avec moi.
Dis oui.
Max.

MES YEUX ÉCARQUILLÉS me picotent et je les lève sur Cally.
— Alors ? me lance-t-elle.
Milo éteint la musique. Norah s'est retournée et affiche une expression impatiente.
— Cette lettre est dans ma jupe depuis six jours, c'est ça ?
— Bah, faut croire, ouais.
— Je suis la plus stupide des connasses de toute cette putain de Terre ! lâché-je.
— Non, Tony, me dit Norah. Mais ça serait bien que tu penses à faire des machines à laver, de temps en temps.
— Heureusement qu'elle ne l'a pas fait, Norah ! balance Milo, concentré sur la route. Bourrée comme elle l'était samedi dernier, elle aurait balancé la jupe dans la machine avec la lettre.
Pas faux...
J'attrape mon portable et crispe les lèvres. Il me faut quelques secondes pour réfléchir à cette lettre que je veux déjà relire. En même temps, j'aurai tout le week-end… Je ne peux décemment pas répondre par texto ! Je me décide quand même à écrire :

> Je viens de découvrir ta lettre.
>
> Je suis très touchée.
>
> Peut-on en parler à mon retour ?

Une minute plus tard, mon téléphone vibre et mon cœur fait un bon.

> J'ai cru que t'avais balancé ta jupe à la machine avec la lettre.
>
> On en parle dès qu'on se revoit, alors.
>
> Un indice sur ce que t'en as pensé ?
>
> Encore amis ?

> Même pas en rêve.
>
> Hâte de te retrouver, Air Flight

CHAPITRE 48
PAS FACILE D'ÊTRE UN DIEU DU SEXE AUPRÈS D'UN PUBLIC DE MÉTALLEUX !

MAX

— Encore combien de kilomètres ? demandé-je à Pacha.
— Eh bien, comme tu as posé la question y a environ cinq minutes, je dirais dix de moins que tout à l'heure.

Je grogne. Putain, j'suis comme un dingue depuis que j'ai reçu le message de Tony. « *Hâte de te retrouver, Air Flight* ». Cette phrase tonne dans ma tête. Depuis que je l'ai lue, je trépigne. Gilou est un génie. La lettre a réussi là où mes paroles ont échoué. J'suis heureux et souris comme un niais en y repensant.

Comme je devais assurer mon dernier vol long-courrier la veille, avec cet enfoiré de Maverick, je n'ai pas pu assister au premier jour du Hellfest. Nous allons arriver sur les coups de deux heures du mat. La soirée sera terminée et nous rejoindrons directement le camp. Pacha a ramené sa tente *3 secondes Quechua* et tout un tas d'accessoires rudimentaires pour le séjour. Je n'ai jamais fait de camping de ma vie. J'ai déjà dû me faire confirmer trois fois auprès de mon pote qu'il y avait bien des chiottes sur place. Pacha m'a assuré que oui, même s'il ne s'est pas engagé sur l'hygiène. Il m'a expliqué qu'il y a toujours un risque de se pisser dessus tant les files d'attente sont gigantesques. De toute façon, je m'en fous. Je veux voir Tony et la serrer dans mes bras. Le reste n'est que logistique. Depuis que j'ai joué au con, je ne pense qu'à ça. Cela fait déjà plusieurs semaines que sa présence me manque atrocement et je ne comprends pas comment elle a réussi à s'imprégner en moi avec une telle force. Mais cela me rend heureux et c'est tout ce qui m'importe.

Dans ma lettre, je lui ai carrément proposé de vivre avec moi. C'est dingue, mais à aucun moment je n'ai eu de doutes sur ce que j'ai écrit. J'en pense chaque mot. La question que je me pose à présent est le sens des deux lignes de son texto. Sa réponse signifie-t-elle simplement qu'on ne restera pas amis, mais amants ? Veut-elle dire qu'elle accepte de vivre avec moi ? Si elle dit oui, ma mère va péter une durite en l'apprenant, mais je m'en branle. Je n'ai jamais été aussi sûr de moi. Rien qu'à l'idée d'avoir Tony auprès de moi chaque jour, de lui faire l'amour et de partager chaque moment d'intimité de ma vie avec elle me rend heureux comme un pape. OK, j'ai peut-être un peu la trouille aussi.

Bordel, dans quoi je m'embarque ?!
Bordel, c'est si excitant !
Et bordel, si elle dit non ?!

* * *

Les kilomètres passent à une lenteur désespérante. Je suis silencieux, alors Pacha tente d'alimenter la conversation. On s'emmerde sévère, car en pleine nuit, ce n'est pas comme si on pouvait admirer le paysage…

* * *

O**N ARRIVE ENFIN**, notre matériel sous le bras. Je porte un sac à dos contenant le peu d'affaires que j'ai pris pour ces deux jours. Pacha se fout de moi depuis qu'on a garé la voiture dans un parking bondé de voitures.

— Si Maverick te voyait, il en ferait une attaque !

— Envoie-lui une photo, dans ce cas.

Pacha se marre. J'ai décidé de me lâcher et ai adopté un look qui me permettra de me fondre dans la masse. Du moins, c'est ce que je croyais jusqu'à ce que j'arrive au camping. Finalement, je me rends vite compte que je suis insignifiant parmi la foule de rockeurs.

Pendant que Pacha appelle Cally pour situer l'endroit du campement, mes yeux se perdent sur les milliers de tentes qui occupent l'espace devant moi. Le concert vient de se terminer et les festivaliers se ramènent. Certains en traînant les pattes, car ils ont mal aux pieds. Je croise des mecs qui ont dû faire un combat de boue, à en croire la terre qui accroche leur peau ; ils se bidonnent, bras dessus, bras dessous. D'autres portent des costumes de Vikings, d'ailleurs l'un boit dans une corne. Des punks, des mecs déguisés en lapin, des types au look des *Son of Anarchy*[1], des rockeurs tatoués de la tête aux pieds, et même des nanas seins nus me passent devant, normal. J'hallucine ! Ils sont si nombreux que je panique. Pas que je juge. L'ambiance a l'air bon enfant, même si on voit clairement que les fêtards ont forcé sur la boisson. Ça gueule, ça crie, et personne ne s'offusque. Les enceintes des festivaliers crachent du rock et personne ne dort. Des mecs improvisent un pogo. Un autre est à poil et tente de faire du feu avec son briquet en pétant. *Sérieux, mec ?* Une fille se fait caresser les seins par une autre, tandis que des spectateurs viennent s'asseoir autour d'elles pour mater. Les projecteurs sur le camping ne m'en fait pas louper une miette, alors que Pacha et

---

1. *Son of Anarchy* : série télévisée américaine de 92 épisodes qui déchirent et qui retracent la vie d'un club de bikers.

moi nous faufilons entre les tentes en quête de Tony et Cally. C'est surréaliste. On s'approche du fond du camping et j'ai déjà bu cinq verres avec des métalleux qui me les ont tendus joyeusement. À ce rythme, je vais être bourré avant de retrouver Tony. J'en refuse poliment trois autres. Nous approchons de l'angle du camp. La musique est plus douce que celle qui tonnait dans la parcelle précédente. J'entends les premières notes de *Don't Fear The Reaper* de Blue Öyster Cult tout en humant l'odeur de beuh qui attaque mes narines. Un rasta accompagné d'un type en costume d'âne me salue. Ils me tendent une bière en m'appelant leur pote, avant de se barrer comme ils sont venus. Puis mon regard se porte sur la droite, et je la vois. Mon cœur fait un bond. Elle est pieds nus, porte une robe flower power et une couronne de fleurs sur la tête. Elle danse sur la musique des Blue en ondulant des bras, un joint à la main. Cette vision est féérique. Faut dire que j'ai enchaîné les verres de vodka, rhum, whisky et bière avant d'arriver devant elle. *Tony...* Elle se retourne, en se dandinant très lentement. Quand elle m'aperçoit, son corps se fige. Son regard se plante dans le mien. Un sourire se dessine sur ses lèvres. Puis elle jette un œil à ma tenue et éclate de rire. Je l'imite, si heureux de la voir. Je fais un pas. Elle en fait un autre. Nos yeux se soudent. L'expression sur nos visages devient presque timide. Car nous savons. Nous savons maintenant que nous voulons être ensemble. Nous nous aimons. Et ni elle ni moi n'avons l'expérience de cela. C'est perceptible dans nos pas, nos regards, nos gestes hésitants. Lorsqu'elle n'est plus qu'à trois mètres de moi, son sourire est si captivant que j'en déglutis. Elle se lance alors soudainement dans mes bras et je l'attrape. Ses jambes s'enroulent autour de ma taille et ses bras autour de mes épaules. Mes mains se plaquent sur ses joues et je l'embrasse, submergé par l'émotion qu'elle me procure, sentant la chaleur de son corps et le cœur battant la chamade. Des mecs sifflent à côté de nous et font des remarques grivoises, mais je les ignore, comme j'ai ignoré Cally, Norah et Milo qui se sont levés de la couverture sur laquelle ils étaient assis. Mon attention est focalisée sur Tony, sur ses lèvres. Mes doigts sinuent dans son dos. Je la serre contre moi.

— Alors, dis-je entre deux baisers fougueux, c'est oui ?

Elle halète et m'embrasse encore. Sa langue visite ma bouche, je gémis et bande comme un taureau. Puis elle s'écarte un peu de mes lèvres, coule son regard dans le mien, retrousse ses lèvres et me lance :

— Putain, ouais !

Je souris tant que j'ai peur que mon expression reste scotchée sur mon visage. Je l'embrasse encore. Des spectateurs de nos retrouvailles applaudissent.

— Elle est où ta tente ?

Tony me la désigne de l'index. Je nous y emmène. Nos lèvres se soudent, et c'est à contrecœur que je m'en détache pour la poser au sol avant d'entrer là où je vais lui faire l'amour. Je la veux maintenant. Je veux me glisser dans son corps chaud. Je veux sentir sa peau sous mes lèvres. Je la veux tout entière et putain, je n'ai jamais été aussi joyeux.

Elle ouvre la fermeture glissière de la tente, puis se retourne subitement vers moi.

— Enlève tes bottes, Cowboy.

Elle m'appelle Cowboy, car Pacha m'a prêté un chapeau de ce style, assorti à un T-shirt à l'effigie du groupe Motörhead, et des santiags. Il n'avait pas mieux à me proposer, d'après lui, et m'a fait remarquer que cela m'allait bien et que j'étais tout à fait baisable dans cet accoutrement. J'espère qu'il a dit vrai, car j'ai bien l'intention de baiser Tony dans cette tente. Je retire ces putains de bottes avec difficulté. Tony pouffe en s'infiltrant sous la toile. Je la suis. Ma tête heurte la loupiote suspendue à l'intérieur de la tente qui fait à peine un mètre de hauteur. Le matelas gonflable fait des bruits étranges tandis que je m'allonge sur Tony. Elle glousse alors qu'elle essaie de retirer sa robe, ce qui, dans cet espace réduit, et avec moi au-dessus d'elle, n'est pas aisé. Alors je me décale sur le côté et constate qu'enlever mon jean est une mission encore plus délicate. Il fait chaud et je suis en nage. Pas grave. Deux minutes après, je suis à poil et Tony aussi. Je me cale sur le flanc, elle m'imite et nous nous contemplons un instant. Un moment de respiration avant de nous unir. Mon cœur bat à tout rompre. Elle pose un chaste baiser sur mes lèvres et me dit :

— On ne sera jamais amis, toi et moi, Air Flight.

— J'espère bien.

Encore un baiser. Je me risque à lui demander :

— Et pour le reste de ce dont j'ai parlé dans la lettre, tu as réfléchi ?

Un sourire coule sur ses lèvres, mais elle ne répond pas. Je ne sais pas comment je dois le prendre et ne cherche pas à la brusquer quand elle se colle à moi. Elle est déjà d'accord pour qu'on se remette ensemble et pour le moment, ça me suffit. Alors je m'abandonne et m'allonge au-dessus d'elle, un bras se faufilant entre nous afin de la caresser. Mon érection se frotte à sa cuisse tandis que mes doigts s'agitent sur son clitoris. Elle gémit et m'embrasse. D'une voix rauque, je murmure à son oreille :

— Je vais te baiser si fort que tout le camp va t'entendre crier mon nom.

— Chiche !

Je me mords la lèvre et deviens fou quand elle passe sa langue sur la sienne. Ma raison explose. Je me plante en elle d'un geste brusque qui lui arrache un feulement. Ce son provoque une décharge dans ma poitrine, si forte que je suis obligé de me retenir de jouir. Je me rappelle soudain que je n'ai pas mis de capote. *Mais quel con !*

— Merde, j'ai... je suis... sans préservatif, bafouillé-je, minable. Je suis désolé... J'ai... j'ai pas réfléchi. Je voulais t'en parler justement, mais ça tombe mal, là, maintenant.

Ses yeux s'arrondissent, intégrant cette information. Elle ne dit pas un mot, et moi je suis toujours enfoui dans l'humidité de son sexe, prêt à me foutre des claques de peur de gâcher ce moment.

— Je voulais justement te dire, repris-je, penaud, que j'ai fait un test y a une semaine, et que si tu es d'accord pour vivre une relation exclusive avec moi, j'aimerais que… qu'il n'y ait plus de plastique entre nous.

Son visage affiche un air perplexe qui se mue lentement en une expression paisible.

— Je ne te savais pas si écolo ! lâche-t-elle en haussant un sourcil mutin.

Je soupire, à la fois fébrile et soulagé, avant qu'elle ne poursuive :

— Je n'ai pas eu d'autres amants que toi depuis des lustres, Max. Je fais des tests tous les ans et… enfin, j'en ai fait un avant de te rencontrer et tout allait bien. Je prends la pilule, donc… si tu veux que nous soyons « exclusifs » l'un pour l'autre, je crois que c'est l'occasion pour que je sente chaque centimètre de ta peau en moi. Ça te va ?

Bordel ! Bien sûr que ça me va ! Je le lui prouve en poussant un coup de reins. Elle éclate de rire et pose ses mains sur son visage. Ses joues sont rouges. Il fait si chaud que je dégouline de sueur. Nos corps collent l'un contre l'autre, tandis que je commence à accélérer le mouvement.

— Putain, Tony…

C'est si bon d'être en elle. De la sentir trempée autour de mon sexe. De voir son visage se détendre et sa bouche émettre des gémissements qui deviennent de plus en plus sonores. Cela me motive tant que je me rue en elle de manière plus bestiale. Mes hanches claquent contre les siennes. Sa main se faufile entre nous et vient caresser son sexe. Cette vision me pousse à être plus véhément encore. Cette fille me rend dingue. Je la pilonne encore et encore. Elle pousse un cri, tandis que mes grognements s'intensifient. Je deviens fou entre ses cuisses. Ses ongles s'enfoncent dans mon dos, ma bouche attrape un de ses mamelons et l'avale. C'est alors que la tente se met à bouger dans tous les sens, et je comprends vite que ce n'est pas notre baise sauvage qui en est la cause :

— Putain, ça rigole là-dedans ! beugle un mec.
— La tente va s'envoler à ce rythme, lance une femme.
— Prends ton pied, mec !
— Prends ton pied, ma belle ! Fais-toi plaisir ! braille une autre.
— Vous avez raison, les jeunes ! Sex, love and rock'n'roll. Yeah !
— Ils en ont de la chance !
— Tu m'étonnes.
— Ils me font bander, les salauds. T'en dis quoi, beauté ?
— Dans tes rêves, enfoiré.

Les remarques salaces s'accumulent. Nos spectateurs, à l'extérieur, remuent la tente en nous encourageant. Mais ça ne m'arrête pas. Rien à foutre. Tony se marre et attrape mes fesses pour me faire comprendre qu'elle s'en moque aussi. On a mérité nos retrouvailles, et fuck les métalleux !

CHAPITRE 49
L'AMOUR ET LA PIPE SONT DEUX CHOSES COMPATIBLES. LES PRUDES PEUVENT SE RHABILLER. MOI, J'ASSUME !
TONY

Il me martèle comme jamais et devient fou entre mes cuisses. C'est si bon que je pousse un nouveau cri. Les gens dehors s'extasient, mais je m'en tape, c'est à peine si je les entends tant mon corps est en transe. Dans nos deux mètres carrés de tente, Max est à moi. En moi. Et bordel, je l'aime tant que mon cœur va transpercer ma cage thoracique. Je halète et crie encore. Max pose ses doigts sur ma bouche et ça me fait rire. J'ai pas mal fumé aujourd'hui. Je suis au firmament. Nos hanches claquent. Ma bouche est muselée par sa main puissante, et ça m'excite encore plus. Il me susurre à l'oreille :

— Ce que j'aime te baiser, Antonia.

Putain ! La luxure dans sa voix rauque, le rythme de sa queue en moi, ma main qui me caresse avidement et la ferveur de son corps contre le mien me provoquent un orgasme si retentissant que je crains que mes poumons n'éclatent. Je sais qu'il ne me baise pas vraiment. Il me fait l'amour, à sa façon. À notre façon. Et, merde, l'entendre me dire des mots pareils à l'oreille me propulse tout droit au septième ciel. Et il n'en a pas fini. Mon orgasme a déclenché un sourire lubrique sur son visage. Ses mouvements sont brusques, sauvages, à l'image de son visage dont les yeux sont rivés dans les miens. Alors il continue, et continue encore à me prendre, et moi je flotte sur un nuage où plus rien n'existe. J'aime cet homme et je veux tout de lui. Chacun de ses soupirs, chacun de ses mots, chacun de ses murmures, alors qu'il se cambre pour mieux s'enfoncer dans mes chairs. *Bordel…*

— Je vais venir, dit-il avant de se mordre la lèvre.

À ces mots, je m'extirpe subitement de sous son corps, le pousse sur le côté, ma bouche fondant sur son sexe. Je sens mon goût sur mes lèvres quand je le happe d'un mouvement leste.

— Antonia… gémit-il, la voix plus grave que jamais.

Je sens la pulsation de son sexe quand il s'apprête à se déverser sur ma langue. Il s'abandonne en enfouissant ses doigts dans mes cheveux, agitant son bassin pour se servir de ma bouche qui ne demande qu'à lui donner du plaisir. Ce plaisir que je m'évertuerai à lui donner tant qu'il voudra de moi. Car il m'aime. Il me l'a dit. Me l'a écrit. Je ne comprends pas pourquoi il m'aime tant, mais je m'en fous. Je suis décidée à profiter de chaque seconde, de chaque millimètre de son corps, de chaque mot qu'il voudra bien m'adresser. Car je sais désormais une chose : je ne veux plus d'une vie sans Max.

Après ce rodéo de sexe, je suis lessivée. Encore à poil en travers du matelas, le calme relatif du camp est revenu, notre public a déserté les lieux. Max respire encore comme un bœuf, son sexe reposant sur sa cuisse. C'était incroyable. J'éprouve un sentiment d'euphorie, marqué par un perpétuel sourire sur mon visage. Max se tourne et m'embrasse, heureux lui aussi.

— J'ai soif, dit-il.

— Tu m'étonnes !

On se rhabille en rigolant tellement on galère. Max me file un dernier baiser avant qu'on sorte de la tente. L'expression ébahie sur nos visages provoque des éclats de rire à peine en sommes-nous sortis. Notre public se tient près de la couverture

où sont posés Cally, Pacha, Norah et Milo. Des applaudissements et des sifflets suivent notre progression. Je rougis comme une pivoine. Max sourit comme un niais, fier de lui. Des types viennent même lui taper dans la main. *Les mecs...*
— Bravo, mec ! lance l'un d'eux.
— Putain, t'as géré ! dit un autre.

De mon côté, les femmes me sourient, plus discrètes, mais je sens toute leur solidarité derrière leurs regards. Une femme peut prendre son pied au Hellfest sans avoir à souffrir des remarques des coincées du cul. La liberté est de mise et ce n'est pas la nana à la poitrine nue, les mamelons barrés par des croix scotchées de chatterton qui va me faire la morale.

— T'as pensé à prendre une brosse à cheveux ? me demande Cally.

Comme si j'en avais quelque chose à foutre de mes cheveux, là, tout de suite. En passant la main dans ma tignasse, je remarque néanmoins qu'elle s'est transformée en nid d'oiseau.

Max et moi nous asseyons à leurs côtés. Milo attrape la glacière et nous tend à chacun une bière encore fraîche et le décapsuleur. Nous avalons une très longue goulée du breuvage avec plaisir. Il fait chaud et ce n'est pas comme s'il ne venait pas de vider sa semence sur ma langue. Le liquide ambré est bienvenu ! Je le vois me sourire tandis que je repose la bière en me mordant la lèvre. Il a très bien compris à quoi je pensais et je glousse comme une dinde. Cally secoue la tête. Elle est assise entre les jambes de Pacha qui lui caresse les bras. Norah discute avec un métalleux punk qui arbore une crête rose sur le crâne et un tatouage énorme sur le cou. Milo est si défoncé qu'il baye aux corneilles. *Another Brick In The Wall* de Pink Floyd crache dans les enceintes du camp des rockers soixante-huitards juste à côté. On est bien. Je suis bien. On ne va pas dormir du week-end, mais ce n'est pas grave... Max est avec moi. Mes amis sont avec moi. Le rock est avec moi. La vie ne pourrait être plus belle qu'en cet instant.

CHAPITRE 50
MÊME LES ZOMBIES ONT DE LA RESSOURCE DANS CERTAINES CIRCONSTANCES
MAX

Le week-end au Hellfest se termine et j'en ai pris plein les mirettes et les oreilles. Deux jours sans dormir, j'ai les tympans et les pieds explosés par les concerts qui se déroulent à un rythme effréné, de dix heures du matin jusqu'à tard dans la nuit. J'ai des bleus partout et je suis trop content de les arborer ! Je ne crois jamais m'être autant lâché que ce week-end.

Avec Tony, on a navigué entre toutes les scènes. Visite des lieux qui s'étendent sur des kilomètres, avec cette entrée cathédrale impressionnante, la statue de Lemmy, l'emblématique et feu chanteur de Motörhead, les jets de flammes et toutes les attractions, telles que la grande roue, où Tony et moi avons fait deux heures de queue sans l'avoir regretté. La vue du site gigantesque en pleine nuit, et sur un air de rock, restera à jamais imprimé dans mes rétines.

Ce séjour m'a appris qu'il y a une multitude de genres de rock métal. Je suis devenu une vraie encyclopédie grâce aux soixante-huitards qui campaient à côté de nous, et avec qui on a picolé et fumé les deux dernières nuits. *Trash Métal, Hard Core Métal, Death Métal, Punk Métal, Black Métal, Symphonic Métal,* bref… je ne me doutais pas d'une telle variété avant d'arpenter les fosses du Hellfest. Ça m'a d'ailleurs joué des tours d'être un novice, en particulier hier, lorsque le chanteur sur scène a plaqué ses deux mains l'une contre l'autre, a écarté les bras et a hurlé « *Wall Of Death !* ». Soudain, je me suis trouvé comme un con, seul, au milieu de la fosse qui s'est ouverte comme la mer Rouge à l'appel de Moïse. Tony, qui connaissait la signification du geste du chanteur, m'a lâché comme une merde et s'est bidonné quand les deux énormes rangées de spectateurs se sont percutées l'une contre l'autre. J'ai pris cher. Une autre fois, j'ai couru dans le *Circle Pit*. En gros, des métalleux courent en cercle comme des cons à la demande du groupe sur scène. Je tenais la main de Tony pour pas qu'elle m'échappe. On se fendait tant la poire que je n'ai pas remarqué que j'en avais perdu mon chapeau de cowboy. Résultat, j'ai un coup de soleil sur le front et le nez qui va bientôt s'effriter. J'ai porté Tony sur mes épaules quand Simone Simons a entonné *Unchain Utopia* avec son groupe Epica, et que des spectateurs en transe en chialaient. J'ai entamé un pogo sur les sons de Rammstein, j'ai vomi pendant la chanson *Here To Stay* de Korn après avoir pris la pompe d'un mec qui slamait dans la gueule, alors qu'il était porté par le public… et j'ai les orteils qui saignent dans mes bottes. Mais, bordel, je n'ai jamais été aussi heureux de ma vie.

Cally, Norah et Milo sont montés dans la voiture de Pacha pour rentrer. Je conduis la Vitara de Tony, tandis que sa main caresse ma nuque. Je souris comme un crétin. Un crétin qui n'a pas dormi depuis quarante-huit heures et qui ressemble à un zombie tout droit sorti de *The Walking Dead*. La radio annonce qu'elle va passer *If The Kids Are United*. Les premières notes chantées par le leader de Sham 69 résonnent dans l'habitacle. Mes yeux se tournent vers Tony. Ses cheveux sont décoiffés dans un chignon qui laisse échapper des mèches de toute part. Les cernes sous ses yeux lui arrivent aux genoux, mais elle me contemple comme si j'étais un dieu. Je me mords la lèvre, prêt à m'arrêter sur la prochaine aire d'autoroute pour une pause « baise », mais je me ravise, car je suis si naze que je ne sais pas si je serais en capacité de bander. Mes pensées salaces se dissipent quand elle me lance soudainement :

— Je suis d'accord.

Mes yeux se plissent. Je n'ai pas posé de questions. A-t-elle lu dans mes pensées que je voulais m'arrêter pour faire l'amour dans la Vitara ? Après tout, ce ne serait pas une première. Dans le doute, je demande :

— Pour quoi ?

Elle sourit, son regard se baissant timidement sur ses cuisses.

— Eh bien… ta proposition de vivre ensemble, si c'est toujours d'actualité, bien sûr.

Le choc me laisse pantois. Mes yeux se reportent sur la route, puis de nouveau sur elle. J'expire enfin, jette un œil dans le rétro et freine pour me garer sur le bas-côté en actionnant les warnings. Une fois arrêté, je défais ma ceinture de sécurité et plonge sur Tony. Je l'embrasse en tenant fermement son visage.

— Évidemment que c'est toujours d'actualité ! dis-je après avoir repris mon souffle.

Elle rit. Le timbre de son éclat résonne en moi. Je l'aime. J'en suis amoureux fou… et il n'est pas question que j'attende de trouver une aire d'autoroute.

Finalement, James Bond n'est pas fatigué et veut fêter dignement cette nouvelle sur un morceau de rock. Qui n'écouterait pas 007 en ces circonstances ?

ÉPILOGUE,... C'EST LA FIN OU QUE LE DÉBUT ! TANT QU'IL Y A DU ROCK...

TONY

— M onsieur Delaunay ! l'interpelle le type en smoking avec qui je tape la causette depuis quinze minutes.

Max s'arrête. Il est sublime dans son costard bleu nuit et sa chemise blanche nouée au cou par une cravate plus claire. Cravate que je lui ai offerte, et qui était mon seul vêtement de la veille au soir avant qu'il me prenne sur l'îlot central de notre cuisine. Car ouais, ça fait maintenant sept mois que je vis avec lui. J'ai laissé Mohamedou et toute la bande de la cité pour un appartement cossu du VIIIe à Paris. Évidemment, j'ai fait appel aux mecs du quartier pour m'aider à remplir le fourgon du père de Toufik avec mes modestes possessions. Ils m'ont tous chaleureusement dit « au revoir » et les embrassades m'ont touchée. Je vivais depuis si longtemps à la Palebière que je ne savais pas ce que c'était que profiter d'une existence *ailleurs*. Maintenant, je me balade en Rangers à Panam et fais mon marché avec les bourges, avant de rejoindre le bâtiment haussmannien dans lequel j'habite. Une vraie Cendrillon, sans la robe meringue et Marraine, la putain de bonne fée. Ce que j'ai, je le dois au rock !

— Monsieur Berry, comment allez-vous ? demande Max en

passant un bras sur mon épaule, sa main libre tenant une coupe de champagne.

C'est la réception tant attendue de l'entreprise multinationale Delaunay. Je suis ici en tant que compagne du PDG et me suis enfilé une vingtaine de petits fours en picolant du champ'. Berry est le responsable de l'import-export et vient de s'extasier sur une suggestion à la con que je lui ai soumise, directement inspirée de mon expérience chez Intersection. En gros, je viens de lui dire :

— Animez des challenges au service livraison. On ne va pas se mentir, Berry, les mecs qui y bossent ne gagnent pas des mille et des cents. Si vous ne les motivez pas et ne les considérez pas, vos délais resteront plus longs que ceux de vos concurrents, et pardonnez-moi de vous révéler que personne ne se défonce pour des clopinettes.

— Et qu'est-ce que vous suggérez, Mademoiselle ? m'a demandé mon interlocuteur, un peu saisi par mon verbe dont il est visiblement peu coutumier.

— Salle de pause avec flipper, jeu de fléchettes, canapé, café gratuit et tout le toutim. Car qui veut venir au boulot pour un café de radasse à trente centimes et une salle de pause où on se fait chier ? Et, pour finir, Berry, proposez des primes au nombre de cartons expédiés.

— Ce sont des machines qui s'occupent de les expédier.

— Je vous parle des mecs qui emballent les produits, Berry.

— Hum…

Je sais que ma remarque l'intéresse au tic que fait sa bouche. Je suis certaine que Berry est cadre depuis sa naissance et n'a jamais mis le moindre produit Delaunay dans un putain de carton.

— Mettez en place une animation *« employé du mois »* et un classement de vos trois meilleurs emballeurs.

Ça me fait rire d'utiliser ce mot, mais je n'en trouve pas d'autres. J'hésite à ajouter que les emballeurs devraient être dédiés à des concours de roulage de pelle, mais je doute que Berry valide.

— On les appelle des préparateurs, me fait remarquer Berry.

C'est pire ! Je manque m'esclaffer en pensant à la préparation que Max m'a faite la veille avant cette sodomie particulièrement orgasmique. Je me retiens et balance :

— Associez votre classement à des primes. Ça va motiver les troupes, même ceux qui ont l'habitude de glander. Ils seront sans doute mieux disposés à venir se casser le cul pour du fric et un peu de reconnaissance. Si, en plus, vous leur proposez un endroit agréable où ils peuvent se détendre, c'est gagné. En moins de six mois, vous gagnerez au moins un jour de livraison sur vos commandes.

Je m'empêche d'ajouter « *Et hop, l'affaire est dans le cul de l'âne !* », mais je sais me tenir. De plus, je suis à la réception super classe de Max et sa mère me toise de loin, surveillant le moindre de mes gestes. Je lève ma coupe dans sa direction puis l'avale d'un trait.

— Votre compagne a eu une excellente idée, lance Berry à Max qui penche la tête.

— Elle ne manque jamais d'idées, lui fait remarquer Max, nous sommes d'accord sur ce point.

Je pince les lèvres pour ne pas sourire à l'allusion du pilote. Pilote de loisirs, désormais. Max a laissé l'aviation commerciale depuis deux mois et se consacre à son entreprise. Il vole maintenant grâce au petit coucou qu'il s'est acheté et dans lequel je refuse de monter. Un jour peut-être, lui ai-je dit quand il m'en a fait la proposition.

Il a tout arrêté pour moi. Pour lui aussi. Il est heureux et m'a encore dit hier à quel point il était satisfait de sa décision. Après avoir serré la main de Berry, Max m'entraîne dans un coin du hall de réception :

— On se casse ? me dit-il.

— Ouais !

On part récupérer nos manteaux et fuyons cette ambiance assommante. Max hèle un taxi et nous voilà partis, tout endimanchés, en direction du Bloody Black Pearl. C'est ma soirée d'intronisation en tant que gérante du pub. J'en ai presque les larmes aux yeux en y repensant, même si l'idée ne m'a pas séduite au départ. Gilou veut prendre sa retraite et prévoit de la passer à roadtriper en Harley-Davidson avec Paulux à travers toute l'Amérique du Nord. Un remake de *Easy Rider* avec des soixantenaires affirmés, qui est-ce que ça ne tenterait pas ? Comme Gilou a Max à la bonne et qu'il sait que son portefeuille est bien garni, il lui a demandé s'il voulait reprendre le pub. Max a accepté à condition que j'en sois la gérante. Tout ça s'est fait dans mon dos. J'ai appris que je passais de barmaid à gérante du Bloody Black Pearl au cours d'une soirée arrosée à la maison, tandis que je fumais des joints avec Gilou. Alors qu'il me faisait un cours sur Jimi Hendrix, il a balancé entre deux phrases : « *Ah, et au fait, tu prends la gérance du Bloody Black Pearl, je me casse dans un mois.* » Imaginez ma tronche quand j'ai appris que Max avait racheté la boîte, déjà signé tous les papiers, et m'avait fait boire pour que l'annonce passe « crème ». Mais ce n'était pas idiot… Ma réaction s'est bornée à un seul mot : « *Putain !* ».

Après nous être engueulés sur le pourquoi du comment (passage obligé vu les circonstances, et bien hypocrite, puisque Max réalisait mon rêve on ne peut plus rock'n'roll, et que je me retenais de sauter au plafond), j'ai accepté de gaieté de cœur, n'en revenant pas de connaître une chance pareille. Quatre jours plus tard, mon père était libéré de prison. Max a engagé un avocat à douze mille dollars (façon de parler, car je n'ai aucune idée de combien il lui a coûté, mais je sais que c'est chéro) qui a fait chier les magistrats pour qu'ils rouvrent le dossier, les menaçant même de faire appel à la ligue de protection des LGBT pour saluer le geste de mon père défendant Cindy le travelo. Acte dont la justice voulait se servir pour empêcher sa libération.

Je n'ai pas pu renoncer à cette aide de Max qui vaut à mon père sa liberté, et quelque part, la mienne.

Car j'ai baissé les armes depuis la lecture de sa lettre.

Depuis que je sais que je l'aime éperdument et sans retenue.

Depuis que j'ai vécu la douleur de son absence et le manque de lui.

Alors, oui, j'ai accepté.

Tout accepté de ce qu'implique notre vie de couple.

Mes samedis sont maintenant libres, mon esprit encore davantage.

Ma vie a changé en l'espace de quelques mois.

Grâce à Max. Mon amour… Mon pilote…

Moralité : on ne va pas se mentir, la vie est quand même vachement plus simple quand t'as de la thune !

Moralité bis : la vie est quand même vachement plus cool quand ton père ne végète pas en taule.

Tout le monde nous attend au Bloody Black Pearl. Cally se tient à côté de Mama et Pacha. Pacha et Cally ne sont plus ensemble depuis trois mois. Une divergence d'opinions sur l'engagement côté Cally, qui a lentement terni leur relation. Ça me frustre pour elle, mais je la connais. C'est déjà bien qu'elle s'ouvre à des relations et devienne exigeante sur les profils de *Tinder Surprise*. De plus, Pacha reste un plan cul, et le deal a l'air de leur convenir à tous les deux. C'était juste… trop tôt.

Comme d'hab, je trouve Norah au bar en train de reluquer Rim-K, et Milo dans notre box habituel à rouler une pelle à Simon, le beau black pour lequel il craque depuis de longs mois maintenant. Simon s'est intégré au groupe et commence à écouter du métal hardcore. Un bon gars.

Dès que Gilou nous voit, il élargit un sourire niais et vient nous claquer la bise. Il pose ses mains sur les épaules de Max d'un geste solennel et hoche la tête en fermant les yeux. Gilou est super chelou, mais son affection pour Max et moi est visible dans son expression. Cela me touche, alors je plante un baiser sur sa joue et rigole quand je le vois rougir. Puis la minute d'après, il me claque le cul et je sais que nos effusions s'arrêtent là. Il part en direction de Teddy le DJ, tandis que Max et moi nous rendons au bar.

— Tu me commandes un whisky ? me demande Max.

J'acquiesce et le vois rejoindre Gilou, sans doute pour parler affaires. Je me retourne face au comptoir et crie :

— Boob's, ramène tes boob's ! Un *Bloody Black Pearl* et un whisky, beauté !

Ouais, j'suis de bonne humeur.

— Putain, tu vas être chiante en patronne ! lâche Boob's qui se marre un peu quand même.

— T'inquiète pas, je te claquerai le cul, moi aussi !

Je remarque que ma réplique lui fait plaisir. *Bah, merde, alors…* Norah se plante à côté de moi.

— Alors, cette réception ? Tu es si élégante, Tony !

— Ouais, c'était bien finalement. Je bois mon cocktail et je pars aux vestiaires enfiler mes Doc Martens que j'y ai laissées.

— Robe de soirée et Doc Martens, la classe !

On est d'accord.

Boob's me sert les verres et je les attrape, tandis que je glisse un clin d'œil à Rim-K. Soudain, la musique s'arrête dans le pub. Ça n'arrive jamais, alors Norah et moi nous retournons de suite en direction de la piste et de Teddy DJ. Le mec est serein et sifflote en buvant un coup. *Teddy, t'as disjoncté ou quoi ? La musique !* C'est alors que la foule s'écarte pour laisser la place à Gilou, qui a un micro à la main.

— Salut les rockeurs ! lance Gilou à toute l'assemblée en se dandinant. Bon, c'est pas que je m'emmerde avec vous, mais de nouvelles aventures m'attendent. L'appel de l'Ouest, les gars…

Tout le monde applaudit ou siffle Gilou. Avec mes deux

verres à la main, je ne fais que siffler. Gilou est content de l'accueil de son introduction.

— C'est pour cette raison que j'aimerais officiellement vous présenter la nouvelle patronne du Bloody Black Pearl. C'est grâce à elle que depuis six ans il n'y a jamais eu de ruptures de stock sur le rhum ni aucun autre alcool au bar. Alors je vous demande de lui réserver le meilleur accueil, car c'est Tony qui claquera des culs, désormais. Tony, approche !

Il déconne ? Putain ! Je reste figée derrière les deux armoires à glace entre lesquelles je visualise la piste. Norah me prend les verres des mains. *La traîtresse !* Je fais non de la tête et me recule, mais Mama veille au grain et m'attrape le bras.

— Tu ne vas pas faire ta gamine, Tony. Tu as des responsabilités maintenant.

Mon père se pointe derrière elle. Cindy le travelo, qui est sortie de prison depuis peu, l'accompagne et soutient mon daron quand il me dit :

— T'y vas ou je t'en colle une ?

Je sais qu'il ne le fera jamais, mais ça a toujours été sa manière à lui de me convaincre. Max est toujours surpris par sa façon d'exprimer son amour. Ma mère et Gaspard se glissent derrière lui et m'encouragent aussi à m'afficher devant tout le monde. N'ont-ils pas compris que je suis une calamité pour m'exprimer en public ?

— Vous faites chier, bordel !

Mes bras écartent les deux mecs devant moi et je pars en direction de la piste, sous les applaudissements et les sifflets. Je suis écarlate. La lumière est tamisée, mais vu ma tronche de tomate, sûre qu'ils ont tous capté que je me pisse dessus. Gilou prend ma main et me place face à ma famille, mes amis, et à tous les clients. Je fusille Gilou des yeux et me demande où est Max. Lui qui est toujours là quand j'ai besoin d'aide est aux abonnés absents. *L'enfoiré !* Gilou reprend le micro et Paulux se plante à ses côtés.

— C'est l'heure de tirer la révérence, hein, mon Paulux ?

Ma gorge se serre. Je réalise soudain ce qui me tombe dessus. Je ne vais plus travailler avec Gilou et Paulux. Je vais devenir la patronne d'un bar parisien. *Bordel, la pression !*

— Elle fera du super taf, comme toujours ! lance Paulux en prenant le micro. Mais si je n'm'abuse, Gilou, on l'a pas fait venir pour ça, la Tony.

— Oh oh ! lâche Gilou en reprenant le micro. T'as tout bon, mon Paulux !

C'est à ce moment précis que Teddy le DJ balance *Nothing Else Mather* et que je vois s'approcher Max à pas lents, alors que les premières notes langoureuses de Metallica résonnent dans la boîte. Gilou tend le micro à Max et je reste là, comme une conne, à les regarder échanger des sourires. Paulux et Gilou se cassent, et me voilà seule au milieu de la piste avec Max. Il chope ma main tremblante, alors je lui fais de gros yeux qui lui signifient clairement : « *Mais putain qu'est-ce que tu fous ?* ».

— Oh, je sais ce que tu te dis, Tony : « *Mais putain qu'est-ce que tu fous, Max ?!* ».

Le but était qu'il le devine discrètement, mais c'est mort. Les gens se marrent autour de nous. Max m'attrape par la taille et commence lentement à danser. Mes joues prennent feu. Des sifflets l'encourageant se multiplient, et je n'y pipe rien de rien.

— Tony, tu es ma compagne depuis un moment maintenant, poursuit Max qui a l'air super à l'aise, *lui*. T'es arrivée dans ma vie comme une tornade et depuis, je suis le mec le plus heureux de la planète.

Mais putain, c'est quoi ce délire ? Mes pas le suivent, mais ma tronche effarée en dit long sur mon embarras.

— T'es la femme de ma vie, Antonia, continue-t-il tout en se frottant à moi. Et ce soir, la tienne va considérablement changer. Je ne connais personne qui le mérite autant que toi, et je suis le plus comblé des hommes d'y avoir contribué. Le Bloody Black Pearl va rocker encore longtemps !

La foule crie, siffle, applaudit. Faut dire que ce qui m'a convaincue d'accepter la charge de la gérance, c'est la crainte qu'un nouveau patron change cet endroit mythique à mes yeux. J'suis prête à garder la croûte du *Black Pearl* de Gilou pour conserver l'aura de ce lieu mythique du rock vintage, dernier endroit à Paris à passer des slows. On roule encore des pelles à l'ancienne au Bloody Black Pearl et ça, c'est rock et l'esprit de Gilou ! Personne ne changera quoi que soit dans ma maison de cœur, si ce n'est qu'il me faudra recadrer Teddy le DJ qui a trop tendance à balancer du Kiss à tort et à travers.

Mes yeux coulent dans le regard de Max qui a l'air de ne plus respirer, comme s'il s'apprêtait à prendre son courage à deux mains.

C'est quoi ce bordel ?!

Il continue, mais je vois que ça l'émeut. Je panique pour de bon quand il se met soudain à genoux.

Putain de merde !

— Moi aussi, je veux rocker encore longtemps avec toi, ma belle, me lance Max alors qu'une rougeur timide attaque ses joues, et c'est pour cette raison que devant tous ici, je te demande si tu veux m'épouser.

Ma respiration s'arrête net. Mon cœur manque un battement. J'ai besoin d'un *Bloody Black Pearl*, mais Norah me l'a pris. *Putain…*

Un silence passe, et je suis figée comme la statue de Lemmy devant Max, dont le sourire me donne envie de baiser. *Bordel, je pense à la baise alors qu'il vient de me demander de passer sa vie avec lui ! C'est bon signe, non ?*

Le silence s'étire, alors la foule commence à taper dans les mains en rythme et en gueulant « *Tony ! Tony ! Tony !* ». Ça fout pas du tout la pression !

Puis mes yeux se rivent dans le regard bleu de l'homme que j'aime. Je vois ses lèvres pleines et sa beauté captivante. Je ne comprendrais sans doute jamais pourquoi un homme pareil a jeté

son dévolu sur moi, mais quand je lui chope le micro, une seule réponse me vient :
— Hell Yeah !

* * *

Finalement, les contes de fées, ça existe.
Finalement, je suis une putain de Cendrillon !
Finalement, l'amour, c'est un rock à deux, et j'ai trouvé mon partenaire pour le danser…

AVIS LECTURE

Vous avez aimé Bloody Black Pearl ?

Laissez un joli commentaire pour motiver d'autres lecteurs !

Vous souhaitez être informé de mes prochaines sorties ?
N'hésitez pas à vous abonner à ma page Amazon.

À très vite dans de nouvelles aventures livresques !

Laurence

DANS L'UNIVERS BLOODY BLACK PEARL...

L'histoire de Cally est disponible !

Plongez dans le spin-off déjanté qui met à l'honneur la délirante Callista Anastopoulos et toute la bande du BBP !

Callista Cha-Cha

**Elle fait une fixette sur Dirty Dancing.
Il veut se venger de son ex-infidèle.**

Le résumé

Mon mantra : ne surtout pas s'attacher, mais rien n'empêche de s'éclater !

Apparemment, ce n'est pas l'opinion de mon patron, Dan Vila-Wilson, avec qui ça coince dès le premier regard. Il est jeune, séduisant et ambitieux, mais n'a pas digéré son divorce. Pour se venger de son ex, il s'inscrit à un concours de danse dans le but de la défier. Il ne lui manque plus qu'une charmante partenaire pour se lancer...

Eh bien, fallait le dire plus tôt ! Je suis la femme parfaite pour ce genre de plan tordu ! En tant qu'animatrice de la soirée de mariage de ma meilleure amie, j'avais déjà prévu d'exécuter le porté de Dirty Dancing, alors pourquoi ne pas ajouter un peu de drama à ma flamboyante prestation ? Quand je découvre que mon patron a des talents de danseur dignes d'une comédie musicale et un penchant pour le voyeurisme, je fais fi de mes réticences à son égard et lui propose un deal improbable.

J'ignorais que cet arrangement allait se transformer en une danse endiablée qui dépasserait largement le cadre de notre partenariat à durée déterminée.
Et qui pourrait bien me faire perdre le rythme, ou pire, la tête !

Callista
CHA
CHA

DANS L'UNIVERS BLOODY BLACK PEARL...

L'histoire de Milo est disponible !

Plongez dans le spin-off déjanté qui met à l'honneur le très barré Milo et toute la bande du BBP !

Just Milo

Le résumé

Une romance déjantée entre un auteur bi de webtoons boy's love, et un producteur de rap hétéro.

Cette mise en bouche vous interpelle ?
Normal, et encore, vous n'avez rien vu.
Je suis Milo Masako, enfin… c'est un pseudo, car je suis un mytho.
Vous voulez connaître mon histoire ? C'est par là que ça se passe.
Ici, pas question d'enfiler des perles. Dorian Leroy m'a fait un coup de p*te, et je suis du genre rancunier.
Quand sa copine me soumet l'idée d'expérimenter un plan à trois, j'y vois l'occasion idéale de me venger…
Ce que je n'avais pas prémédité, c'est que l'Hété-Roi – ainsi que je le surnomme – me déstabiliserait avec une curieuse proposition : devenir son faux petit ami au mariage de son père, afin d'y semer la discorde. Ses motifs sont compréhensibles, mais je hais ce type !
Victime d'un odieux chantage, je suis bien obligé d'accepter.
Fichu beau gosse, je n'imaginais pas jusqu'où ce mec serait prêt à aller…

À paraître :
L'histoire de Norah !

DU MÊME AUTEUR

CALLISTA CHA-CHA
JUST MILO

Comédies romantiques

* * *

LES AMOUREUX DE MONTMARTRE
GUEULE D'ANGE

Romances contemporaines

* * *

DEEP SHADOW
ÉCHEC AUX ROIS
Co-écrit avec Cécilia Armand

Romance MM contemporaine

* * *

LA SAGA DREWID

Fantasy Romantique

De la pluie sur les cendres, Tome 1
Fer sous le vent, Tome 2
De larmes et d'argile, Tome 3
À l'aube des brumes, Tome 4

LA SAGA NATIVE

Romance Paranormale

Le berceau des élus, Tome 1

Le couronnement de la reine, Tome 2

La tentation des dieux, Tome 3

Les héritiers du temps, Tome 4

Compte à rebours, Tome 5

La Malédiction des immortels, Tome 6

L'éternel crépuscule, Tome 7

* * *

LA TRILOGIE WITCH

Co-écrite avec Émilie Chevallier et Sienna Pratt

Romance bit-lit

Witch Wolf - Article 1 : On ne se mélange pas

Witch Vampire - Article 2 : On ne trahit pas

Witch War - Article 3 : On ne se montre pas

À PROPOS DE LAURENCE CHEVALLIER

Retrouvez toute mon actualité sur

Instagram
laurencechevallier_

Facebook
Laurence Chevallier Autrice

Groupe privé Facebook
Laurence Chevallier Multiverse

TikTok
@laurencechevallier_

Actus, boutique et newsletter
www.laurencechevallier.com